药局

潘城 著

作家出版社

作者简介

潘城，学者、作家。执教于浙江农林大学，日本神奈川大学历史民俗学博士。涉猎一堆杂书，游历一些国度，认识不少奇人，尝过各种好茶，看过几幅名画，写下几句诗歌（但从不发表）。著有长篇纪实文学《人间仙草》，文化随笔集《一千零一叶》，学术专著《茶席艺术》《隽永之美》等。执行导演话剧《六羡歌》，参与策划、制作的纪录片《中国茶：东方神药》获六项艾美奖。

目 录

主要人物表

古代人物

朱震亨	号丹溪，乌伤人，金元四大家之一，中医药滋阴派开创者，一代医宗
刘伯温	政治家，明朝开国元勋
俞　涞	浙江武义人，俞源村俞氏五氏祖，刘伯温同窗至交
俞善麒	俞涞的儿子，朱丹溪弟子，圣山药局的创始人
冯卿如	俞善麒的妻子
冯道传	乌伤耆宿，俞善麒的岳父
五味子	朱丹溪的药童，后随俞善麒学医
杜雄黄	朱丹溪的大弟子，俞善麒的师兄，太医院掌院
朱元璋	明朝开国皇帝
徐　达	朱元璋最倚重的明朝开国军事统帅，淮西二十四将之一
姚广孝	和尚，法号道衍，靖难之役的主要策划者，历史上著名的黑衣宰相
朱允炆	朱元璋之孙，建文帝
朱　棣	朱元璋之子，永乐大帝
俞冲之	俞善麒与冯卿如的长子
玉　竹	俞冲之的妻子
俞森山	俞冲之的儿子
叶天罡	武术家，明太祖虎贲卫，玉竹的阿爷
俞散之	俞善麒与冯卿如的次子
月　见	俞散之的红颜知己
俞忍冬	俞散之与月见的儿子

郑　和　　云南人，小名三宝，称三宝太监，明朝航海家、外交家

阿芙蓉　　古里国王的公主，俞散之的妻子

俞沫药　　俞散之与阿芙蓉的女儿

白术公　　圣山药局俞善麒的老仆

当归婆　　圣山药局冯卿如的老婢

孤月大师　日本中医大师，朱丹溪好友

田代信纲　孤月大师弟子

现代人物

俞念草　　企业家，圣山集团董事长

叶嘉传　　中医专家，圣山集团总裁

俞念芯　　俞念草的弟弟，中医药理论研究专家，圣山集团副总裁

冯志远　　乌伤文化耆宿

陈香梅　　著名华侨、社会活动家

俞念苓　　新加坡大学教授

俞水木　　赤脚医生，俞念草从未见过的族叔

晶　晶　　俞念草秘书

小　蔓　　俞念芯秘书

老　傅　　退伍军人，戚家军基地守护者

佐野贤首　日本丹溪学社会长

引子　从哪儿开始了不眠之夜？

喉头发甜，一股血腥气从肺里传上来。攀爬在一块巨大岩石上的女人十指尖已经渗出鲜血，就靠岩壁上那几处孔穴，抵死挨着。绝望、挣扎，就差那么点距离——一轮硕大的圆月血红地衬着崖顶上那棵正开着花的石斛草。

一步之遥，女人却感到了失败，她把生命拧干了，她记得自己已经这样挨了不知多少年……

不顾一切地最后一冲，只要抓到那棵草，即便摔下！即便死！牙齿在啮合，指甲根根断裂，指骨从血肉中裸露出来。她一把握住了岩壁的一处凸起，却是滑腻腻的。用尽全力往上最后一探，抓到那棵草！心一悬，一激，她感觉到了完美的失重。掉落下去的瞬间很舒服、很轻松。同时，她也闻到了一股浓浓的药香，又苦又暖的药香伴随她粉身碎骨。

药香味越来越浓，越来越熏。

乱糟糟的，处处是人奔来跑去，那些人时而仓皇呼救，“走水啦——走水啦——”时而又似乎在笑着观看。

一座三重陡檐的楠木楼正从楼内向外吐着火焰，楠木的金丝焕发出梦幻般美妙的纹理。一条条蛇芯子一闪一闪地舔着梁柱。楼内的草药与药书、药典已成燃料，烧得整条街、整座城、整个大明王朝、整个世界都是浓浓的药香。

没有人救火，都停下来欣赏，这百年不遇的盛况，火的盛宴，药的盛宴，楠木的盛宴。

只有她焦渴、急迫，但她好像隔着很厚实的玻璃，哪怕只是一杯水，也泼不上去。火终于开始包裹了密实的楠木的表层，一丝一缕，火与木融为一体，这样密密地刺绣一般燃烧，三天三夜，分不清是地狱还是天堂。

一块带着火的匾额从楼顶摔下来，化为焦炭。

她好像还看到，楼内隐约有人！伏案读书状，煎药状，相拥状……统统化为焦炭。

呃、呃——啊——

尖叫声把自己的喉咙划破了。

她从万丈悬崖摔在了一块木板上，那块木板有断口，有棱状的凸起，在切她的肉。

盆骨扩张，骨缝慢慢开裂，疼痛。一个肉团在下身将出未出，牵引着所有内脏和血管，闷闷地钝痛，一锤一锤砸下来，其中又伴随着精巧绝伦的锐痛，一楔子一楔子地穿刺上去。

疼痛打开了所有的感官，腥、甜、苦、酸、咸、臭、胀、涩、痒……连胸口陈年的旧伤疤也重新裂开，绽放着肉红色的玫瑰。

她好像不是人，是一件容器。

她一丝不挂，疼痛的同时竟还感到了羞耻，昏头昏脑，浑身湿漉漉的体液，身体的每一个孔洞都在往外分泌、流泻。

背部已经僵硬了，肌肉抽搐，身下的木板上凸起两个字，镶嵌到她的肉里，磨着她的脊骨。摸上去隐约有个“山”字。

俞念草在焦灼中醒来，睡衣都让汗浸湿了，干涩，疲惫。坐起来，打开床头灯，心脏还在狂跳。睡觉比工作还累。她顺手抓了床头柜上的饮料，拧开瓶盖一口气灌下去。这是自己公司新开发的改善睡眠、调节人体平衡的功能性饮料，还没投放市场——他们不知道，这是为自己调出来的方子——她长出一口气。

凌晨三点四十二分。勉强睡了三小时，又是这样的噩梦，接下去，只有等天亮。

冲了澡，看着镜子里的裸体和脸，眼睛里布满血丝，盯着自己看久了，感到恐怖，又无法把自己从自己的眼神里挪开。

呜——呜——呜——

救护车那种怪异的鸣叫声，在窗外异样的世界里划过，渐渐没入到遥远的什么地方。大约又是亡灵。

俞念草深度焦虑，渐渐地陷入前半生的回忆中。失眠就像中午十二点之后的影子，越拉越长，牢牢地跟着她。先是喝一杯红酒进入无何有之乡，进而是半瓶、整瓶地灌自己，却只会加剧第二天的生理负担。之后是美国进口的褪黑素，冥想疗法……最后还是吃药，一次一颗，可是要两颗才能入睡。第二天头会涨，但可以克服。她害怕药物依赖。西药真是太方便了。

吃药，强迫自己上床，入睡，噩梦，醒来，有时会呕吐。清醒得像个鬼。

天亮就好了，天亮之后俞念草就把自己打扮起来，把自己像楠木楼一样燃烧起来。她会榜样式地树立健康、美丽的形象，分享她的经验。她光彩照人，顾盼神飞，八面玲珑。她的眼睛会说话、会拿人、会迷人，还会杀人。她拥抱、缔造中医药事业的王国，为此她付出了自己的一切。她愿意牺牲，愿意燃烧。

只是，她早已开始陷入彷徨，这样夜复一夜的疼痛与空洞的灵魂，还能撑多久？电视台、公交站、地铁、超市，到处都是俞念草为自己企业代言的巨幅广告，人人都拿她作为疗愈身心的标志，她还能找谁疗愈呢？

她拿起手机，“嘉传，赤脚神医，在外漂泊这么多年，什么时候回国？回来的话，看看老朋友好吗？”

此刻的叶嘉传正搭乘着“义新欧”铁路的货运专列，坐在车头的特别技术人员车厢内。列车穿梭在繁华和蛮荒的世界，田地像百衲被，人类杂乱的生活痕迹，远远望去，都形成了一种近乎美的秩序。

经历过改革开放初期欲望爆炸的年代，身心都垮掉过，然后想把自己疗愈好。他说他要出国去看“地狱图”。先是在非洲生活，艾滋病、疟疾、麻风……又到乌克兰这个因切尔诺贝利核灾难而饱受创伤的国度，近三分之一的国土受核污染，七十万儿童受到那些永久存在的低剂量辐射的威胁。癌症、智力不足、神经系统疾病、遗传突变……唯有沉默。

从白俄罗斯出发，穿越俄罗斯、哈萨克斯坦，一过新疆阿拉山口就回到了中国，直抵婺州老家。

叶嘉传很快回复：“五年多了，念草，我回来了。”

雨夜，车窗外大朵冰冷的眼泪滚下来。叶嘉传打开日记本，写下一段话：历史与每个个体生命的心灵，总是伤痕累累，有药？还是无药？昔日之痛已然过去，当用文字撩起并揭开之时，伤也许还在，必须直面这碗苦涩的汤药。这正是我们每个人得以勾连的血脉。

他的身后，准确地说是他所乘坐的列车的身后，留下了冗长的历史的轨迹……

第一章　家谱除名

一

元至正十八年（1358年），反元斗争风起云涌，红巾军势如破竹——

二月，克青州、沧州、长芦镇，又克济南路，在南皮杀元将董抟霄；

三月，克蓟州，前锋直逼北京，元都大震；

五月，克汴梁，建为都城，迎小明王；

十月，克大同；

十二月，破上都，烧毁宫殿，东进辽阳……

元朝统治岌岌可危，同时各路枭雄也渐成逐鹿之势。是年，在应天站稳脚跟的朱元璋定下了“高筑墙，广积粮，缓称王”的战略，以康茂才为营田使，办理屯田。之后，朱元璋大军续取浙东各地，三月，克建德，改称严州府；十二月，克婺州，改称宁越府，即此后的金华府。不久，朱元璋、张士诚、陈友谅三者之间的斗争日趋激烈。

天下大乱，打仗杀人、攻城略地成了第一要紧事，可是人们的精神生活却从未间断。这一年，吴国公朱元璋入婺州城，禁军士抢掠，民甚安定。开郡学，聘宋濂等为五经师，戴良为学正，吴沉等为训导。久废的学校，终于得以恢复，弦诵声不绝。当然，这一年还有一件大事——金元四大家之一，中医药滋阴学说与丹溪学派的创始人朱震亨在宁越府仙逝。这位一代医宗的衣钵与绝学由谁继承呢?

事情还得从三年前说起——

婺州俞源村后的一片荒地里，或许是因为连年战乱，由不计其数、不知姓名的死人血肉滋养的缘故，一大片夺目的罂粟花开得如火如荼，妖艳妩媚，妍好千态。

等到这些如同一张张美人妖娆玉面的罂粟花凋谢后，就会结出一个一个灯笼果般可爱的青苞。午后，用大针刺那果实外面的青皮，但千万小心不要损了里面的硬皮，这样刺上三五处，次日清晨刺破的地方就会有汁液渗出，这时要马上取竹刀来细细地刮，收入瓷瓶，阴干，就制成了一种奇特的药物。

二

一身农人布衣穿着的俞涞正独自一人在村前的池塘里垂钓，头戴斗笠，打着赤脚，一动不动，似睡非睡，似醒非醒。直钓到日头往西边坠，鱼篓里还是一无所获。

自从义军四起，元朝政府衰弱，百姓本来就吃不饱饭，苛捐杂税越来越重，如今地方上流寇四起，能抢一顿是一顿，能活一天是一天。俞涞其人，虽然饱读圣贤之书，却生性淡泊，乐在田园，颇有陶公风范。无奈国将不国，哪里还有什么隐逸之地?于是他振臂一呼，率领家人集合了四里八乡的男丁组织民兵民团，保卫乡邑。

当年，一伙匪寇蓄谋前来洗劫，料定了此地毫无反抗之力。不料，俞涞将民团分为四路，指挥若定。民团手拿的“武器”只不过是一些农具，却把这伙匪寇打得落荒而逃，护住了一方百姓。之后又为地方上守城立了大功。

石末公宜孙元帅嘉奖其功，封他为“义民万户”，他却婉言谢绝了。对俞涞而言，人都将活到五十而知天命的时候了，守土护民是良心，至于这些虚名嘛，实在没有兴趣。

也正是经过这么几十年的折腾，如今才能在吾土吾乡住得安稳，才有这么一点闲心垂钓。可是近来，乡党们纷纷来告，说是村后不知怎么出现了一大片“鼓子花”！鼓子花是宋人对罂粟的戏称，意思是如同妓女一样的花。早就听闻那东西可调制成毒物，元大都的宫廷里多得是王公贵族在服食。这里怎会出现呢？难道是……

忽然，俞涞觉得身后站着一人。

他回头一望，见此人一袭青衫大袍，似道非道，似儒非儒，面目清秀，手捻长须，甚是潇洒，也不知是什么时候来到了自己身后。

俞涞大声说道：“三分天下诸葛亮，一统江山刘伯温！伯温兄，别来无恙啊！”

“俞兄，鱼！鱼！上钩了！”刘伯温突然拊掌大叫。

俞涞连忙提竿，一提竟提不起来，刘伯温上前帮忙，两位老友合力拽上来一尾巨大的金色鲤鱼。

“伯温，你一来就有大鱼吃啦！”

“此乃祥瑞之兆也！哈哈哈哈……”

两人大笑而归。

三

刘伯温专门从青田老家赶来武义，是想会一会这位同窗故友俞涞。二人年轻时同在处州求学，彼此深知对方乃是当世的俊才。

当晚，二人挑灯把酒，畅谈天下古今。刘伯温见俞涞给他斟的一碗酒，色泽淡雅，清澈至极，幽香扑面，未饮已经先醉了三分。

“俞兄，这是什么好酒？如此香美！”

“此酒是难得的佳酿，名唤‘清若空’，产自嘉兴。李太白有诗：‘琴奏龙门之绿桐，玉壶美酒清若空。’放翁又诗：‘满酌吴中清若空，共赏池边半丈红。’可知此酒之美。我仅一坛，收藏多年，总舍不得喝，今日来了刘伯温，正好开坛！”俞涞说罢，与刘伯温先干了一碗。酒浆入口，顿觉甘美，口鼻都溢出香气。

下酒的有一碗蚕豆。刘伯温夹起来吃了一颗，连着豆壳一起嚼了下去，边吃边说：“俞兄，这蚕豆另有一个说法，叫人面豆。是那蚕豆花开的时候像一个个人脸。北地的大豆也有这种叫法。元军鞑子剿灭白莲教的时候，杀红了眼，一村一乡都荡平了，烧杀抢掠，哪里像国家的官兵，比贼寇还凶残百倍。所到之处往往数百户死绝！来年这些豆丰收时，饱满的豆荚里的豆子一张张全是人的脸孔，一个个男女老幼，眉眼毕肖，栩栩如生！”

此时，刚才钓上来的那尾大鲤鱼已经浓油赤酱，滚烫地端了上来。

俞涞道：“伯温动筷，没什么好招待的，这尾鲜鱼倒是好东西，只是，调味再重也盖不住一股血腥气啊！”

“何来的血腥气？”刘伯温问。

“这些年，沧海横流，生灵涂炭，一场仗打下来，尸横遍野，流血漂橹！这天下的土里、水里、空气里都弥漫着一股人血的腥气！”俞涞借着一碗清若空的酒力，一吐心中的郁结，举碗又饮一大口。

“俞兄，这样的乱世，我看快要结束了！”

“何以见得？”

刘伯温饮了一口说：“战国大乱，止于嬴政；南北朝大乱，止于杨坚；五代十国大乱，止于赵匡胤。要止住纷乱造成的杀戮只有出现一个强主，以杀止杀！”

“那么元末的这位强主是谁？”

刘伯温笑而不答，只是饮酒，是要俞涞猜的意思。

俞涞遂问道：“那自然是韩林儿，他刚刚称小明王。”

“傀儡一个。”

“那就是刘福通，此人大军在手，直逼元朝心腹。”

“为他人作嫁衣裳罢了。”

“那便是陈友谅，此人阴险毒辣，又有最强的水军，难逢敌手。”

“他虽狠毒，却是靠出卖别人壮大自己，以暴制暴，难以长久。”

“张士诚，富甲一方，又得民心，看来是他了！”

“此人确实不错，我曾夜观星宿，见天子之气在吴头楚尾，想必是张士诚，但我曾到姑苏见过此人面相，贵不过封侯。他器局太小，偏安一隅，难以一统天下，结束乱世！”

“伯温，那就只剩下朱元璋了啊！”

“不错，正是此人，吴头楚尾正是应天府。能够驱除鞑虏，一统江山，结束战乱，爱护百姓，能够让你的鱼里再没有血腥气的人就是朱元璋。他乃是真命天子啊！”刘伯温说罢将一碗酒一饮而尽。

“伯温，你既料事如神，自当辅助这位真命天子，成就一番大业！”俞涞激动地拍了拍刘伯温的肩膀。

“我此来何为，俞兄还不清楚吗？你有大才，当与我同去辅佐明主，为天下开太平！”

俞涞笑而不答，自饮了几口，缓缓道：“伯温自当去。人各有天命，或显达，或隐逸，或杰出，或平凡，兄是前者，我是后者，这也是阴阳太极的定数。我还是留下来保全眼下这些族人村民吧！朱元璋有你足矣！只是……”俞涞说到这里有些犹豫。两人碰了一下酒碗。

“俞兄但说无妨。”

“我有个儿子善麒，天资异于常人，三岁成诵，如今已是少年。他什么都好，就是性子太痴，整日痴迷于医学药理，常常进山自己辨识草药，还中了几次毒，还好都不重。不但去采药，还要自己栽培，村里村外种了几十种。最近，村后那片乱葬岗的荒地里出了一大片的罂粟花！我猜也只能是这痴儿所为！伯温兄无所不通，可否指点这小子一二？”俞涞说毕还作了揖。

刘伯温还礼道：“俞兄既不愿出山，我也不好勉强。善麒贤侄痴迷医药，也是苍生之幸。不为良相，当为良医。天下苍生苦难深重，却久无疗养，待天下安定，百姓得以休养生息之时，良医尤胜于良相啊！”

“如何能为良医?”俞涞追问道。

“俞兄不闻，就在这婺州路乌伤县，住着一位神医，说他的医术、医理是本朝一流，那都是轻的，传至千秋万世也不为过呀!”

“你是说，丹溪翁?”

“正是这位朱震亨!”

“他晚年避世修书，多年没有人见过了，不知是否尚在人间?”俞涞叹道。

“尚在人间! 观星便知，就在乌伤，然星光闪闪烁烁，明灭不定，快让我那贤侄拜师去吧!”

“好，我明日就安排那小子去寻丹溪翁!”

“且慢。”刘伯温捋了捋自己那五绺长须说道，“俞兄可要想好了，他这一去，必不能再回了!”

论心智俞涞是与刘伯温伯仲之间的人物，一听这话，马上就明白了。“罢了罢了，我那痴儿有他自己的命运，总不能再像我一样做困兽之斗。伯温，你自当去辅佐明主，我就在此避居，以待天下太平。来，今晚你我尽兴畅饮，不醉不休!”俞涞又端起了酒碗。

是夜，二人大醉。次日鸡鸣，俞涞酒醒，已不见刘伯温的踪影，桌上留下一纸，上书：

结庐人境而无车马，竹冠野服栖迟其下，我求其人其渊明之流亚乎，不知采菊东篱，仰见南山，悠然此中。然终有一子，将往天下，福兮祸兮，名业必在汝之上。吾方将歌归去来之辞以寻五柳于人间矣。

俞涞读罢，微笑一叹："知我者，伯温也！"

四

午后，一个后生背着一个竹篓，远远地走进村子。他一表人才，相貌不凡，高身量，猿臂，蜂腰，长脸形，肤色白皙，脸庞一层玉白，光彩照人，眉宇间有一股英气，且步伐稳健，神态温和，天然有一种淡定。这个后生就是俞涞的儿子俞善麒。

这几日村中时疫频发，缺医少药，他熟谙医术，为村人号脉诊断，因知并非什么疑难杂症，就自己试着开方。又亲自采药，天不亮就上山，直到此刻才回。一回家就到院子里把草药分类、摊晾。俞涞早站在院中，静静地看着儿子的一举一动。

俞涞有五子，善卫、善麒、善麟、善诜、善护，都品行敦厚，但他内心最爱的就是这个善麒。其他几个儿子都是肖其父，可以顾家，可以守业，子子孙孙，枝繁叶茂。唯独善麒，心怀天下苍生，是可以实现自己年轻时想做而终究未做之事的人。何况，当今天下风云变幻，这时候成就一位杰出的医者，确是天下苍生之福。只是，儿子是天下人的，就不再是俞家的，也不再是自己的了。

俞善麒忙完手头的事，看到父亲站在院中看着自己，忙鞠了一躬，喊："爹！"

"跪下！"俞涞厉声喝道。

俞善麒大惊失色，跪倒在地。

"村后乱葬岗上那一大片罂粟花是谁种的？"

俞善麒偷种罂粟，此时被父亲发现，却也理直气壮："是我。"

"你可知种此毒物，家法难容！那腐朽如泥的元朝，就是在服食这些毒物啊!”

“爹！我并非制毒，我是在制药！朱丹溪先生的医书上说：‘今人虚劳咳嗽，多用粟壳止咳；湿热泄沥者，用之止涩。’不但如此，这罂粟还可帮助剧痛难忍的患者镇静止痛。”

“你怎么不说丹溪翁的后半句‘其止病之功虽急，杀人如剑，宜深戒之’？你以为凭你现在这点粗浅医理，能驾驭得了这毒物？能驾驭得了人心?”

心性淳厚的少年俞善麒听到父亲如此严厉的指斥，就把心中所想一吐为快:“父亲，您可知孩儿的心愿？这些年来战乱不断，生病或负伤的百姓缺医少药，有些人如得到及时的医治护理即可痊愈，却往往因小病与轻伤而致残甚至送命！这样的事情在我们身边实在太多了。百姓缺的不是一个两个医术通神的名医，而是安宁的生活与医疗养生的引导与帮助。真正之良医，并非要医术通神，妙手回春，而是建立一个驿站，一个慰藉心灵、修补生命的驿站！就我们一个小小的村落，每次护村、护城的战斗下来，都多有伤亡，那些要活活锯断手脚的乡亲疼痛的嘶吼之声夜夜盈耳。我怎能不冒险种植罂粟啊!”俞善麒慷慨陈词，他还从没有在父亲面前这样吐露过自己的理想。

俞涞捻须颔首，他不承想儿子竟然已经思考到了这一层，这样的良医真是胜于良相！他心中是欢喜的，但脸上还是威严逼人：“说得不错，从何处习得?”

善麒答道:“孩儿近来常常读丹溪先生的《格致余论》，此书成书以来已成为医家的名著。古人以医为吾儒格物致知一事，他是用儒家理学的道理来研究医学。医者也可以修齐治平啊！可惜，孩儿愚钝得很，所知甚浅，不少地方是一知半解的。”

俞涞点了点头道：“问渠那得清如许？为有源头活水来。昨夜伯温先生来看我。”

“是青田刘伯温先生？”

“正是，他指点了你的去处。去乌伤，拜丹溪。”俞涞的眼神中射出两道光芒。

“父亲！不瞒父亲，孩儿自从读了这部《格致余论》，对丹溪先生早已钦佩得五体投地，恨不能当面向他老人家求教。只是婺州人人皆知，丹溪翁多年没有音信，行踪飘忽，难以寻觅。何况，父母在，不远游……”善麒看着父亲，其实是在索取父亲的鼓励。

“爹知道你的抱负，也明白你的心意，天下要变的，你是属于天下的！善麒啊，你即刻就可以准备行李，择日出发吧！至于寻访丹溪先生，爹会修书一封，你交给乌伤的冯道传先生。冯氏是乌伤望族，此人是爹的故交，人品一流，他会帮助你的！”

俞涞说完这番话，像是变得伤感而疲惫。

善麒连忙拜谢父亲。他此刻真有点手足无措，既为父亲竟如此理解自己的心意而激动，又觉将要离开这个生养自己的家而伤感。愣了一会儿，只是说：“谢谢爹！”

善麒见俞涞背过身去，就作揖道：“爹，那孩儿先去准备了。”

“慢着！”俞涞依然背对着善麒说，“我给冯先生的信，待他读过后，你就将信焚毁。从此，也不要再提你来自何处，父亲何人！”

俞善麒心里一抖，这是什么话？正发怔，俞涞又说：“善麒我儿，你种植罂粟，毕竟是犯了家规，我要对俞氏一门有个交代。此外，你这一去，拜师学医，悬壶济世，从此有了自己的人生。但如今到了风云变幻的时代，世事莫测，福祸难料。去了就不要再回来了，我明日就要召集全族，在祠堂正式将你的姓名从俞氏家谱中剔除！”

俞善麒听了这番话，惊得立刻双膝跪地，两行眼泪就滚了下来：“父亲何出此言！孩儿不孝，孩儿有罪，请父亲责罚就是！为何要除我的名！”

俞涞还是没有转身：“麒儿，你永远是我的儿子，我也永远是你的父亲。只是你有你的使命，要成就你自己，要救更多人的命，就一定要走出去，也一定不要再回来！唯其如此，才能成就你，也才能保全这个家族长久安宁。日后你自会明白爹的良苦用心…… 你去吧，与你的母亲兄弟们道个别。明日天亮祠堂除名后，我们就没有什么关系了，你就起程！”

俞善麒愣了很久，缓缓地点了点头，他仿佛已经看到自己命运的轮盘在茫茫之中开始转动了，但情感上又控制不住自己。他站起身，又喊了一声：“父亲——”

俞涞缓缓地转过身来。他神情凝重庄严，双手背着，保持着一位父亲的威严，面颊上流淌着两道热泪。

次日，俞氏宗祠里挤满了俞姓族人，俞涞取出家谱，当众宣读俞善麒偷种罂粟的罪状。将写有俞善麒名字的那一页起出，当众焚化，又另抄写一页。宣告全族不再提起此名，无论富贵荣华，都与此地俞氏无关。

少年俞善麒带着一丝委屈与不服，带着离别的悲哀与奔向未来的豪迈离家了。在他的身后，那片娇艳无比的罂粟花丛，燃起了熊熊的火焰。一个人成年的标志，就是他有了秘密，并且他能够守住这个秘密。

第二章　与革命运相连的女人

一

白天的俞念草，实在没空停下来回答自己的哲学难题：我从哪里来？我是谁？鼻腔里下意识地对自己发出一声带有无奈又有些不屑的“哼”，这倒使身边的秘书或谈判方心中一凛，态度又恭敬了许多。

作为一位成功的女实业家，俞念草每天的行程安排都处于一个女人，不，是一个人所能承受的极限。秘书晶晶把今天的日程安排念给她听，语速飞快，咬字清晰：“上午八点董事局内部讨论会，九点收购丹溪酒业协调会，十点新上任的副省长来公司走访，十一点曹行长带几个朋友过来谈资金的事，十二点吃饭，十二点半司机来接去杭州，下午两点半左右到省农科院见陈院士，四点到杭州公司开会，六点到汪庄西子国宾馆与外宾吃饭，如果聊得晚，您看是不是也住那儿？”

“十一点半就让司机来接，中饭我在车上解决，不然一定来不及，晚上最多聊到八点，人家也要休息，我们赶回来。”一看表，第一个会该开始了。

二

俞念草一头短发，目光深邃而灵动，含而不露，薄薄的鼻翼与高高的鼻梁上都闪烁着一种由于自信或者说是自尊而产生的光芒。她的微笑，是一种被岁月酝酿过的泼辣转化成的迷人，并且与任何人都保持着足够吸引你的合适距离。

成功二字对于一位女性来说意味着加倍的付出，从乌伤大山深处走出来的这位农家女，二十岁投身商海，白手起家，几乎是伴随着改革开放以后乌伤商业的发展轨迹，从采茶叶、贩卖各路保健品到发展中医药实业，历尽艰辛。一路带着本乡本土的百姓创业，脱贫致富。

奇迹的开始是俞念草与铁皮石斛这棵仙草发生的情缘。要将铁皮石斛从野生变成大面积的人工栽培，几乎是不可能的任务，这个难题被称为“药学界的哥德巴赫猜想”。无数人失败过，也有无数人劝她放弃、转行，何必把自己辛苦打拼积累下来的一点资本都投入到“永动机”的发明中去呢？投资房地产吧！开酒店吧！哪怕开足浴馆也能发财！

俞念草冷冷一笑，懒得回答。

这棵草是她的宿命。她在梦里就为它粉身碎骨啊！

试验失败、失败，又失败，除了弟弟俞念芯——从小就是姐姐的“脑残粉”，身边的人都离开了。

1997年，她硬是拿出打拼下来的积蓄，创办了铁皮石斛研究所。她独自跑杭州，跑省农科院，跑省林学院，跑浙江大学，再次组织了十多位专家教授和科研人员，用最后的资金解开了这个“哥德巴赫猜想”。

最终，她攻克了铁皮石斛大面积人工栽培这一重大难题。成功了！一个独身女人和一棵草。

可是成功永远是相对的，突破了技术难关，如果不把科技转化成商业价值，还不是为他人作嫁衣裳？

从此，俞念草又开启了运用高科技发展企业的创业历程。

可是创办一个企业哪有那么容易，要会用人，会处事，要懂经济、懂政策、懂规则，还要懂潜规则，懂套路还要懂突破套路，要世事洞明皆学问，人情练达即文章……

就这样，披荆斩棘却也乘风破浪，到2000年，俞念草成了叱咤风云的地方女实业家，成功组建成立了“圣山”集团。

十五年的科技创业，她真是一个胜者、强者。媒体对成功的漂亮女人更是津津乐道，她自己也知道，圈内圈外她大概也一直是别人酒桌、饭局上的谈论主题。

可是没人知道，她一直在用坚韧对抗痛苦，用忙碌包裹孤独。她像是梦境里那个徒手攀在崖顶的人，挨着，全身的每一根神经都绷着，不知道哪天会绷断，奏出什么弦外之音。

她有野心，又充满了谜团……

三

当天晚上，俞念草回到家已经是深夜，瘫坐在沙发里，妆都懒得卸。一边打开电视让新闻快讯播放着，一边打开微信浏览。

朋友圈被刷屏了，新闻里也在报道：

瑞典卡罗琳医学院在斯德哥尔摩宣布，中国女中药学家获诺贝尔医学奖。这是中国科学家因为在中国本土进行的科学研究而首次获诺贝尔医学奖，是中国医学界迄今为止获得的最高奖项。中国人发现了青蒿素，这种药品可以有效降低疟疾患者的死亡率。

这条新闻对俞念草的触动很大，她激动得简直像自己获奖了一样。

此时，手机里显示一条叶嘉传发来的信息：

念草，我们中国人获诺贝尔奖了！这是我们中华民族的中医药在全世界面前发出的声音！这是复兴的声音！这也是我们中医药人的使命啊！这对你们公司也是个利好消息，天佑圣山！此刻，我已回家！

俞念草一个人笑出了声。看来，还有人比自己更加激动。这位叶嘉传是俞念草当年的老同学，属于男闺蜜。

听说他们叶家是武学世家，到他这儿断了，成了金融界的一把好手，曾经一度商海沉浮。十几年前又突然迷上了中医药学，从《黄帝内经》开始一路自学，饱览各家医典，触类旁通，成了没有行医资格证的“名医”，不少朋友多年治不好的疑难杂症让他给治好了。朋友圈一传，甚至还有北京的要人专门派人找他医治而得痊愈的。事后朋友们问起，叶嘉传总是笑笑说：“治人治事治国都是一个道理，我读医术是读哲学，不为治病。”后来更是出国云游四海，几年都找不到人。

俞念草随即回了一条：

是，我们做的事业是全人类的事业，现在已经国际化了。看来我今晚又有理由彻夜难眠了！

四

第二天，俞念草就要求公司上下，特别是高层和研发团队搜集关于青蒿素研究的学术思路。因为作为实业企业的命脉，公司的研发部门和种植基地多年来都由她亲自带队。

副总裁俞念芯，也就是俞念草的“铁粉”弟弟，第二天就专门找了这方面的材料，整理成一份，一早就放在了姐姐的办公桌上。俞念草边读边画——

凡是过去，皆为序曲。然而，序曲就是一种准备。

我收集整理历代中医药典籍，走访名老中医并收集他们用于防治疟疾的方剂和中药，同时调阅大量民间方药。正是这些信息的收集和解析铸就了青蒿素发现的基础。

当年我面临研究困境时，又重新温习中医古籍，进一步思考东晋葛洪《肘后备急方》有关“青蒿一握，以水二升渍，绞取汁，尽服之”的截疟记载。这使我联想到提取过程可能需要避免高温，由此改用低沸点溶剂的提取方法。

关于青蒿入药，最早见于马王堆三号汉墓的帛书《五十二病方》，其后的《神农本草经》《补遗雷公炮制便览》《本草纲目》等典籍都有青蒿治病的记载。

“中国医药学是一个伟大宝库，应当努力发掘，加以提高。”青蒿素正是从这一宝库中发掘出来的。

中医药从神农尝百草开始，在几千年的发展中积累了大量临床经验，对于自然资源的药用价值已经有所整理归纳。通过继承发扬，发掘提高，一定会有所发现，有所创新，从而造福人类。

可见诞生了几千年的中医药，在这个以西医体系为主导的世界上已经沉寂了太久。早已根植于我们中华民族文化基因的记忆，在“青蒿”这一味中药获得世界医学最高的承认时，被激活了！

醒着的深夜，俞念草躺着，在黑暗里睁着眼，感慨万千。

同样是一个女人与一味草药，青蒿与铁皮石斛，她与她的草，血肉相连，就像终身都饱含激情的恋人一般，生死相依。青蒿草的药用源于葛洪，而铁皮石斛的药用理论基础又何尝不是源于朱丹溪的滋阴学说呢？

公司正面临着飞跃式的发展，或者说正是她和她的中医药实业团队的一次蜕变：要并购几家大型企业；要在三年内上市；要建圣山小镇；要办圣山中医药学院；要完成国际化发展的战略体系……

这些大事就这么在俞念草的脑海中盘旋往复，最后她喃喃道，圣山、圣山……

终于睡去了，难得的睡眠，像珍珠一样宝贵。她流露出儿时的表情。梦中，她踏访了浙中的山山水水，领略了各色的人文历史，走进了一座氤氲着仙草芬芳、蕴藉着人物的命运、带着永恒气质的圣山。她仿佛回到了历史，经历着家族那些云谲波诡的故事。

我从哪里来？

第三章　琴操鹿鸣

一

俞善麒离家后，一路自武义至乌伤道中，山是真山，水是真水，顿觉这世界之大，山水无尽，心中离别的悲愁也被荡涤一新。如此，悠游两日，终于到了乌伤地界。

一路虽饱览美景，肚子却早已空空如也，来到街市，随便寻了一处面摊，要了一碗素面。一大碗热汤面下肚，俞善麒来了精神，询问摊主："老板，请问您可知道乌伤县的一位名医丹溪先生朱震亨吗？"

"哪有不知道'朱一帖'的呀！"那摊主把那抹桌布往肩膀上一甩，那口气好像与朱丹溪很熟。

"怎么叫'朱一帖'呢？"俞善麒问。

"不管什么毛病，只要朱丹溪给治，开一帖方子，保管药到病除，所以就叫他'朱一帖'！"

俞善麒忙问："丹溪先生现在还在乌伤吗？"

"哎哟，朱先生在哪儿这我可说不准，这些年兵荒马乱的，没人见过这老神仙的踪迹！您要求医，不妨去赤岸那儿碰碰运气。"

俞善麒谢过摊主，付了面资，往赤岸方向走去。武义至乌伤，首先到的就是赤岸一带，这朱震亨就出生在赤岸，因为此地有一条溪流，也许因为朱砂的缘故，水流呈朱红色，名叫丹溪，这就成了朱震亨的号了。

来到赤岸镇天色已晚，俞善麒就在这丹溪边找了一户人家投宿。开门的是一位老婆婆，淳朴良善，热情好客，虽然家中清简，却也安静。儿子去了乌伤县城做买卖，正好把空床铺了，让俞善麒住下。

善麒见老婆婆孤单，就想陪她说说话解解闷，于是又聊起了朱丹溪。

“婆婆可知道些丹溪先生的故事吗?”

“我知道这赤岸有个丹溪草堂，应该是这老神仙住的地方。那里呀种满了梅花树!”

“丹溪先生爱梅?”

“是啊，都是人家一株一株给他种下的。三国的时候咱们吴国这一带出了一个神医叫董奉，擅长医道，他治好了无数人的病，却不收钱，索取的报酬就是要人家给他种一棵杏树。后来他住的地方，栽成了一片杏林。”

“婆婆说得好，这就是我们医家‘杏林遗风’的来历。看来丹溪先生也是这样一位医道高尚的人啊!”

“可不是，他常常云游四方给穷苦人看病，可是我从来也没见过他。后生啊，不早了，休息吧，你明天赶路去找找，要是找到了这位活神仙，拜他为师，那真是前途无量了。就像他的大弟子杜大夫，年纪比你也大不了几岁，也是当地的名医了。去年三伏天路过我这里，教了我个方子，让我三伏天用蓖麻叶包裹膝盖，能治我的老寒腿，还真灵！如今听说杜大夫已经入了杭州的惠民药局，成了朝廷的医官，有出息咯!”老婆婆语重心长。

俞善麒谢过婆婆，睡了一晚，第二天鸡鸣就出发了。路并不远，但要在一个陌生的地方找出这个从没到过的丹溪草堂就不那么容易了。

二

走在乌伤古道上，山树苍苍，风物繁多，人物质朴，每隔五里或十里就会有一个茶亭。凡有村子，多在村口设茶亭；凡有桥梁，多在桥边设茶亭。此乃“方婆遗风”。

晚唐时，吴楚交界处有一茶亭，一方姓婆婆每日在此烧水免费给过往的人喝。若干年后，她死了就葬在亭子旁，路人感激她的恩德，在坟茔边拾石堆冢，称之为堆婆冢。此后，这些茶亭不仅是行路之人歇脚喝茶解渴之所，也是中国人道德的守望之地，更是心灵的驿站。只是这些年兵荒马乱，多数都破败了。

俞善麒走了半日，口渴难耐，终于在一个茶亭里见到有人在烧火煮茶。走近一看，茶亭的西首是一社殿，一统间，供奉土地神，有一副对联曰：一粥一饭，当思来之不易；半丝半缕，恒念物力维艰。边上有茶灶、茶锅、茶碗，前后有布帘挡风。茶灶有半人多高，整锅的茶熬好放着，供行脚的人来解渴、避暑。

俞善麒见到一位老翁蓬头垢面，正在给茶灶添柴火。他彬彬有礼地讨了一碗茶水，咕嘟咕嘟一气喝下去，只觉得甘甜清爽，是久旱的甘露，胜过琼浆玉液。他又取了一碗，慢慢喝着问:“老爷子好啊！您烧的这凉茶真好喝呀!”

“后生，是你渴了，我这就是普普通通的叶子茶，没啥好的。”老翁照例与过路喝茶人叙叙话。他是村里的孤寡老人，年纪大了也种不动地，村里就凑一份钱，让他常年在村口的茶亭烧茶水，无偿供应路人。“后生要去哪里?”

“我正要请问老爷子呢，朱丹溪先生的草堂应该怎么走?”

“你找朱神仙啊? 不好找，不好找。”

“老爷子见过丹溪翁?”俞善麒看出这老人像是与朱丹溪认识。

“丹溪先生在我这里喝过茶，他还教我天热时在茶水里加些‘六月霜’，好给路人降暑，农忙的时候在茶水里加些‘接力草’，天冷时在茶水里放些生姜，给路人驱寒。还说这茶是万药之药，配上各种草药可以防治百病。我一个糟老头也记不住这许多!”老翁自说自笑。

“丹溪翁说得不错啊，药茶同源，都是神农氏所发端。原来这是丹溪先生指点过的茶汤，难怪我喝这茶水与众不同呢!”俞善麒觉得自己与朱丹溪越来越近了。

“老爷子可知道丹溪翁住的草堂在哪里?”

老人家一指:“近得很呢，过这座桥，往西走二里地，远远就看见一片梅林，进去便能找到!”

俞善麒激动得再三拜谢。

三

终于在日落时分赶到了山腰一处僻静的地方，有一片梅林，走进去少许，又有一片竹林，后面掩着一些篱笆，柴扉半开。篱笆后是一座黄土筑墙茅盖屋的四合院，想必这就是丹溪草堂了。善麒心下激动，恭恭敬敬地喊道:“请问屋里有人吗?”

一连喊了几声，才从里面走出一个童子，约莫十来岁，头上扎着两个髻。童子打量了一下俞善麒，见这位陌生人器宇不凡，绝不会是歹人，就认认真真地行了一礼道：“有礼了，是要找丹溪先生吗？”

善麒见这童子乖巧可爱，又听说丹溪先生四字，真是狂喜，看来自己是找对了，忙说：“正是正是，在下俞善麒，从武义赶来特为拜见丹溪先生，请问这位仙童如何称呼？”

“我吗？我叫五味子。丹溪先生不在，出去了。”五味子眨着天真无邪的大眼睛说。

“噢，不打紧，天色已晚，想必丹溪先生也快回来了，我就在门口等等吧！”

“不用等，不用等，先生今日是不会回来的。”

“丹溪先生出远门了？何时走的？何时回来？”俞善麒想，难不成又要落空。

“不知道，先生说他要去采药云游，游无定向，归无定期，可能回来，也可能不回来，走了已有小半年了。”五味子两手一摊。

俞善麒找了几日，好不容易到了草堂，还是竹篮打水一场空，难道这朱丹溪真的成仙了？

松下问童子，言师采药去。只在此山中，云深不知处。

俞善麒站在丹溪草堂门前，一时有些恍惚，也不知何去何从。反正天热，干脆就在这片梅林里过夜。看着满天星斗，真不知自己的命运如何——

婺州源于古越文化，在商周时期长于祝由禁咒之学，巫咸始作医。道教祖师葛洪曾在婺州的金华、兰溪、乌伤、永康、汤溪等处炼丹；陶弘景也曾到东阳长山炼丹采药。这赤岸与丹溪，恐怕就与此有关。

到了宋代，名医郭时义精岐黄，东阳人汤民望精小儿方脉，著有《婴孩妙诀论》。当时的浦江、金华、兰溪皆设立药局。武义有名医汤畯，乌伤有名医朱杓，著有《本草千金方》和《卫生普济方》。

到了一代医宗朱丹溪出世，他从理学出发，畅言“王道医学”，提出“相火论”“阳有余阴不足论”，成为滋阴派的祖师。丹溪学说早已形成根深蒂固的养生理念。朱丹溪还领悟到了养心对健康的要义，认为很多病皆由心生，如养心不够，过度的情绪会损伤自身。

“心在志为喜为惊，过喜或过惊则伤心；肝在志为怒，过怒则伤肝；脾在志为思，过思则伤脾；肺在志为悲为忧，过悲过忧则伤肺；肾在志为恐，过恐则伤肾……”俞善麒口中默念着丹溪先生的医理，心中思绪纷繁。如何能拜到这位神医？如何精研其高深的医道？又如何凭借一己之力实现自己的理想？如何建立一种具备专业资格与实力的民间药局，来弥补官办药局的不足，成为既选材制药，又治病救人，更兼慈善，当有灾疫之时，可担负募集、救治之责……

这么踌躇满志想着，不觉蒙眬欲睡，渐感有些凉意，就去包袱里摸条衣服来盖，却摸到了一封书信。这才猛然想起，出门前父亲俞涞交代过，可以先找冯道传冯世伯，他就在赤岸呢！

四

冯家是赤岸第一流的名门望族，高墙大宅，自然好找。冯宅虽大，从门前的制式看得出来，主人是不做官的，并无功名。经管家通报，俞善麒被请进冯宅。过庭中种着两棵老梅，墙角的芭蕉长得茂盛，院子里弥漫着一股幽幽的馨香。

来到正厅，只见厅上悬着“含草茹薇”四字匾额，这真是闻所未闻，见所未见。一般的厅堂之上挂的匾额都是写些煊赫之辞，哪有说自己是甘于吃草的呢？

正想着，一人从堂后走出。来人清瘦，微笑着，披着一条宋式蝉翼纱的褙子。这潇洒的老者就是冯道传。

“贤侄一定是在想，这‘含草茹薇’四字甚是奇怪，对不对？”俞善麒忙上前行大礼，冯道传扶起，请他入座，一边命人看茶，一边接着说，“这四个字乃先父冯友仁所题。先父当年见宋室衰微，盗贼四起，百姓苦不堪言，遂聚众平贼。咸淳十年，被授溧阳县教谕，掌管一县文庙祭祀。德祐元年，元兵统帅伯颜攻破临安。消息传来，先父大声悲哭道：‘宋室江山已失！臣孤掌难鸣，回天无力，忠臣岂肯事于二主？’遂烧毁印绶，从水路潜回乌伤，隐居谢事。”

俞善麒心想自己的父亲俞涞似乎正是追慕冯老先生这等先贤的作为而立身，叹道：“想必那时冯老先生写下了‘含草茹薇’这四个大字！”

“不错。”冯道传道，“含草茹薇，说的就是我冯氏一门学先贤伯夷叔齐，宁在首阳山采薇而食，也不食周粟！他的好友留梦炎乃前朝右丞相，后降元出任尚书，极力推荐先父。元廷数次下旨，他皆以病推辞。先父告诫我等，不可改换宋朝服饰，不可做元朝命官。直到泰定元年殁了，享年八十。赵孟頫先生为他撰了墓志铭。先父临终前对我说：‘不出百年之后，当有圣人出世。届时，你应尽家产以辅佐其成大业。’”冯道传说起往事，增了慷慨之气。这更让俞善麒感到敬佩，难怪这位冯世伯是父亲的至交。

“你父亲身体还好吧？”

善麒听此问，连忙取出父亲的书信递上。冯道传看了很久，见字如面。俞善麒又把这几日遍访朱丹溪不遇的经过讲了一遍。

冯道传安排道："善麒贤侄，你的来意我已明了，要拜丹溪翁为师还需从长计议。你这几日辛苦，赶紧在我这里安顿下来，好好休息，且把这里当成自己家。"

俞善麒听了这番话，顿觉温暖，却不忘讨回家信，遵父命焚毁。人一旦有了依凭，困倦疲劳就马上袭来，毕竟在梅林中熬了一宿。

五

管家带着他往花园中走，俞善麒才发现这冯宅后面别有天地。这是个地道的江南私家园林，占地总有十亩，分前后院，前院为宴饮会友之地，后院为眷属住所。隔开前后院的，是一个约有四亩的花园。亭台楼阁，不失为居家胜景。他的住所被冯道传安排在后院，那真是把他当作嫡亲之人看待了。

俞善麒入住西厢房，美美地睡了一觉，得了一梦。一位仙风道骨的老者指着远处三座山，要他进山去采仙草，回来可得真传。他还想问问仔细，那人是不是丹溪翁，却已经醒来。他兀自躺在床上，回味梦境，感到全身的精力已经恢复，血液在周身汩汩流淌。

此刻，耳边隐约听到一些散乱的琴音，他起来看看天色，已是傍晚了。走出厢房，路过朱漆回廊，穿过荷花池上的九曲桥时，见石舫中有一女子正在弹琴。远远看去，她穿着淡雅，纤纤玉指拨了几个琴音，开始转动轸子调音，反反复复。一会儿，音色调好了，那少女定了定心神，开始弹奏，音乐从指间流出，不疾不徐，颇有上古之意。俞善麒也雅好音律，听出这是一曲《鹿鸣操》。

淡淡的暮色之中，那少女演奏渐入佳境。她的琴音流畅，年纪轻轻却指法老练，但毕竟透露出一股清新活泼的气韵。俞善麒听得如痴如醉，不由得就和着琴音唱了起来：

呦呦鹿鸣，食野之苹。
我有嘉宾，鼓瑟吹笙。
……
呦呦鹿鸣，食野之蒿。
我有嘉宾，德音孔昭。
……
呦呦鹿鸣，食野之芩。
我有嘉宾，鼓瑟鼓琴。
……

那女子忽然听得有一个男子的声音和唱，吃了一惊，弹错了几个音，又觉得能和此曲，自然是知音中人，旋即又入佳境。

一曲终了，二人都沉浸其中，任由暮色苍茫，庭院中别无声息。

“你是谁?”那女子回过神来，警觉一问。

“在下俞善麒，失礼了。您的古琴弹奏得真美啊，情不自禁，唱了几句。”俞善麒边说，边走到石舫前。

“不打紧，您必是我家的客人。”女子行了一礼，又说，“此曲见《诗经·小雅》首篇。原为周朝宴乐群臣嘉宾所用。为汉代仅存雅歌四篇之一。蔡邕《琴赋》《琴操》中均有此曲。古琴曲有五曲、九引、十二操。五曲者，一曰《鹿鸣》，二曰《伐檀》，三曰《驺虞》，四曰《鹊巢》，五曰《白驹》。其中《鹿鸣》和《伐檀》，一字一音，四五字一节，有很多正徵半音。曲子缓缓而起，轻柔而落，琴歌意境，古风宛然。所以，此曲是该有人和着唱起来才好，听得出来，您对古琴一定颇有造诣。”

一般富贵人家的女儿，大多学些古筝之艺，能对古琴有这般见识的并不多见。俞善麒听了这位女子这样入情入理的一番琴论，顿生了几分爱慕。自问对琴道只是略知一二，平日的时间多钻研医药之学，但这五音与人身五脏有所对应倒是读过一些要旨的。

在这少女面前，他不由得就想多说几句：“古琴有别于其他乐器，它是自古文人用来陶冶性情的圣洁之器。七条弦上五音寒，此艺知音自古难。我不懂琴，多看了几本医书。医为艺海第一门，医学讲求‘天人相应’‘形神合一’，与琴道最合。”

“愿闻其详!”女子认真道。

俞善麒原本不想说得太多，得了鼓励就打开了话匣子：“古琴长三尺六寸六分，象三百六十日，广六寸，象六合。弹琴要心手相应，物我两忘。中医则讲究天人合一的整体观。琴有角、徵、宫、商、羽五音，应木、火、土、金、水五行。而肝、心、脾、肺、肾五脏也与此相应，又与人的五志怒、喜、思、忧、恐相连。宫与脾相通，助脾健运；商与肺相通，舒达气机；角与肝相通，解郁制怒；徵与心相通，通调血脉；羽与肾相通，养神宁志。欧阳修就曾以琴音疗疾。奏《广陵散》之嵇康也著《养生论》。他言‘蒸以灵芝，润以醴泉，晞以朝阳，绥以五弦’，此乃方法，而‘清虚静泰’乃养生根本。抚琴要用指甲和指尖弄弦，半肉半甲，其声最美。指尖是经络的末梢，弹琴中不断地按摩这些末梢，可以调和血脉……”

“俞少爷——俞少爷——”隔着花园，传来管家的叫声，把俞善麒的长篇大论打断了。“俞少爷原来在这里，老爷找您，该用膳了！”

俞善麒应了一声，转身再看时，那女子已经不见。

六

正厅灯烛通明，冯道传准备了一席丰盛的佳肴款待这位贤侄。见俞善麒进了屋，忙给他介绍坐在一旁太师椅上吃茶的人。

“贤侄，今天我冯家是贵客盈门哪！老夫为你引见，这位就是丹溪先生的高足，杜雄黄大夫。”

俞善麒一路上就听闻这位杜大夫的名声，不料竟在此相遇。只见其人着装体面，相貌清瘦，薄嘴唇，薄鼻翼，眼睛不大，却十分有神，手长脚长，十指纤纤，无名指和小拇指都留着长长的指甲。虽然也是年轻人，却定定地透着沉稳之色，气度不凡。

俞善麒上前行礼，杜雄黄也忙起身答礼。冯道传连呼大家入座。

一张大圆桌台面足可坐下十五六人，虽线条简单，荸荠色，泛红，看不出纹理，又不上漆，没有一点浮光，是前朝的好材质。

冯道传呼了一声“茶”，就有一个仆妇端了托盘来，青白色茶盅，瓷质不细却润厚结实，是湖田窑的厚釉。茶碗中不是宋元的末子茶，而是不知什么名目的民间土叶子茶，叶阔梗粗，满满半盅，香气浓郁，入口青涩，好比食草，却回甘如饴。俞善麒想：“这怕就是‘含草茹薇’之茶吧？民间散茶比起宋元繁复的末子茶，真是清新可爱。”

一旁的杜雄黄也正吸溜吸溜地猛啜，连呼：“好茶、好茶，想必是婺州东白。”

几个人一盅茶下肚，不时就觉腹空，饥肠辘辘。送茶的村妇又带了几名村姑，往往返返，大圆桌中央便放上了佳肴，架起漆盒，最底下八个，各色菜蔬，叠六个冷荤，四个热炒，最中央上了一条四腮鲈鱼。

冯道传坐在主位，命俞善麒就坐在他右侧，杜雄黄坐在他左侧。今晚是俞善麒来冯家的第一餐饭，所以特别设的家宴，除俞善麒与到访的杜雄黄两位之外没有外人，冯家兄弟姊妹也都按辈分纷纷入席。连女眷也照样入座，足见冯家是不拘俗礼的，也真没有把俞善麒当外人。

俞善麒夹了一块豆腐，并没什么热气，一口下去，心子里滚烫，舌头去一层皮，正狼狈，眼前一亮。适才那位弹琴的女子也在席间！一时竟顾不得舌尖的痛。

原来她是冯道传的千金冯卿如。

弹琴对话时暮色渐浓，眉眼神情看不分明，而屋中明亮如白昼。借着灯光，俞善麒的大眼睛停在了冯卿如的身上，只见她穿着一袭月白的八幅罗裙，腰间数十道细褶，每一褶一道颜色，搭配得既淡雅又别致。忽然觉得自己这样看人有些失礼，连忙低下头接着吃那半块豆腐。面对这样一位美人，既陌生又熟悉，刚才的那番琴歌互答，不过隔了一刻钟而已，倒像是互诉了衷肠，认识了许久。

杜雄黄拿眼角的余光偷眼端详，冯卿如正是十五六岁的妙龄，任谁见了都怦然心动。这少女看得出有些紧张，微垂着白腻如玉的瓜子脸，只让大家看到一个梳妆整齐用金银丝线绾成的插梳扁髻。偶尔抬起头时，一双美丽的大眼睛含情脉脉，抿着两片薄薄猩红的嘴唇，微微上翘的嘴角露出些许的俏皮与天真。

席间，冯道传高兴，互相敬了几杯酒。杯盏之间，偶有几次，俞善麒的目光与冯卿如的目光相触，不免心旌荡漾。

冯道传何许人也，早看出了小儿女之态。他十分欣赏这位世侄，卿如又是他最宠爱的掌上明珠，自幼就教她调琴读书。与俗家那些无才便是德的女孩不同，卿如心性高洁，自有一股诗书脱俗的气质，从不把那些平庸子弟放在眼里，即便是一心只读圣贤书的学子也并不青睐。俞善麒的心怀、学养与理想自是不凡，倒是得以琴瑟和鸣了。想到此，冯道传心中倒越发欢喜，不觉多喝了几杯。

看出端倪的当然还有杜雄黄，他只是吃一点冷菜。冯家的冷荤用卤很特别，有一股凛冽的药味。

“冯先生家的菜肴果然不凡，我吃着是药膳之味。这一碟牛肉的卤料中就有一味鸡骨草，久食疏肝。还有这碗猪骨汤中融了益脑的天麻、养心的菖蒲、安神的龙骨以及凉血固肾的龟板，是益智安神的补汤，却又鲜香味美。想必是给善麒老弟补身子的！”杜雄黄道。

冯道传得意地望了一眼俞善麒，抿嘴笑道：“不敢在杜大夫面前班门弄斧，不过是加了些消暑去腻的草药罢了。杜大夫如今久居钱塘，这次上老夫的门不知所为何事？”

杜雄黄从不饮酒，杯中是白水，他举杯敬了冯道传，抿一口水说：“冯先生乃我婺州高士，虽一日不曾为官，却通达天下，看得清局势。在下秉承家师之愿，希望能为苍生谋医疗之福祉，多年来，遍访医官，只可惜都投靠无门。”

“杜大夫不是已经在杭州的惠民药局当了医官了吗?”冯道传问。

“冯先生，小小医官，整日只是为草民做些诊疗配方的琐碎之事。在这乱世之中，实在没有出头之日呀!”杜雄黄说着又饮了一口，状若饮酒。

俞善麒觉得这位不怎么开口的杜大夫既然是朱丹溪的高足，一定不是平常人物，看上去是个闷葫芦，葫芦虽闷，里头却有好药。但是他为何这么在乎做医官呢？心直口快道:“杜大夫为什么要投靠这官办的药局？这乱世纷纷扰扰，蒙古人的朝廷腐败至极，自宋至元这官办药局，作为国家的医疗体系一朝不如一朝，竟都成了皇族贵胄的私人药房。做医官都成了攀附权贵的妙方，哪管民间疾苦！丹溪先生不也因此在民间且隐且医吗?”

善麒的话出口，心里又觉得是不是说重了些。

大家沉默了一会儿。

冯道传心里十分赞赏这位侄儿的话。

杜雄黄面无表情，微微昂着头:“贤弟啊！我的心，与家师的心是相通的，自然也通着天下百姓的心。我杜某人又何尝不这么想。可是，我们医者，纵然有三头六臂，终其一生，能治多少人？杯水之于车薪，一毛之于九牛啊！必须要药局大兴，成为国家的体系，才是医者的王道!”

“说得好!”冯道传与俞善麒同时叹道。“可是眼下的朝廷是无药可救了，靠不住，只能靠自己!”俞善麒又补了一句。

杜雄黄轻轻地冷笑了一声,“靠自己？你还是年轻了。孔孟之道世代背诵，民为贵，社稷次之，君为轻。然而，真的是这样吗？那些口口声声读着四书五经做了官的人，哪一个敢让君为轻？那些权贵家中，千年人参名贵药材堆在库房里发霉。平头百姓为了配几帖药，弄得倾家荡产，人财两空！没有权力，就不能说话，更不能作为。一旦权力在手，才有可能为老百姓做点好事啊！”

杜雄黄的一番慷慨陈词把一桌人都镇住了，冯道传接口道：“说得对，天下要改朝换代了，好人不去当官，不掌握权力，难道让坏人当道吗？都像老夫躲在乡野避世，终非你们年轻人所为了！”

杜雄黄突然从座中站起来，恭恭敬敬地向冯道传抱拳一揖到地。冯道传吃了一惊，也站起来回礼，被杜雄黄扶住了。他终于说出了来意：“先生，我这次来是想请先生为我修书一封，将我引荐给萨都剌，萨大人。”

这萨都剌，祖父辈因军功镇守大同、雁门，故长期生活在元大都，泰定四年（1327年）的进士。他诗书画俱佳，又好茶，曾任湖广行省茶运司督办，后官至江南行台御史。此人论才华是本朝数一数二的人物，且早把政局看得透彻，辞官游荡江南，因此就与冯道传结识，茶酒同饮，诗歌互答。据说他曾秘密为方国珍的盐业起义出谋，又与朱元璋有书信往来。

冯道传心想，杜雄黄啊杜雄黄，真是个厉害的角色，竟然看准了萨老这样一位深不可测，却又不做政治选择的人物。不仅如此，这杜雄黄还能了解到老夫与萨老有交往，厉害啊！这杜雄黄确是有野心有抱负的人，只不知这野心究竟是好是坏？罢了，能帮就帮吧。他于是捻了捻胡须说：“老夫确与萨老有些缘分，此人善诗善饮，绝不是一般的政客。此人一言，在哪里都有些分量。老夫就替杜大夫写一封引荐的书信。”

杜雄黄再三拜谢，当晚就携着书信告辞了。

第四章　因为这半截牌匾

一

关于规划“圣山小镇”的董事局扩大会议争论激烈，从下午一点一直开到下班时间，丝毫没有散会的迹象。

终于归来的叶嘉传在贵宾接待室里已经读完了半本朱丹溪的《格致余论》，原本约好俞念草一起吃晚饭叙旧，想痛痛快快地聊一场。一看表，快七点了，也不见俞念草的人影。好在叶嘉传深谙医理，绝不焦躁，继续研究这丹溪翁深受宋代理学影响而写成的医书《格致余论》。大不了不吃晚饭，倒也健康。

突然，董事长秘书晶晶来请叶嘉传：“叶先生，董事长说很抱歉让您等了这么久，会议可能还要持续一会儿，她说干脆请您进去一起参加讨论。叶先生，这边请——”晶晶这姑娘总是在一脸端庄的深处透出少女的活泼可爱，那架势又不容分说。

叶嘉传有点受宠若惊，只好硬着头皮，饿着肚子，坐进了人家董事会的座位上。俞念草没有任何老朋友久别重逢的仪式和动作，甚至都没有站起来，她只是给了他一个眼神，就是说：“你可回来了，终于见面了。”

叶嘉传甫一落座，似乎就感到了浓浓的火药味，大家一个个都神情严肃，会议桌上摆了几盘水果，是刚刚端上来让大家垫肚子的，也没人敢碰。

其实叶嘉传回到乌伤就听说了“圣山小镇”的项目，名气太大，想不知道都难。没想到俞念草企业的效率如此之高，眼下已经在讨论一期工程的规划问题了。他仔细听了一会儿，关于一期工程的选址和文化内涵问题，与其说是讨论，不如说是争论。

项目组的几位负责人，拿着三本厚厚的方案书，以及KT板彩打成“圣山小镇”预想的平面效果图，大说特说。看来在叶嘉传进来之前，董事会已经为这两个问题吵了好几轮了。

“圣山小镇的文化内核必须从本土的文化资源中去挖掘！我们圣山集团这么多年来，除了发展实业、发展科技，大量精力都投入到优秀传统文化的保护和传承之中了。乌伤文化、婺州文化、浙中地区的文化，有太多值得深入挖掘的内容！放着自己家里的宝藏不用，还要去求别人吗？”这是一种观点，很有道理。

“一个现代化的小镇，必须要有现代化的规划思路，不是个体户，拍脑袋想想，先做一块，再做一块。中医药文化也好，大健康产业也好，这些都是未来发展的方向，但是如果没有最前沿、最卓越、最现代化的规划思路与管理理念，是绝对不会成功的！”这是另一种观点，也很有道理。

关键问题在于董事长兼CEO的俞念草否定了所有的方案。

多数董事会成员还是企图说服她采纳其中一个由公司骨干与德国设计团队磨合了很长时间的方案。

俞念草先是认真听，却不表态，弄到全场七嘴八舌，她也烦了，干脆从果盘里拖了一串提子过来大吃。她是用吃提子的方式表达她的不同意，或者说不屑一顾。

“那我来说几句。”副总裁俞念芯见气氛紧张，而俞念草的表情冷峻，一言不发，光吃水果，于是开口，“大家要知道，特色小镇发源于我们浙江，这种在块状经济和县域经济基础上发展而来的创新经济模式，是供给侧改革的浙江实践，并且是成功的。这是‘敢为人先、特别能创业’精神的又一次体现。总书记作重要批示：‘抓特色小镇、小城镇建设大有可为，对经济转型升级、新型城镇化建设，都具有重要意义。浙江着眼供给侧培育小镇经济的思路，对做好新常态下的经济工作也有启发。’……”

俞念芯个子小小的，五官十分精致，有一个宽宽的脑门，长得实在像画像上的祖师爷朱丹溪。他的性格是公司里出了名的沉稳，任何时候说话都是语气平缓，却不容任何人推诿，温而厉。他是特意要先说一番文件上的话，边说边观察所有人的表情，也好让大家的情绪平稳下来。他轻轻咳嗽了一声继续说：

“现在，我们婺州要建特色小镇了。婺州精神是浙江精神中一张响当当的名片。圣山更是首当其冲，有能力、有魄力做这个大事。那么我们的特色呢？当然我们可以说这个特色、那个特色，到底怎么样，只有自己知道。这个项目不是做完就算了，这不一样，这个小镇会长久存在，一百年、两百年，要留给子孙后代的。不错，投资、建设特色小镇是个风口，未来全国都会铺开，遇上了风口，猪都会飞！但是，风停了呢？猪都摔死。我们还是自己要有翅膀！董事长、各位，我看这样，三个方案都是花了不少心血做的，我们能不能博采众长，以德国的方案为主，把其他好的地方都吸收进去，怎么样？”

俞念芯把一番话说完，既替董事长暗暗地训了大家一通，又提出一个折中的方法，大家也都下得来台。众人都频频点头。以俞念芯对姐姐的认识，他感到自己的处理应该可以得到满意的答复。

叶嘉传见此情景，心想终于要散会了，偷看手表已经八点零五分。

“不行！”俞念草斩钉截铁，不留余地地大声宣布。

会场开始骚动起来，俞念芯也不知如何是好了。又一番听不清谁是谁非的唇枪舌剑之后，俞念草感到头疼，按了按睛明穴，打了个手势。大家安静了，气氛骤然凝结。

俞念草开口说话：“你们的方案做得很辛苦，也很用心，都是好方案，用到别的地方都很好。可是，圣山小镇不能这么做。你们会问我，那应该怎么做啊？我告诉你们，我现在也不知道。反正，我的直觉告诉我不能这么做！不忘初心，我们圣山的初心是什么？在哪里？初心不是赚钱。初心找不到，这圣山小镇没法做！你们可能会觉得很荒唐，但你们一定要相信我！哦，对了，我给大家介绍一下，这位叶嘉传先生是我的老朋友，刚从国外考察回来，他知识渊博，我们请他谈几句！”

叶嘉传吃了一惊，他知道俞念草是心里烦透了，突然拿他来挡一挡，大概是要这个外人说几句不痛不痒的外行话，调节一下气氛好收场。可是说什么好呢？那就胡说八道了：“我虽然出去了很多年，但知道圣山的年头更长，不只是我，中国有无数人知道圣山这个牌子，中国驰名商标嘛！喝铁皮枫斗的，服用保健品的人都知道。可是，圣山有这么一座山吗？在哪里呢？”

说完这句话，叶嘉传自己都觉得有点幼稚。但直觉告诉他，这个问题也许是个关键。

果然，所有人都开始低声议论。不出所料，即使是董事会成员，也不会思考这样一个莫名其妙的问题，而且这个问题与圣山小镇有什么关系？

叶嘉传的直觉是对的，他的话头刚起，正想往下说，俞念草像是突然被什么东西击中了，缓缓站起来，用平静而充满力量的语气说：“你们都知道我的创业史，艰难挫折都不说了，其实我前半生都在做一件事情，就是寻找‘圣山’！圣山是存在的，我一直在找。我还要告诉大家，我们企业未来要做的几件大事，都必须从这个原点开始。如果找不到，那么下半生我会继续找！散会吧！”说完，头也不回就走出了会议室。

众人的目光都看着叶嘉传，仿佛他一定是知道什么内幕。叶嘉传双手合十向所有人拜拜，也跟着溜之大吉。

董事会为“圣山小镇”项目一期工程的激烈争论戛然而止，大家面面相觑。

“董事长说她一直在寻找‘圣山’？‘圣山’品牌不就是她一手创建的吗？”

“还真有这么座山？咱们浙中地区就是山多，上哪儿找去？”

“怎么不好找，随便找一座，承包下来，命个名嘛！”

“有意思吗？”

“是啊，俞总，您最了解董事长，您怎么看？俞总？俞总！”

俞念芯也对姐姐的这句话思考得出了神，但他确实要比其他的董事对这句话的理解更深一层。

“噢，这个圣山小镇凝聚着我们所有人的心血和智慧，而董事长更是把这个项目看得比天大，她这么举重若轻的人之所以会这样，看来背后一定是有故事的。我们企业发展到今天，光是‘圣山’这两个字就值百亿的品牌价值，可她当初为什么要取名叫‘圣山’？没错，我们的企业文化手册上早有诠释，大家都背得滚瓜烂熟，但平心而论，我们大家有没有细细想过。这次的三个选址规划方案，大家谁也说服不了谁，董事长是一个都不满意。不是什么设计师图纸画得漂不漂亮的问题，也不是3D效果图渲染得认真不认真的问题。我想她一定是在寻根，寻圣山的根，寻华夏五千年中医药文化的根。不过到底怎么回事，我也想弄清楚。大家也知道，我这位姐姐有时候是个思想家。她思考问题的高度和深度，多数人达不到，至少我达不到。我能做的就是技术层面落实她的思考。圣山的初心其实是董事长半生奋斗的、始终践行的。带着越来越多的人脱贫致富，把我们的企业、工厂、基地、小镇建成环保的、美丽的、绿水青山的事业，为人类的健康事业奋斗，这都是圣山的初心。这样，我负责跟董事长进一步交流，方案的事大家先搁一搁吧，都快九点了，快回家吃饭吧！”

其实，对于俞念芯来说，还有一个更想弄清楚的问题，这个叶嘉传怎么会坐进了董事局的会议席上？

二

走出公司的大楼，夏夜，蝉鸣渐止，蛙声一片，静夜之下，烦躁就去了大半。俞念草让司机先回，坐上叶嘉传的车，这才热乎乎地说了句：“老叶，你在国外修炼够了，终于回来了！今晚真不好意思，让你久等了，肚子饿扁了吧？找东西吃去！”

“这个点，该吃夜宵了，我想去尝尝老家的路边摊！”

“好，那咱们去吃馄饨去，热乎乎的小馄饨，小时候最爱。”俞念草偶尔露出了点小女人的意思。

“念草，你啊就是平日里太醉心工作，人家都称你为‘人间仙草’啦！是该去去这些馄饨铺子小面馆的，多吸收一点烟火气。你心里有故事，有块垒，有使命，你的内心还是太清高了！世俗的东西往往具有很强的愈合力。”

“比如，小馄饨？”俞念草此刻不想正面回答这个问题。

“到了！吃它一碗，身心舒畅。”叶嘉传把车停在路边，进店拖过两张塑料凳，唰唰抽了两张纸巾，奋力把俞念草面前的那块油乎乎的桌面擦了擦，做了个英国绅士的手势，“请——”然后高喊：“小馄饨两碗！”

“我一个人就要吃两碗！”俞念草毫不客气地说。

一会儿工夫，两个人稀里哗啦干掉了四碗，当然叶嘉传实际吃了两碗半。

“嘉传，我们做企业的天天五星级酒店请客吃饭，不摆排场不行，别人觉得不受尊重。照理说你这么多年漂泊回来，我应该大摆筵席给你接风的，却请你吃了两碗半小馄饨，你不会怪我吧？”

“念草，我们之间，说这话都多余。我要是还这么看重五星级酒店，我就不会离开金融界，也不会去非洲去乌克兰了。”

两人满足地空坐了一小会儿，叶嘉传点燃了一根烟，又深又缓地吸着。

“我说老叶，你这么钻研中医与养生的人，怎么这么大烟瘾呢？”

“来一根？”老叶推了推烟盒。

俞念草狠狠给了他一个白眼。

叶嘉传笑笑，故意吐了一个烟圈，“以前在银行干信贷员，要跟各种客户打交道，怎么能不抽烟？何况，人生有时候是这样的，你研究的跟你实践的不一定就非得是一回事，比如演员，比如那些大学里的教授。当然，也不能太过违背。一个小小的不良嗜好，我认为可以保留。更何况，没有人知道，我吸烟其实没有吸到肺里。男人要有一点‘烟圈的力量’。”

俞念草其实挺欣赏叶嘉传身上的这种气质，有一点点“邪”，真的就是那么一点点，可是偏偏就是这一点“邪”，不仅具有了魅力，更能如朱丹溪的中医理论所说的以邪攻邪，反而能治好人、事上的一些“疑难杂症”。他有一种很强的化解力。

三

“你说，你的第一份工作是信贷员？”

“那是后来的事，我是从最一线基层的普通职员干起的。那是1983年，我参加婺州市的银行招工考试。结果稀里糊涂考了个全市第二名，就进银行了。一开始分到一个很偏远的农村信用社，一共就七个人。师傅们资格都比我老，小叶啊，我们要回家种田去了，双抢，你一个人上班吧！会计、出纳变成我一个人做。你别以为那个乡村信用社小啊，每天的传票要三百笔以上！有一次，我一个人上班时遇上了我们分行行长。他是路过，顺便视察。进来一看，单人临柜，犯了大忌。然后批了我一通，要走。我想这下全体都要遭殃，硬是把行长拦下来。我说中午了，我们这小地方连个食堂也没有，更别提什么饭店了，现在走吃不上饭。我说，行长你到山区信用社来看我们不容易，别走了，就在这里吃点吧！他说你怎么弄啊？我说我一边营业，一边就能炒几个菜。我就在这个营业场所里面弄了一个煤油炉，给他做了一个咸菜炒肉，一个豆瓣酱，一个青菜，还有一个咸肉煮冬笋。行长吃得津津有味，连声说城里什么菜都没你这个菜烧得好吃！后来我们整个区要选拔会计辅导员，没想到那么多资深的老会计、老出纳都没选上，行长说就是我了！这样我就从一个农村信用社调到区里去了。”叶嘉传讲得眉飞色舞，仿佛回到了那个黑洞洞、油乎乎的乡村信用社。

“叶嘉传同志，你行啊你，有贿赂领导起家之嫌！”俞念草打趣道。

“那你呢？第一份工作是什么？采药？”

“不是采药，是采茶！那年我只有十四岁，跟着同村的阿姨外出采茶叶，赚点生活费贴补家用。那应该是1979年，刚改革开放，但风还没吹到我们这里。那年初中还没毕业，是假期出去的。人生中第一次赚钱的经历。

“那时没什么地方可以打工。说是婺州有个七一农场，要采茶工。我们村里用拖拉机一家伙拉过去二十三个女人，我年纪最小。那个时候又不懂，咚咚咚咚拽到一个地方去，还觉得蛮激动。很多阿姨都不相信我这么小，吃得起这个苦，肯定要提前回家。没想到中途跑回家的是她们不是我。采茶叶，不像那个《采茶舞曲》唱得那么好，溪水清清溪水长，溪水两岸好风光。实际上是苦得要命！手、脚、眼要一起用，一刻都不能松懈，身上还要背一个愈来愈重的茶叶篓。我采茶叶很慢很仔细，茶树都有生命，长出好茶来不容易。我会把嫩芽一个一个都采干净。另外，还要时刻防着茶园里各种各样的蝇虫，有的很毒。雨天采茶嘛，越采越重；晴天采茶嘛，越采越轻。重了嘛，人累死，轻起来过秤的时候划不来！基本上一天采下来能赚八毛到一块钱，要是能有一块二那是高兴得要跳起来了！

“农村里面都是平房，睡觉打地铺。当时茶园里的食堂我从来都不舍得吃。白天采完茶叶，晚上我就去农村养猪的地方帮他们切猪草，他们就会送我两只萵笋，叶子择洗干净切切碎，自己用盐巴一腌，明天两餐饭好吃。配糙米饭，照样吃得津津有味。那时候我每个月花多少你知道吗？三毛钱！我现在回想起来，那个时候蛮单纯、蛮快乐的。

“同村跟我一起去的女人都陆陆续续跑回来了，只有我硬是坚持做完两个月，现在想来，自己都不知道当时哪来的毅力。两个月后，我口袋里揣着采茶赚来的六十块钱，第一件事就给家里买了一担米，挑着一担米，走在回家的路上，简直就是衣锦还乡。

“第二次采茶叶赚到钱后我决定对自己好一点，跑到集市上狠狠心花掉了十三块钱为自己买了一件新衣服，的确良格子衬衫。回家当天晚上，碰上隔壁村放露天电影。我把自己好好洗洗干净，然后换上新衣服，高高兴兴地跟姐妹们一起去看电影。看了什么影片我是一点都没记住，因为整整一个晚上，我只顾享受别人看着我这件新衣服那种羡慕的眼神，现在想起来还开心。那个年代，那种感觉，就是幸福感，比现在买奔驰、买劳斯莱斯还幸福！”

俞念草不仅把叶嘉传说陶醉了，把自己也说陶醉了，眼里闪闪烁烁有了泪花。

自己的历史才那么短短三四十年，就这样难舍难忘，那些更遥远更深邃的历史呢？叶嘉传深深地望着眼前的俞念草，一个四十多岁，饱经风霜又别有风韵的女人。

俞念草手机响了，是俞念芯打来的，不放心今天董事会上姐姐反常的举动，一会儿要去家里看她。

“念芯要去我家看我，你把我送回去，一起进屋坐坐吧。”

四

三个人进到客厅，俞念草倒了三杯淡茶。俞念芯是一个处处谨慎的人，见叶嘉传也在，虽然彼此也认识，却也不知道该怎么问今天的事了。支支吾吾了一会儿，干脆低头喝茶。

俞念草啜了小半杯茶，轻轻呵了一声，开口了："念芯，我知道你想说什么，你和嘉传都是我最信得过的人，你们跟我上楼看样东西。"

俞念芯和叶嘉传对视了一眼，跟她爬上了家里的阁楼。

俞念草只开了一盏台灯。每当她心烦、疲劳和孤独的时候，她就会一个人坐在这阁楼上静一静。台灯橘黄色的光晕会像母亲慈爱的眼神，带来些许慰藉。灯下是一口樟木箱，是祖母传给母亲，母亲又传给她的东西。虽然表面斑驳不堪，但还是看得出原本是朱漆描金。一把旧式的黄铜锁，锁钮和把手都已经锈成青绿色，配着暗红底子，鲜艳夺目。木板光滑陈旧，却依然散发着淡淡幽香。

这是小时候的味道。俞念草想起来，母亲的木板床头就放着这只樟木箱，她是闻着这样的幽香睡去又醒来的。直到有一天，母亲把这口箱子和钥匙交到她手上。

俞念草从写字台抽屉里取出一把老式的铜钥匙，插进锁孔，锁即开。她打开箱盖，从里面取出一件用黄布缎子包好的东西，布缎子打开后露出了一块木牌。原来那是一块只有半截的木匾，木质黝黑，斑斑驳驳，上面从右往左写了两个大字——两个男人一惊，都情不自禁地喊出来——"圣山!"

这两个字的书法是遒劲有力的楷书，端庄稳重，有些明代馆阁体的味道，可惜这是一块残缺的木匾，"圣山"二字之后就是断裂的缺口，那些原本锋利的木刃早已被数百年的岁月抚摸出了厚厚的包浆。

俞念草今时今日所拥有的一切，都是自己几十年拼搏、努力挣来的。唯有这半块木匾是她的家族遗留给她的，并且始终是悄悄遗留给她的，仿佛是遗留了一个秘密，或者一个错误。她常常抱着这块残匾，深情地抚摸着，曾经有多少个创业时的不眠之夜，以及如今的难眠之夜，她就是抱着这块匾度过的。

“圣山”究竟在哪儿？这块匾的另一半又在哪儿呢？

第五章　仙草开花

一

俞善麒在冯家住了半月有余，与冯卿如情谊日深。冯道传本就与朱丹溪相识，这回又帮了杜雄黄的忙，于是也就不客气请杜雄黄给朱丹溪送去书信。信中言明世侄俞善麒，对医药之道素有天赋，诚意拜丹溪先生为师云云。

果然不到一个月，冯道传收到了朱丹溪的亲笔回信。却只是一张字条，十六个字：

九月三十，大士足下，石斛开花，可传心法。

俞善麒见了这个字条激动得牙齿都在发抖。可是，这十六个字是什么意思呢？冯道传沉思了一阵，解道："丹溪先生年事已高，是得道之人，他的不少医学著作与理论已经广有传人。但晚年他疏于交际，几乎无人得见，想必是在整理毕生之学，又悟出了什么精要之旨。没有哪位得道之人不想把自己的思想精髓流传后世的，可见他也希望得到一位合适的传人。"

"不是有杜雄黄大夫吗？"俞善麒问。

“贤侄还看不出来吗？杜大夫虽得了丹溪先生的一些医术医理，但似乎与先生的心性大相径庭。对世道人心的价值判断恐怕是大不一样。”还是冯道传看得精准。

善麒更关心朱丹溪的信：“世伯，您看这信到底怎么解？”

“‘九月三十’自是日期，大士指的是我们乌伤在梁朝时所出的一位佛门圣人傅大士，‘大士足下’，必是傅大士的道场双林寺了。只是，这‘石斛开花’却不知何意。”冯道传百思不得其解。

俞善麒突然豁然开朗：“铁皮石斛是滋阴派的仙草，丹溪翁是要我采到正在开花的铁皮石斛，正合了我初到此地时做的一个梦！这是在考验我的诚意啊！这铁皮石斛往往长在钟灵毓秀、风光旖旎之地，却又是在险要之处。石斛本就是稀有药材，很难觅得，要开花更难。请教世伯，乌伤何处的山水最具灵秀之气？时间紧迫，千难万险，我也要去试试！”

冯道传捻须点了点头，“老夫一生居于乌伤，不敢说尽知天时地利，这里的山山水水还是了然的。若以易理风水之术观察，贤侄不妨去一个叫义亭的地方碰碰运气。”

俞善麒一揖到地，他是真心实意拜谢这位待他视如己出的世伯，“多谢伯父指点！善麒这就打点动身。”说毕就要退出。

冯道传忙道：“贤侄，此去千万小心，不论拜师一事成与不成，都回到冯家。老夫心中明白，我家里还有人比老夫更盼你归来。你也不可负了我的卿儿！”冯道传说罢哈哈一笑。

俞善麒听了此话，真是悲喜交加，喜的是他与卿如看来是得成连理，悲的是也不知前途如何，会不会耽误了卿如呢？只好唱了一声“喏”。

二

铁皮石斛自唐代起被称为仙草，生长条件极为特殊，主要生长在云、桂、浙等地。往往只在人迹罕至的悬崖峭壁背阴处的石缝里，根不入土。终年饱受云雾雨露的滋润，受天地之灵气，取日月之精华，生长慢，繁殖少，历朝历代作为皇家贡品和名贵药物，长年采挖，极为罕见。富贵人家生下孩子，第一口喂的是石斛水；人之将死，最后一口灌的也是石斛水，所以石斛水也叫作救命水。老字号的药店中都要放上一棵老山参，一棵何首乌，还有就是铁皮枫斗，以炫耀药店的实力。

俞善麒为了在中秋前采到开花的铁皮石斛，查了许多药典，问了当地的药农。两浙一带，发现过铁皮石斛的地方大致有四处。

一是天目山，位于临安，雄踞黄山与东海之间，可谓龙飞凤舞俯控吴越。东西两峰遥相对峙，两峰之巅各天成一池，宛若双眸仰望苍穹，因而得名“天目”。

二是百山祖，位于处州。此地麟毛走兽汇集，奇花异草多样，环境奇特，地形复杂，盛夏无暑，莽林翠松，飞瀑碧潭，鸟语花香。未见典籍记载此地采获铁皮石斛之事，但药农口口相传，此处确有上等仙草。

三是雁荡山，位于温州。此处万山重叠，群峰争雄，悬嶂蔽日，飞瀑凌空，风景奇绝。乐清药农常在七月开花时采集。而七月的天气，奇花异草生长之地，往往有毒蛇出没。所以，当地药农带短棒驱蛇。采集时，三人一组，用三根绳子，一根用作安全绳，一根直接用来爬，一根用来固定。一个人在上面望风，两个人同时慢慢地滑下悬崖。采药人身系绳索在峭壁间攀爬，练就了一身飞檐走壁的绝技，代代相传，名曰“雁荡飞渡”。

然而，这三处距乌伤都太远，山脉巨大，在数月内要觅得仙草，无疑于大海捞针。

唯有这第四处方有可能，就是大盘山。此山就在婺州，素有“大盘山脉连九州”之说，是钱塘江、瓯江、灵江、曹娥江的发源地，乃“浙东祖山”，是铁皮石斛钟爱之处。传说大盘山和天台山之间，有个道源村，药农上山采铁皮石斛之前，都会到城门口、药店前贴一张告示，上面写上何人将在何时去采铁皮石斛，何时返回。为的是让病人心里有个盼头。然而，这种告示常常让人失望。

冯道传所说的义亭地界，有一些山，其中心有三座连绵之山，生有异相，那正属于大盘山脉！

就去那儿吧，祥瑞之地也。

三

俞善麒只半日就到义亭镇，不知山名。他本想四处询问，却见村民们都如过节一般，穿上最好看的衣裳，三五成群往同一个地方去。看来是赶庙会的日子，但又见人人都带着各色的点心、米肉、茶酒、香烛，似是要去祭拜。

算日子，今天正是八月十五中秋节，确实是祭祀的时候。俞善麒也不去问，干脆就随着人群去看。越走，聚集的人越多，许多人竟是从很远的地方赶来，口音都各不相同。等到了一座山的山脚下，已经是人山人海，这阵势总有千人以上。

人声鼎沸之中，一位老者，看打扮是一位巫师，大呼一声，众人顿时安静下来。那巫师念念有词，似是在向这座山祈祷，俞善麒什么也听不懂，只听到“神山”二字。

仰望此山，正是自己要找的山啊！山势并不高，更不陡峭，缓缓隆起，两边各一座，中间一座略高大，三山相依，形同笔架。却显出一种端庄、神秘的气息。

巫师念毕祝祷之文，将之火化。然后纳头便拜，众人把带来的香烛点燃，放上祭品，也随即俯身跪拜，有些人更是五体投地。俞善麒在众人之中，也跟着拜山。听着大家的口中都念叨着“神山保佑”“圣山显灵”，也不知是神还是圣。

拜一阵，人群分开，有几个病人被抬着、扶着来到巫师跟前，看上去都是病入膏肓。那巫师抓一把山脚下的泥土，抹在这些病人的额头上，又到边上一棵足有几百年的大树上扎了几根红布条，并大声宣告他们的病很快就会好，病人似乎就此得到了安慰。

俞善麒看到此，心中难过，缺医少药，不免求助于鬼神巫觋，虽不能治病，却也是一种慰藉了。

拜山仪式完毕，气氛开始变得热闹、欢快，大家就地分食带来的祭品，饮酒分肉，高声说笑，成了难得的节日。

俞善麒也受到边上一户人家的邀请。他盘腿席地而坐，饮了些乡人们自酿的浑酒，甜甜的带点酸，又吃了一小块猪头肉。这猪头是一项祭品，却早已制作完成。先是拿来熏，猪头与别处的肉不同，多骨多孔，熏得透。熏过挂起来风干，祭拜完成后，整只扔进柴锅里煮。煮到酥烂，将骨肉分离，切得细碎。用之下酒，香极了。这个年头，平头百姓能吃上一顿酒肉，恐怕非有这样的祭祀不可。

俞善麒只尝了一块，老乡一个劲地劝菜，他舍不得再动筷，问道：“老乡，这八月十五祭祖，为何如此大的阵势？”

“古来如此，我阿爷的阿爷就这样。方圆百里的人都会来拜神山。听说千百年来我们这里的人都这样祭拜。”老乡边吃边说，又拿起碗与他干酒。

俞善麒喝了一口酒：“那为什么要拜这座山？”

“不敢这样说！”边上一位大嫂压低了声音认真地说，“神山是我们共同的祖宗立下的，永远保佑我们，不生病、不遭灾，神山里还有神仙，有神药！”

俞善麒将信将疑，他觉得老乡们虽然虔诚恭敬，到底说不出拜山的真意。于是他饮尽了碗中的酒，拜谢而起。他往人群的前方走去，想着干脆拜访一下那位巫师。

那巫师是个年近七旬的老者，作为祭祀之主，能沟通神明的人物，必是见多识广。俞善麒上前一揖，通了姓名，老巫师似乎与村中的宽厚长者没什么两样，也请他吃酒。他干脆直截了当地问起了神山何神之有的问题。

老巫师笑了笑，觉得这个年轻人与众不同，抓起了酒罐子给他倒了一大碗，并要与他干杯。这碗酒一入口，清甜甘洌，犹如蜂蜜而并非酒浆，与适才乡民的浊酒是不能同日而语的。这样清甜的酒，不觉就饮了三碗。

那老巫师饮完，用袖口擦了擦嘴角的酒汁，捋了捋胡须，站起来，挥了挥手，示意跟着他走走。二人一前一后，也不说话，就这么走了小半个时辰，日头已经偏西。俞善麒空腹喝的酒，起了后劲，双脚绵软，微微晕眩，浑身热热的，却十分舒畅，一时就恍兮惚兮，几乎不知自己身在何处。

绕着神山走到一处，已经远离了刚才的人众。老巫师停下来仰头一指：“你看，这座神山是何物？”

俞善麒抬头望去，在一片苍翠之上，一座山头在望，弧线起伏柔和，山顶处有一巨岩，远看就是一点微微凸起，那岂不正是一只少妇珠圆玉润的乳房！紫红色的万道霞光，更使这番景象显得妩媚娇羞，无限美妙，却又有一种摄人心神的力量。他一霎时想到了冯卿如，转而又想起了自己的母亲。不错，那乳房是哺育万民的神山！一会儿之间，那红日尚未落尽，天边已然升起了一轮淡淡的圆月，仿佛这座神山会吞吐日月。

老巫师看出俞善麒已经明白眼前神山的象征，又突然开释道："这是女娲的乳房！是人神之母！"说毕兀自开始祈祷与礼拜。

这一言令俞善麒无比震撼，心中的神圣犹如一股激流涌动。他也情不自禁地双手合十，闭目礼敬起来。待他睁开迷离的双眼时，那位老巫师已经不见了，夕阳之下只剩他独自一人。这座神山有种莫名的吸引力，俞善麒毫不犹豫地就向山上走去，没入了树林之中。

四

神山的山势十分舒缓，半醉半醒之中，俞善麒凭着胸中一股激荡之气，一口气就爬到了半山腰。一时冲动，进了山，没有准备火把，随身的包袱里只有火刀火镰与一截蜡烛。幸而是中秋，一轮皓月当空照着，只要避开那些遮天的大树，凭着常常进山采药的经验，倒是可以夜行。

这样走了半夜，酒气散了，秋夜山中寒气渐深，可俞善麒提着精神既要防着野兽，又要苦寻那仙草铁皮石斛，早已浑身是汗。然而，夜晚入山，找如此稀有的药材，与大海捞针无异。进山容易出山难，俞善麒有些后悔，只好熬到天亮再寻路出山。

此时他听到泉水流淌之声，顿觉口渴难耐。想到有一脉山泉，自然可以循源流上下！何况，这铁皮石斛多喜欢长在山体背阴，岩石陡峭裸露的泉石之畔。

他来到山泉边，掬水洗了洗脸，说不出的神思爽朗，又捧着喝了几口，沁人心脾。一抬头，忽见月下林中远远的有一片红光。难道还有别人？他随即抓起身边一截干树枝，就追了上去。

走近了一些，隐约是一个身着锦绣大袍的女子！那袍子是从未见过的天物，在夜里幻化着光彩。那是用丝绸织成的古老的黼黻文秀，无缝的天衣，衣内似有一种若隐若现的女人成熟而丰腴的体态。图案与款式都十分高古，细看是两两相对昂首长啸的虎纹，周身是朱、墨二色作旋转条纹，斑灿彪炳，威猛秀美。中上部，骑轴线为一花树，花树四下是无数奇花异草，葳蕤繁花。花树之上两龙首相拱处，嵌了个鲜明金黄的涡轮，象征太阳，而在繁花之下的凤凰尾端浅淡绿色的一轮则为圆月。在皎洁的月光下反射着优雅的色泽，通体明暗变幻，深蓝、棕绿、灰绿、蛋青、姹紫、嫣红、深褐、金黄，千变万化。

那若隐若现的女子，背对着俞善麒，步履端庄，不疾不徐地走着。可是不论俞善麒如何穷追猛赶，总是落在其后。他心中有些慌乱起来，是人？是神？是鬼？他突然想起那老巫师的话，难道是女娲娘娘显圣！不觉间已经爬到山顶，那神女走进一片山岩之侧。俞善麒一个健步冲过去看时，已经无影无踪了。他简直怀疑自己的眼睛，是幻觉还是神迹呢？

然而，就在这块远观如“乳头”般兀立的山岩之侧，香气扑鼻，沁人心脾，百草争奇，天麻、蛇莓、九死还魂草、节节草、龙胆草、回春草、九牛力、锁阳、羊奶子、量天尺等随处可见，平时难得一见的白灵芝、曼陀罗、藏红花、七叶一枝花也都见到不少，树上结出的果实形态各异，有猴头状的猕桃，核桃般的山楂，龙眼样的朱果……就在这些奇花异草围绕之中，在岩石与岩石的缝隙之间，赫然生长着一棵通身发紫的铁皮石斛——在那冰轮照耀之下，散发着神秘优雅的光晕。

俞善麒被这番景象迷醉了。真是神山保佑，神女显灵了，把这救护众生的仙草赐予了我！

可那山岩高高在上，下面是极陡的乱石堆，石头都是磨盘大小，一脚踩下去，哗啦——整个乱石堆像滑坡一样就朝俞善麒过来了！他马上往边上一个闪身，若不是身手敏捷，恐怕就被砸得非死即伤。俞善麒只好以石击石，尽量将表面那些松动的石块击打滚落下来，最后才一步一步艰难地爬了上去。

终于挨到山岩，俞善麒恭恭敬敬地向这株铁皮石斛拜了三拜，然后小心翼翼地采下，收在怀中，靠着山岩，在月下睡去了……

五

回到冯府，冯道传父女听了俞善麒这一番奇遇，又惊又喜。

善麒从怀中取出那枝铁皮石斛观赏，说道："这铁皮石斛早在东汉末年成书的《神农本草经》上就记载其'味甘，平。主伤中，除痹，下气，补五脏虚劳、羸弱，强阴。久服，厚肠胃、轻身、延年'。唐代《道藏》将之列为九大仙草之首。九大仙草分别为铁皮石斛、天山雪莲、三两人参、百二十年首乌、花甲茯苓、肉苁蓉、深山灵芝、海底珍珠和冬虫夏草。"

冯道传更觉得善麒是有先祖神明的护佑，也是其精诚所至，方能如此顺利就采到这宝贝，也兴致勃勃道："老夫也听闻，这仙草不但滋补，还有驻颜之功，有长生不老之说。那历梁、陈、隋三朝的女将军冼夫人，据说就是以此物泡酒饮之，古稀之年还能披挂上阵。唐朝的武则天，享年八十一岁，据说她花甲之年，头发由白变黑，口中长出新牙，皮肤依然白皙。据传就是浙中松阳的叶法善以藏红花为君药，铁皮石斛、灵芝二味为臣药，秘制献上的。”

冯道传说这一篇话时，善麒望了望卿如那红润润的脸。美女贵在天然，有卿如这等佳人在眼前，又何用什么秘方呢？

卿如为引开这关于美人的话题，突然提到：“丹溪先生信上说，石斛开花，可这棵石斛并未开花，已被采下，如何是好？”

这一问也正是俞善麒的心事。

冯老爷子到底见多识广，“铁皮石斛号称仙草，自有不同寻常之处。这种植物是有精神的，如同文人爱那梅、兰、竹、菊、茶一样，梅有傲骨，兰取隐幽，竹贵气节，菊则恬淡，茶性清和。这铁皮石斛也一样，你们看它不需要太多的阳光，也不需要太多的水和养料，它生长在悬崖峭壁上，不与别的植物抢地盘，它是与世无争啊！它在最艰苦的地方生长，在石缝之中，树皮之上，吃苦耐劳。但是它却有大神通，可以救治苍生。此物又名‘还魂草’，因其坚韧不拔，有惊人的生命力，哪怕无根的情况下，放上几年，貌似完全干枯，如稻草一般，却枯而不死，干而不腐。一旦遇到合适的水分与温度，照样还会发芽，甚至还能开花哪！”

“太好了，爹说得太好了，我们只需悉心照料，也许假以时日，这石斛即可开花！善麒哥、爹，请把这仙草交给卿如来照料，我一定让它开花！”

卿如爱这石斛，实在是为了爱这少年。善麒听了这番话，又感动又陶醉。

自此，冯卿如时时与那株铁皮石斛相伴。白天放置于素绢之上，令素绢微微蘸水潮湿，好让石斛慢慢吸收水分。入夜将之移到庭院之中，月光下，卿如抚琴，善麒就与那仙草共听琴音。夜深，则与仙草同眠，以体温护之。如此一月有余，这对少男少女在养花护草之时，耳鬓厮磨，情深意笃。那仙草居然真就暴出了几个花蕾。

九月三十将近，卿如为善麒收拾妥当，将带着花蕾的石斛装在瓷瓶之中。二人依依惜别后，俞善麒遂小心携着仙草赶往双林寺。

第六章　探访从未到过的家园

一

自从看到那块“圣山”残匾之后，叶嘉传对俞念草的身世产生了前所未有的兴趣。他一连约了几次，俞念草都有忙不完的工作。

周末的上午，太阳刚升起来就热气蒸腾。俞念草开车刚要进公司大门，老远就看到叶嘉传站在公司门口，穿一件深色的格子衬衫，态度很笃定地坐在车头上，好像他会永远等下去。瞬间，内心有些恍惚。

俞念草下车笑着说：“干吗？黑社会堵门口讨债呢？”

“约你多少次了你都没空，今天是周末，我料定你这个工作狂还是要来公司上班，因此专门来堵你！别进去了，我陪你去个地方，一个你应该去也必须去的地方！”叶嘉传很自信地说，似乎他只要说出这个地方，刀山火海或者海角天涯，俞念草也会去。

“啊呀，嘉传，最近公司面临转型，真的特别忙！你的好意我心领了哦！我今天还有好几个文件要看呢！我也很累，也想休息，可是不想看也得看啊！”俞念草边说边准备上车往里开。

“你就不问问去哪儿？”

“去哪儿?”

“俞源村!”

俞念草停顿了一会儿，她早就听说过这个“俞源村”，还在一本杂志上看到过关于这个村庄的介绍，地方在武义，倒是不远，据说这里居住的全是俞姓的后人。其实自己早就想去看看。

“叶嘉传你让开，我把车停好，我们就出发吧!”

“哎…… 我就说嘛！陪你去看看你的族人!”叶嘉传很得意，露出孩子一样憨厚、明亮的笑容。

俞念草这段时间心理压力越来越大，又总是放不下那些解不开的秘密，见到叶嘉传这么笑，心里也一下子明朗起来。

坐在副驾位子上，把车里的空调一关，车窗放下来，眼睛一闭，任风吹拂，顿时舒爽起来。偷得浮生半日闲，她感觉可以把自己暂时交出去。

二

“今天约你出来，只有一个要求，就是希望你放下一切工作与心事，真真正正地轻松一天!”叶嘉传说着递过来一袋野生猕猴桃，“吃吧，给大脑补氧，还原还原。”

俞念草一边剥猕猴桃一边说:“这个俞源村不知跟俞跗有没有关系，我们姓俞的可都是这位上古神医的子孙啊!”

“不错，相传黄帝时期出现了三位名医，除了雷公和岐伯两人外，名气最大的就是你们家的俞跗。他能让人起死回生！俞跗这个人物是太史公司马迁在《史记 · 扁鹊仓公列传》中提到的，扁鹊说俞跗的医术神乎其神。”叶嘉传一说到中医药的学问就头头是道。

俞念草感叹道："五千多年前，俞跗医疗疾病时就不仅仅限于'对症下药'，他已经能够'割皮解肌，漱涤五脏'！我们中国在神话的时代就已经开始运用现代外科技术，中医药的智慧真是不可思议啊！"

叶嘉传继续说道："关于俞跗的记载，还不止《史记》，汉文帝时期的博士韩婴，写'俞跗之为医也，榒木为脑。芷草为躯，吹窍定脑，死者更生'。真是神乎其神。"

俞念草津津有味地一连吃了两只猕猴桃，又鲜又甜，腮帮子酸酸的，分泌出许多唾液，顿时觉得舒服。"说起我这位先祖俞跗，你怎么这么有研究！不过有几个故事你不一定知道了。我还是小时候听我奶奶说的。"

"快说来我听！"

"黄帝与蚩尤争天下。两大部落势均力敌，双方都是伤兵满营，仍然不分胜负。黄帝让首席太医岐伯赶快想出一个快速医好伤兵、提高战斗力的方法，岐伯推荐了俞跗。俞跗一不用针，二不用灸，三不用药，四不用酒，只在脚上找到一个神奇的穴位，点拨之间就治好了病。首先治好了先锋大将军风后寸步难行的腰伤，又医好了一批又一批伤兵。风后领兵冲垮了蚩尤阵营的防线，黄帝部落一举平定了天下。这就是俞跗摸脚定天下的故事。"

"这么说，俞跗是良医胜过良相了！"叶嘉传评论了一句，请俞念草接着讲故事。

俞念草继续道："有一次，俞跗过河，看到一个淹死了的女人被几个人打捞起来准备埋葬，俞跗让他们把尸体倒吊在树上。大家都很疑惑。死者刚一吊起，就大口大口地往外吐水，直到不吐时，俞跗叫人慢慢将死者解下，仰面朝天，双手在死者的胸脯上一压一放。起死回生了！”

“这个故事讲的是最早的户外急救，心肺复苏啊！”

“还有最后一个故事。黄帝派仓颉、雷公、岐伯三人，用了很长时间，把俞跗的医术整理出来，纂成卷目，然而，还没有来得及公之于众，仓颉就去世了。后来，俞跗的儿子俞执，把这本书带回来交给父亲修订。不幸全家遭到了大火，房屋、医书和俞跗、俞执，一起化为灰烬……”俞念草讲到这里就不再作声了。

叶嘉传瞟了一眼俞念草，“神医的命运有些不祥啊，他救得了别人，救不了自己。”

两人一路聊着，不觉就到了俞源村口。

三

叶嘉传没有立即进村游览，而是带着俞念草爬上了村前的山冈。

两人站在树荫下望去，山高水长，心中顿时舒展辽阔起来。俯瞰，俞源村四面环山，发脉自九龙山的溪流东西向横穿整个村庄，呈现“S”形流向村外田野，与周围的山岩勾勒出一幅巨大的太极图。田野分为太极两仪，溪东阳鱼古树参天，鱼眼是一池圆形小塘；溪西阴鱼则稻谷金黄，鱼眼处高山田畈，种着旱地作物。

“念草，看到这个神奇的太极图了吧？据说是大明开国重臣，神机妙算的刘伯温为俞家设计的。这太极河一来可以减缓溪水流速，利于保持水土，夏则纳凉，冬抗寒流；二来太极图是一座无形的屏风，可以防止村里的瑞气外泄，方使这俞氏长长远远。还有人把俞源古村落的布局与1974年河北宣化出土的辽代砖墓星象图比较，发现两者对应。村落布局是按‘天罡引二十八宿，黄道十二宫环绕’排列。”看来叶嘉传是做足了功课而来。

“想不到你不仅通医理，还懂风水呢!”俞念草又流露出她特有的微笑。

两个人漫步走进村中，仿佛入了桃花源。暧暧远人村，依依墟里烟；狗吠深巷中，鸡鸣桑树颠。一派明清古意包围着两个现代人。

俞源村的民居主要围绕由东向西的一条溪流顺势而建，充分利用水源。大多数建筑朝向南方的梦山，民居都高大宽敞，天井开阔。这里的古民居总计有三百九十五栋，元、明、清三代建筑融为一体。千百年来，这俞氏一脉在这里聚居不散，真是蔚为大观。俞念草不由得心中感慨，我若是这俞氏中的一脉，为何我家不在此地呢?

沿着沧桑的石板路走着，听着路边排水沟中的潺潺水声。路过一个水塘，俞念草过去洗洗手，洗洗脸，这水干净清凉。“这个俞源村真好，我们已经遇到了好几处水塘了，生活用水如此便捷，水多的地方果然养人啊，我尝尝这水是甜的呢!”

“这个俞源村的水塘可是有来历，一共有七处，称为七星塘。据说这七星塘也是刘伯温设计的。民国的时候，村里有个人为了修建自家的房子，执意填了一口水塘，老人说这七星塘是上应北斗，一口也不能少，那人不听。水塘填了之后，他家里正屋的山墙突然倒塌，吓得他连忙把水塘重新挖了出来。”叶嘉传讲得眉飞色舞，好像他自己亲眼所见。

“这俞源村处处都与这位刘伯温有关系，难怪刚才在村口看到了一座伯温草堂，一定是用来纪念刘伯温的。”说话间两人走进了“精深楼”。

这楼又称作九间头，建筑结构精妙科学。这大宅有九道门，层层设门是为了防盗，其中第七道门下还设有暗道机关，盗贼误入就会掉入陷阱束手就擒。宅中的木雕、石雕、砖雕均雕刻精美，内容相当独特，白菜、扁豆、丝瓜；小兔、小狗、蟋蟀、蜜蜂，都成了雕刻的主题。俞念草看得入迷，想来这家当年的主人实在是充满了悠闲自得的田园山水精神。

叶嘉传带路，走到了一处大宅门口，一看匾额写着“声远堂”，好气派！这个声远堂共有房屋九十二间，一进一进走进去，真是悠远，里面也没有别的游客，清寂空荡，真是难以想象百年前这个大宅里主仆男女来来往往，多少热闹，多少故事。

宅子中的砖雕、栋梁、桁条、牛腿，件件都是明清建筑雕刻中的精品，沿口三根桁条的雕刻令人称绝，左边是百鸟朝凤，中间是百兽宗麒麟，右边是水族舞龙，海、陆、空俱全。其中的水族舞龙这根桁条上的八条鲤鱼，鱼身还会随季节变化出红黄黑三种颜色。

叶嘉传正抻长脖子细看，手机上来了一条消息：“老俞在祠堂门口等你们。”

“念草，快走，老俞在等我们了！”

“哪个老俞？”

“俞源村的老族长，我托了朋友约了他。”

四

走到俞氏宗祠门口，果然已有一位老者在等候。老人穿着斜襟的灰蓝色土布衣服，已经洗得有些发白，旧而干净，面容清癯，保持着古风，一看就是一位乡贤。中国最接地气的历史文化，往往就在这些人物的身上保存着。

叶嘉传上前热情地问候握手，连称“俞老”，并介绍了俞念草。老人和蔼质朴，俞念草更觉得是自己的亲人一般。两人跟着老俞步入了祠堂，俞氏宗祠内一派庄严肃穆，说话便有回声。

“俞老，这次我陪念草来俞源，一是散散心，二是想拜望您，听听您老说说老古话，再一个，就是想看看《俞氏宗谱》。”叶嘉传果然是有备而来。

“好、好。”老俞听说有人要听他说古话很高兴。他的乡音很重，“南宋时，杭州人俞德在松阳任儒学教谕，病逝后他的儿子俞义要送他的灵柩回杭州，路过此地，就在溪边停灵夜宿。次日早上准备出发，发现溪边的棺材上被紫藤缠满了。俞义认定这个地方是个风水宝地，天地留人，预示今后子孙繁盛、家业兴旺，于是将父亲葬于此地，自己也定居下来。自此，俞姓至今就繁衍近千年！”

紫藤绕柩的传说多少有几分神秘色彩，未必全然可信，但俞源是块风水宝地却是不假。

老俞又说：“俞氏家族的发迹是从俞氏第五代祖俞涞开始的，他虽然没有做过一天的官，却因为能够一呼百应，保境安民，有了很高的威望与名声。他学问又好，能诗善文，元末明初像刘伯温、苏平仲、叶适、章溢、宋濂等名士都来过这里，与俞涞游览山水吟诗作赋，盛极一时。俞涞之后近百年中，他的子孙们继续建造了一大批具有很高水准的古民居，可以说明代是我们俞源古村发展的第一个高峰期。”

“看来这位俞涞，是俞源的一位灵魂人物啊！”俞念草赞道。

老俞带着俞念草和叶嘉传走进正殿，恭恭敬敬地对着祖宗牌位拜了三拜，然后绕到后殿，一会儿工夫，拿着一部厚厚的线装书出来，有十几册。老俞把《俞氏宗谱》放到供桌上，小心翼翼地翻开第一本，让两人看。俞念草饶有兴致地看了足有半个小时。

俞源村从俞德停棺开始，实际上的开创之祖是俞涞。俞涞留下四子，分别是善卫、善麟、善诜、善护。

叶嘉传脑子活络，看到这里说了一句："这俞涞给善字辈的儿子取名字似乎不合常理，有善卫，后有善护，为什么有善麟，而无善麒呢？"

俞念草也觉得有些奇怪，再往下看。明清两代，村人耕读传家，出过尚书、大夫、进士、抚台、知县、举人等二百六十多人，名人辈出，如邵武尉俞冲，海卫知事俞韬，名术士俞友闻，地理学家俞缪，礼部观政俞大有，奉议大夫俞昭，征仕郎俞款，县令俞士美，名医俞士良、俞士照，书画家俞经授、俞锦云、俞经美……

五

坐在回去的车上，俞念草意犹未尽，毕竟今天是来认祖归宗的。她决定出一笔钱影印一批《俞氏宗谱》，自己也收藏一套。

叶嘉传似乎看出了俞念草的心思，得意地说："念草，是不是要好好感谢我，要不是我费尽心思把你拉来，你还在对付那些没完没了的文件材料呢！我看这《俞氏宗谱》上该补上你这一笔了，带领家乡人民致富的中医药实业家——俞念草。"

"别取笑我了，我这俞姓一支，没在谱上。"

一整天的俞源之行，果真是俞念草涉足商海以来，第一次真正放开心怀，痛痛快快放松的一天。什么货品与数据、客户与广告商、公司里复杂的事务与人际，那些天天让她操心的东西全忘光了。对于一个自十四岁起就开始为家里生计奔波的女人，在她的脑海中所定格的关于生活的概念是：没有人可以给你依靠，除了自己。这是第一次完全不需要花自己一点心思，吃饭、游玩、听故事，每一项行程都由叶嘉传仔细安排，不温不火，恰到好处。她发现原来不要自己亲自掌舵操盘，这样盲目跟着一个人走，竟然这么轻松稳妥。

想到这里，俞念草突然真诚地说了一句："老叶，谢谢你。"

叶嘉传心里一阵热浪，过了一会儿突然说："念草，今天我为什么非把你拖出来玩？你有心病，确切地说，可能已经有抑郁症了。"

"没人知道，我能扛得过去。"

"我也有过。"

……

"噢，所以你当年不告而别？"

"站在高的地方，楼上、桥上，往下看，就有一种想跳下去的欲望。"

俞念草吸了一口气，不做回答。

"我曾用我的中医知识，以及我所有的精力投入中非一个来自各国的民间医疗志愿者团队。我只有在那疾病的地狱里忘我地工作，才能抑制住自身的问题。所以我有时还是觉得自己很卑微，我每天都在治别人的病，其实却是看着别人的病痛来治疗自己。直到我得了一场疟疾。非洲的疟原虫病毒很可怕，不是用我们中国过去的土办法可以治疗的。我们志愿者中有一个日本人被蚊子咬了一口，得了疟疾，很快就牺牲了。是青蒿素救了我，所以我看到中国人因青蒿素获诺贝尔医学奖时我才会有那种由衷的高兴。其实青蒿素对人体的副作用很大，我们团里还有另一个香港来的得了疟疾，及时用了青蒿素，但他不了解副作用，以为多用一点保险，剂量用多了，器官衰竭，全身发黑死了。”

“你是幸存者。”

“我是幸存者，那次疟疾恢复之后，我死过了一次，抑郁症反而好了，了无牵挂。所以，念草，勇敢地解开你家族的谜团，这是你的心药！”叶嘉传很认真。

“所以，我才请你这位郎中回来帮我呀！”

叶嘉传想到有句要紧的话说：“念草，我突然想起一个人，关于你那圣山在哪儿的问题，我们倒是可以去问问他。”

第七章　拜师医宗

一

九月廿三，俞善麒早了七天进入双林寺，只觉这古刹静谧幽深，虽然不似宋代僧人上千，也仍是大寺，却显得有些破败。门口一位老僧独自扫着阶前落叶。

从山门入，过天王殿、大雄宝殿，转而走东长廊，复行数百步，路过几间僧寮，总是不见有僧人，也无法打听朱丹溪在寺中何处。干脆就将这古刹好好游览一番。

这乌伤双林寺乃弥勒菩萨应化东土之第一道场，称作“弥勒祖庭”，始建于南北朝梁武帝普通元年（520年），乃傅大士开基建寺。此后寺中的弥勒像即是傅大士之相，是个儒释道三教融通的形象。

这位傅大士名傅翕，就是乌伤人士。二十四岁得达摩祖师点化。达摩对他说：“你和我过去曾在毗婆尸佛之前发过誓愿，要共度此生。现在兜率宫中还存有你我的衣钵，你打算何时回去呀?”傅翕听到这番话后，瞠目结舌，茫然不知究竟。达摩就说：“你呀！是兜率宫中的弥勒菩萨应世，你到水边照照自己的影子吧!”傅翕连忙对着水中一照，竟然看见自己的头上有佛光宝盖的瑞像，心中猛然一动，因此就顿悟前缘。于是就说："炉鞲之所多纯铁，良医之门广病人。我现在应当以普度众生为紧要之事，不能急于返回佛国享受呀！"此后修行了七年，证到了"首楞严"的定境。

此后傅大士为梁武帝一朝讲经说法，普度众生，显化神通。有一次，大士朝见梁武帝。武帝问您是僧人吗？大士指指头上的道冠。武帝又问是道士吗？大士又指指脚上儒士的履靸。武帝说那是儒士？大士又指指自己的僧袍。可见傅大士的大乘佛法已滤过佛学的名相，潇洒诙谐，信手拈来，皆成妙谛。他以"儒行为基，道学为首，佛法为中心"的三教合一之精神，成为早期禅宗创立的关键人物。

二

俞善麒入了伽蓝殿，其中的壁画甚是精美，人物线条气韵生动，大有李公麟笔意，一时看得入神。忽然听到一阵纷乱的脚步声，打破了寺院的宁静。

几个和尚抬着一个和尚从禅房里跑出来，往弥勒殿去，一边跑一边呼喊着"丹溪先生"的名号。俞善麒心里一亮，立即跟上。

进了弥勒殿，殿内供着傅大士像，却空无一人。俞善麒见那个被抬进来的和尚，虚弱异常，又黄又瘦，口边还有血痕，连忙上前问诊。

几个和尚见进来了一位俗家青年，问病恳切，于是答道："这位师弟，法号道衍，还不到二十岁，是从苏州而来，出家时母亲还在家里，出家后在浙中一带游走，已经三年有余。今春来到本寺，本寺重禅定，日日打坐勤修。忽然有一天，他坐禅时想念母亲了，口呼阿母，想得撕心裂肝。想回家看母亲，可手里面连一点路费都没有。我们寺中清贫，只在寺前寺后种一些茶叶、蔬菜，果腹都已勉强。没有办法，他只能每天北望痛哭，就病了。刚刚我们正在打坐，他忽然口吐鲜血，晕厥于地。”

这样的病症俞善麒是闻所未闻，但他还是俯身去为那小和尚号脉，通过脉象，判断他的体内有血瘀痰积。俞善麒顺着自己的判断说道：“当用化瘀通下之法。”

此时，突然从弥勒殿的傅大士像后飘出一个老迈的声音：“此时化瘀通下，他怕是见不到他老娘啦！”

三

众人听了一震，往里仔细一看，那佛像后面有一榻，榻上卧着一位老者，背对着他们。俞善麒知道，他终于找到朱丹溪了。连忙叩拜，“晚辈一知半解，愿闻先生教诲！”

朱丹溪又道：“要治这和尚的病，就要喂他吃肉！”

众皆愕然，吃肉？那不是破戒了吗？何况哪有钱买肉呢？

“你这后生，行善积德，发发慈悲，去给这和尚买几斤黄牛肉和猪肚。买回来放到锅里熬，熬到烂得像粥一样的时候，慢慢地给那和尚吃。”朱丹溪又发话，语气并不把俞善麒当作外人。

俞善麒是何等心明眼亮之人，已经感觉到丹溪翁这是在传授医术。他忙赶去集镇买了些牛肉、猪肚，以及蔬果、米面。回到寺中，将牛肉猪肚按朱丹溪的嘱咐熬上，蔬果、米面都布施给寺僧，自己也请本寺的知客僧寻出一间僧寮住下。

忙完这一番，他又去药师殿。朱丹溪命他每天给那小和尚喂肉羹，并要他同时好言劝导，告诉小和尚只要养好身体，就可以回苏州侍奉母亲了。

如此过了三天，小和尚的身体有了些恢复。俞善麒十分高兴，把这消息告诉朱丹溪，请示是否要继续用肉羹调理。朱丹溪说：“既然体力渐增，你就准备桃核承气汤，给他日服三帖。”

俞善麒知道，这桃核承气汤，是医圣张仲景的方子，专为瘀血与邪热结于下焦的蓄血症而设，连服三日，每日三帖，那可是一般服药量的三倍！但既是朱丹溪的吩咐，他还是照办了。

小和尚服药以后开始大量排泄，排出的都是血块和黏腻的污浊之物。排泄干净后，人已是气若游丝。

俞善麒忙着医治照料小和尚，不觉已是九月三十。当晚，他安顿好道衍，到药王殿，见朱丹溪背着手站在月下。这还是俞善麒连日来第一次正面观察这位他日思夜想的一代医宗。

他须发皆白，稀疏的白发在脑后绾成一个髻，露出了孔夫子一般高大宽阔的脑门，双眼眯着，牙齿看上去也所剩无几，瘪着嘴，微笑着，一身打着补丁的粗布蓝衣，双肩有些耸起。俞善麒看着这位亲切和蔼的老人，丝毫也找不出一点名医的派头，十分感动。

他想，先生老了。

朱丹溪口里念：“九月三十，大士足下。石斛开花，可传心法。善麒啊，铁皮石斛开花了吗？再不开花，我可老得等不了咯！”

俞善麒大吃一惊，这丹溪先生莫非真的是神仙？他怎么好像知道我的行踪，但俞善麒还是先把那株精心呵护了半个多月的铁皮石斛取来献给朱丹溪。

朱丹溪小心翼翼地接过那株铁皮石斛，细细观赏了上面三朵淡雅的黄花，花蕊吐着红，煞是可爱。

丹溪道：“善麒啊，采这株石斛不容易吧？这东西，补五脏虚劳羸瘦，强阴益精，是人间最为名贵的滋阴良药。从明天起，你不要再喂那小和尚一点荤腥了，将稀粥和煮烂的蔬菜慢慢地给他吃。这株铁皮石斛也给他服用吧！如此清淡饮食，调养半月，我赠他一些银子，让他做路费回家尽孝去吧！”

俞善麒听了有些不舍，自己历经艰辛采来的铁皮石斛，又是卿如日夜呵护使之开花，丹溪先生自己年迈体衰却不受用，就给了这么一个素不相识的小和尚。但又觉得医者父母心，有药给正需要的人，难道不是真理吗？这位神医朱丹溪不只是医术高明，更是医德高尚啊！自己也随之豁达起来。

但他还是想问一问这个病的治疗之理，“求教先生，为何要给这道衍先喂肉，后下猛药呢？”

朱丹溪答道：“此病要用‘攻邪’之法。所用‘攻邪’的秘诀一定要患者的正气充足的时候才能进行，否则的话，邪去而正气伤，小病必重，重病必死。你每天用肉羹喂他，是在养他的胃气，胃气足则正气足，在正气足的情况下才开始大胆攻邪。将邪祛尽，再慢慢清淡调养，特别又有这滋阴之药，即可痊愈。”

“先生真乃当世神医，善麒自幼就读先生著作，仰慕先生已久，离家之后，一直寻访先生，终得相见，恳求先生收我为徒！”

俞善麒虔诚地跪下叩头。

第八章　任凭暴雨冲刷我们

一

俞念草的手机静音了一天，回到家里一看，十几个未接来电。刚准备回复，俞念芯的电话再次打来。

“姐，哦，董事长！怎么一直不接电话?”俞念芯从小就把姐姐俞念草视为偶像，凡是工作上的事情，他都不以私人关系称呼。他做事认真细致，天生有一种想把事业做到极致的性格，常常会忙到顾不上吃饭，一天只睡四五个小时。甚至经常就把自己累病，打着吊瓶继续忙，谁也劝不住。

俞念芯很认真地来了一句:“小镇的项目不能再拖了!”

俞念草在电话里沉默。

俞念芯激动起来:“是啊！圣山！圣山是什么？圣山在哪里?这也是我心中苦思冥想的谜团。这些年我找遍了地方上的档案馆、文史馆、方志办，也向省里很多高校的地方文史研究专家请教过。究竟有没有这样一座山？或是别的什么？都没有答案。可是现在公司面临上市，而这个健康小镇的项目是上市的关键，已经迫在眉睫！董事长啊！请赶快做决定吧 …… ”

“不必说了，在这个我苦寻了半生的谜、这个我们家几代人守护的谜解开之前，我是不会启动这个项目的。我们共同奋斗多年的心血，必须浇灌在真正的圣山之中!”

“可是，省里、市里的领导已经催了多次了 …… ”

“念芯！你静下心来想想，我们把中医药事业做到今天，我们还只是为赚钱，为了扩大规模吗？我们如果不把我们的文化根源找出来，讲清楚，十年百年之后不仅别人不知道这个小镇、这些事情是谁做的，恐怕连我们自己都会迷失，我们投入了毕生的精力在干什么？你一定要清楚，现在只是一时风光，十年百年之后没有人会记得我们，除非我们能找到自己的历史坐标!”

这回轮到俞念芯沉默了。他觉得这个朝夕相处的姐姐，怎么忽然变得如此陌生？她什么时候成了一个哲人了？但是，这番话也点醒了俞念芯，当一个体量巨大、时间漫长的项目，大到超出了个人生命的长度时，是需要更高、更形而上的智慧来做顶层设计的。

俞念草语带安慰地说：“好了，这样吧，公司的事情还要你顶着，我请叶嘉传来帮我跑这件事，他向我提起了一个人，明天他会去拜访，事情也许会有进展的。”

“谁?”

“一位老人，冯志远。”

二

叶嘉传就这样成了俞念草“寻找圣山”这个事件的“特别顾问”。

虽然台风天，一连两天橙色预警，早上开始就大风大雨的，叶嘉传还是兴致勃勃开车在婺州老城区兜了半天。东打听，西问路，有时把车开进小弄堂里找不到调头的地方，只好再退出来。

就这样他终于在滂沱大雨中找到那片八十年代造的“新村”，锁定了冯志远老先生的住处。

叶嘉传是一个见过大场面的人，上至北京中南海，下至农村信用社，他都体验过，征战商海几十年，也是阅人无数。但为了见这位冯志远老人，他还真有些没来由的紧张。

来之前他向朋友们打听了这位冯老的情况，有人说这位冯老是位老领导，资深的政治人物；有人说他是一位奇才，对历史研究有独到之处；也有人说他是个赤脚医生，好像只是个兽医……真是扑朔迷离，但凭着叶嘉传一向敏锐的直觉，他知道这位冯志远一定是个关键人物。

锈迹斑斑的铁栏杆焊成的老式防盗门并没上锁，打开之后是一扇绿漆木门。叶嘉传吸了一口气，敲了三下，没有反应，又敲三下，还是没人开门。看来人不在家，或者是找错了。刚想走，门却开了。

“你找谁?”一个苍老而深沉的声音。

“您应该就是冯志远冯老先生吧?”

叶嘉传被请进了屋，两室一厅的老房子，只有冯老一人住着，到处都是书刊，成捆成捆的报纸放了一地。没什么地方坐，就坐报纸上吧。客厅里挂着一副中堂，两边的对联是“苟利国家生死以，岂因祸福避趋之”。林则徐的名联，行草写得遒劲有力，落款“志远”，看来这位老先生还是一位书法家！对联当中的画十分奇怪，既不是一般旧式中堂的福禄寿三星，也不是岁寒三友之类，而是一幅手绘的地图，令人费解。

再看这位老人，衣着朴素，行动迟缓，却目光清澈，反应敏捷，给人感觉器宇不凡，当得起“倜奇磊落”四个字。寒暄茶话之后，老人问：“叶先生找老朽有何贵干？”

这原本是正常的问题，却将了叶嘉传一军。是啊，我来找这位冯老干吗呢？请教问题吧，又请教什么呢？

“噢，冯老啊，我嘛也是个闲人，学一点中医药，一知半解。您在婺州是一位大名鼎鼎的人物，早就想一睹您的风采。可您又像一位隐士，深居简出，我们这些无知晚辈对您不了解。所以这次找上门来，就是想听听您非凡的经历啊！不知您愿不愿意给我讲讲？”

“老朽不是什么隐士高人，也没什么非凡经历，年轻的时候想为国家为人民做点事情。现在老了，就躲在家里读点闲书，写点闲文罢了。你要是真想听我的过去，我就聊一聊？”

叶嘉传见老人如此慈祥，一扫之前的紧张与戒心，连忙说：“冯老，我现在就把手机关机，今天什么事都暂时不管了，就好好陪您聊聊！”

冯老沉默良久，望着窗外，思绪拉回到从前，喝了一口茶，开始讲述：“我出生在婺州赤岸镇乔亭村。鲁迅的战友冯雪峰是我父亲的同宗、同族、同学。

“1958年，我被划为‘右派’。1961年下半年，刚被摘掉了‘右派’的帽子，初生牛犊不怕虎的我又把自己的见解写成论文，给国家写了信，只身前往北京进言。几番周折后，我被送回老家。

“回到老家，为了生活，我把原来的医学知识拿来做兽医。很快，我就被逮捕了，隔离在农业局宿舍，县委专门为我成立了一个批判小组。我被遣送到飞云江农场监督劳动，重戴‘右派’

帽子。

“我在‘文革’中所受的种种苦不说也罢。最心痛的是我那七岁的女儿帮她妈妈烧火，右臂烫成一泡，瞒着不说，终酿成败血症。入城医治，但‘右派’子女猪狗不如，就这样夭折了。这是我终生之痛啊！我曾做了最坏的打算，利用做兽医之便，买了一百粒安眠药，藏在贴身衣袋里，昼夜不离。到万不得已时，准备以生命殉道，以生命维护真理和人格的尊严。

“平反之后，我如饥似渴地学习古今中外经典著作，吸取知识营养，尤其在古典文学和书法方面都有一点涉猎。特别是自己故乡的地方文史，用功略勤一些。”

老人说得动了情，想必又想起了自己那年幼夭折的女儿。叶嘉传听得出神，兽医？中医？医的是家国、是天下！

“听老朽啰唆了半天了！烦了吧！”冯老缓缓站起来。

“哪里，老前辈啊！我听得心里激动，看来是我把医药这件事看得太小了。可是…… 可是…… ”

叶嘉传觉得自己此行的目的是为了探访“圣山”秘密，似乎还没有说到正题上来，于是就问：“冯老，您既然精通地方文史，可听说过圣山吗？”

“圣山药业当然知道。”冯志远不假思索。

“哦，冯老，此话不知如何才说得清，这个圣山药业的圣山是哪里来的？您有没有什么研究，或者在研究时有没有留意到这方面的资料？”叶嘉传把俞念草那半块残匾的情况描述了一番。

这位老学者听了这些情况，摩拳擦掌，八十多高龄，激动得像个热血青年。他马上走进了书斋，开始各处翻阅，搜寻着什么。

叶嘉传被晾在一边，反而很高兴。看得出来，老爷子是知道些什么的。

就这么等了半个多小时，书斋里已经扬起了不少经年累月的灰尘，冯志远一连打了数个喷嚏，这才把叶嘉传想起来。冯老似乎什么也没找到，两手空空地走出来了，但他的思绪在寻找资料的过程中得到了整理。

最后冯志远撂下了一句话：“过两天再来。”

外面的雨竟然一点也不见小，下得天昏地暗。叶嘉传站在楼道里，点了一支烟，雨水滂进来，溅到身上，也毫不在意。

手机响了，接起来，对面是雨声和雨中的号叫：“老叶，快来佛堂基地救灾，我们所有人都在抢救石斛，人手不够，快来——”

俞念草的声音。

叶嘉传扔了烟头，拔腿就去开车。

三

佛堂基地是圣山药业最重要的一块铁皮石斛培育种植基地。此地古时候是乌伤的中心，水陆要道，寺庙林立，香火繁盛。有个传说，说是禅门祖师傅大士，当年在这里把人家煮熟变红的虾拿去放生，虾到水里又活了，从此这个地方出产的虾天然就是红色的。还传说名医朱丹溪到此和吕洞宾比医术，一个人快死了，朱丹溪医头，吕洞宾医脚，最后朱丹溪将病人起死回生，医术更胜一筹。

这佛堂基地不仅风景好、空气好、水源好，面积够大，土地平整，而且自然灾害少，实在是难能可贵的宝地。

俞念草心情不好的时候就来基地站一站，望一望，呼吸点新鲜空气，看看她的铁皮石斛，烦心事就散了。

今年五百亩铁皮石斛新苗和各种名贵药材刚种下去，从来没有过的灾难说来就来！下了一整天的暴雨，这也没什么，此地向来不积水，可是基地上游的水库竟然决堤，大水冲下来成了洪灾！

俞念草接到电话急疯了，赶到一看，自己精心打造的基地变成一个大湖泊！人站在那儿，水已经淹到了大腿根。她立即开始指挥调度，即刻召集公司能赶来的员工，连主管们都来了。佛堂镇党委书记和相关领导全动员，抗洪抢险。

“俞念芯，你负责带一队人立即去买草绳编织袋，填上土，尽量给我封住上游的来水！”

“行！”

“王书记，你尽快帮我们把附近的抽水机能找到的都调过来，开始抽水！”

“抽水机来了，水往哪里排啊？四周都是人家的农田！”

“就往那块西瓜田里排！西瓜的一切损失我照今年的市场价全赔！”俞念草在暴雨中指挥果决。

叶嘉传赶到佛堂基地时，看到了一幅救灾的宏大场景。

草绳编织袋里填上土，整车整车拉过来，堵上。俞念芯带着公司党委的人冲在最前面，边堵水的来路，边手挽着手，站在水流中，拿身体来挡。那边瓜农们拿着铁锹、锄头来评理。俞念草正扯着嗓子大声协调：“西瓜多少钱一斤？铁皮石斛、灵芝、黄精多少钱一斤？西瓜的钱我按市场价补偿，你们帮忙，另外发钱！”看来沟通很有效，瓜农们不仅不闹，马上也帮着抗洪。

三台抽水机全力运转，可是水管带太细，根本排不及。水位下降得太慢！叶嘉传哗啦哗啦，蹚水跑到俞念草身边，也参与进来，大喊：“快，把那边的废水泥电线杆搬过来，那个排水快！”

亏他想得出来！大家一起照办，十几个人抬一根，果然好用，水位下降加速了。大家这么拼命抢救了一天，绿油油的铁皮石斛苗都露出来了。

四

雨一直下到晚饭时间过后才止住，大家谁也顾不上吃晚饭。一个个就这么累瘫在地。

俞念草坐在泥浆水潭里，抬头看着基地里那尊高大的朱丹溪雕塑出神。

这座青铜塑像，峨冠、长须，左手紧握一卷，右手在胸前捏着一枝开花的草药——铁皮石斛。雕塑家并未将之塑成仙风道骨、老气横秋的相貌。细看眼鼻之间棱角分明，山风袭来，衣带临风，正气凛然，握拳紧实有力。要说艺术风格，那是罗丹一派的写实主义，有点新中国早期“鼓足干劲”的意思。这种人物气质，虽是老年的相貌，却是壮年的身形，一派撸起袖子加油干的精气神儿。祖师爷啊，您可要保佑我们呀！

叶嘉传一歇下来，想抽支烟，发现浑身上下湿透，口袋里的半包烟早就烂了。他与俞念草对视一眼，互相笑了起来。然后所有人都笑了起来，大家仿佛是刚刚做了一件多么愉快的事情。

“嘉传，你一来公司，就摊上这种事，真是尴尬……”俞念草苦笑着。

叶嘉传却觉得很兴奋，同时他又一直想着冯志远老人那段经历。他抹了一把脸上的雨水，指了指眼前的石斛苗，“我们都活着还想怎么着？”

朱丹溪始终站在那里，看着这群疲惫而快乐的人。

第九章　丹溪心法

一

朱丹溪看着俞善麒，开怀大笑，“善麒啊，请起请起。你那未来的岳父冯道传先生可还好吗？”

俞善麒听到“未来岳父”几个字不免有些赧色，忙道：“先生原来与伯父是知交啊！”

“他是浙中望族之领袖，保境安民，虽无功名，却是贤人，远比那些功名利禄之辈可敬。”朱丹溪边说边扶俞善麒。

拜在如此名师的门下是机缘与意志共同决定的，想到这里，俞善麒兀自跪拜不起，“请先生收我为徒吧，我必以天下苍生为念，不负先生毕生所学！”

“起来，起来吧！你在我的草堂外坐了一宿，又在那神山中采得仙药，为师岂不早已在教你医那小和尚了？”经朱丹溪这么一点，俞善麒才恍然大悟，原来他找到丹溪草堂那次，丹溪先生就在堂中，这一切都是对他心智与毅力的一场考验！如今所言，已经是把自己当作弟子看待了。

俞善麒喜出望外，口呼师父，连连叩头。朱丹溪再行扶他，才起身对话。丹溪翁问道：“今日是九月三十，可知我为何要你今日来此?”

“学生不知，请先生示下。”

“今天是药师佛诞日。”

“学生素闻先生是以理学立医，如何在寺院中住?”

“不是常住在此，只是每年的九月三十前后到此小住。你知道这里的傅大士吧，他就是一位三教融通的人物。理学有方法，而这药师琉璃光如来有大愿。我们医者，要有方法，也要有大愿啊!”

“弟子愿闻其详!”

“这药师佛名曰药师琉璃光如来，是东方净琉璃世界之教主。他发了十二种大愿，他说愿我来世得菩提时，若诸有情，其身下劣，诸根不具，种种病苦，闻我名已，一切皆得端正黠慧，诸根完具，无诸疾苦，若诸有情众病逼切，无救无归，无医无药，无亲无家，贫穷多苦；我之名号一经其耳，众病悉除，身心安乐，家属资具悉皆丰足，乃至证得无上菩提。你听听，他要那些众病逼切、无救无归、无医无药的穷苦人都将得身心安乐！这岂不就是我们医者的夙愿吗?

“人人都传，我医术如何神奇，能够起死回生，可是天下哪里真有这样的医者呢？为师一生遇到医不好的病，实在很多，我自己的父母、妻子，挚爱的亲人朋友纷纷病痛而死，我又能如何?更何况这乱世之中，连年征伐，百姓的性命如同草芥，哪怕我真是一个神医，又能挽救多少生命？须知，求佛必须先求自心，求健康长寿，必须外求家国的安宁，内求自身的调养!”

听完朱丹溪的一番感言，俞善麒醍醐灌顶，心中原本就有一些达济苍生的念头，朦朦胧胧，不甚了然，如今方知这也是老师的大愿。“依学生之见，儒之门户分于宋，医之门户分于元，先生的滋阴说在我中华历代医学上有划时代之意义。先生早有本朝医宗之威望，如果能出来登高一呼，那真是苍生之幸啊！”

朱丹溪摇了摇头，“一代人有一代人的使命，元朝气数已尽，如今是怎样的天下？去哪里登高一呼？一呼何为？老夫如能开一路医理，创一门学派，传一脉心法，余愿足矣。老夫能做的是一个人的‘事’，你将来要做的是一代人、几代人、天下人的‘业’啊！”

俞善麒听到这里，感受到这位先生的无私与无畏，是如此真诚的大宗师，这番话发自肺腑，岂止是教诲，更是殷切的嘱托。他既觉自己身上压上了千斤重担，生出一股踌躇满志的豪情壮志，心潮澎湃，又觉得老师的话中对自己的评价虽虚怀若谷，却透出廉颇老矣的伤感，不觉悲从中来，喉头哽咽。

朱丹溪觉出了这位好徒儿的心思，岔开话头道：“善麒，我们明日就起程，回我的丹溪草堂。你再去看看那小和尚道衍，给他些银两，好做回家的盘缠。”

俞善麒唱了个喏，折回僧房去看道衍，却不见人，寺中遍寻不着。门口的扫地僧说见这小和尚携了简单的包袱已经走了。善麒心想，这个和尚也真是无礼，人家救了他的性命，他刚有些好转，说走就走，连句谢也没有。此事也就懒得再提。

第二日，师徒二人辞别双林寺，回赤岸丹溪草堂。

二

俞善麒在草堂潜心学习了近一年。在这一年中，他把以前自学的丹溪滋阴说融会贯通。此外，他看出一直在医生中流行的《校正太平惠民和剂局方》等书中的成方都是宋朝留下的本本主义，宋朝热衷于收集医方，这种坏毛病在那些庸医中一直流传至今。对此又精研了老师的《局方发挥》。之后，又一一研读老师的《金匮钩玄》《素问纠略》《本草衍义补遗》《伤寒论辩》《外科精要发挥》。丹溪先生从旁指导，一一讲解，并将平生所遇的医案同时说出。与此同时，他也常常陪着朱丹溪一起出诊，活学活用，可谓尽得真传。

俞善麒还遍览本草，精心研究、总结了朱丹溪善用的铁皮石斛之法。他还每日将老师所述的医理、医道、医德，临床的经验，用药的新方子，诊治的新案例，以及自己的解读，记录整理。将朱丹溪晚年在中医药上的一番心血编辑成一部《丹溪心法》，分上下两卷。这部心法可以说不但是朱丹溪一生钻研医药的精华，也是俞善麒智慧的结晶。

那日，俞善麒正在记录《丹溪心法》，五味子好奇来看，又看不懂，嘟着嘴说："师父的学问太深，我们想学也学不会。"

善麒看着这个小童天真可爱，就逗他玩笑："也许是你太笨，师父像你这么大时，恐怕已经医理入门了！"

"哈哈，你骗我，你以为我五味子不知道吗？师父同我说过，他少年时想当个侠客，好打抱不平，老跟人打架，哪通什么医理！"五味子得意地昂着头，头顶的小辫子一抖一抖的。

善麒忍俊不禁道："好吧，你小子懂得多！五味子是师父给你取的号，倒是颇适合你，五味杂陈，一样不少，样样式式尝试过，以后也有出息！你大名叫什么呀？"

五味子见师兄夸了自己，心里高兴，回答道："我姓刘，名纯，字景厚。不过你们还是唤我五味子吧！"

善麒接着逗小师弟说："那你想学医，首先可要识字，我来问你，你现在识了多少字？"

五味子一听，竟敢怀疑自己不识字，骄傲地说，"我嘛，不多不少，识的字有那么一箩筐吧！"

善麒看这五味子的神气，忍不住哈哈大笑。

"你笑什么！"五味子急了，涨红了脸，"你若不信，我背《三字经》与你听！人之初，性本善。性相近，习相远…… "

五味子果然嘟嘟嘟一口气把一篇长长的《三字经》给背了下来，一字不差，十分流利。

"嗯，不错不错，孺子可教也！五味子，你可知道这《三字经》是何人所创？"善麒又考他。

"岂能不知！乃宋朝浙东鄞县的王应麟，是也不是？"

俞善麒突然被这《三字经》给触动了！他想，我为何不效法先贤，把这中医药的基本医理脉络、诊疗大纲也编成这浅显易懂，少儿可诵的《中医药三字经》呢？对头对头，医疗体系需教育，教育需从蒙学入手，未来人人都懂得基本的养身保健之道，岂不是真正的"治于未病"？

善麒想得入迷，五味子不耐烦了："师兄怎么突然就呆了？难道我说错了吗？"

善麒回过神来，认认真真地对五味子说："五味子小师弟，你跟着师父这些年做药童，又是个机灵孩子，必是耳濡目染。可是，想学医又不知如何下手，毕竟医理驳杂精深，对也不对？"

五味子眨眨眼，点点头。

"我就为你编一本《中医药三字经》如何？到时候你也一样背诵，朗朗上口，也就能入了医药之门了！"

五味子听了高兴极了，拍手叫好，一蹦三尺高，“那师兄，咱们可就一言为定了，我先去给丹溪先生煎药去。啊呀！差点忘了看火，怕是要把一锅药熬干了！”说罢就跳着脚跑了。

自此，俞善麒又潜心花了一个多月，把整个中医药从源流脉络、各种流派、各种药材、各大病症等，以朗朗上口的三字儿歌形式编成了中医药教学的启蒙读物《中医药三字经》。

果然，不久后这丹溪草堂里就日日传出五味子背诵的声音——

中医药，越千年，流与派，出一源。
有内经，及伤寒，本草经，金匮篇。
难经书，号经典，为后学，立规范。
汉华佗，外科专，曾创用，麻沸散。
王叔和，著脉经，廿四脉，始贯统。
皇甫谧，针灸通，专书始，甲乙经。
巢元方，病理寻，撰名著，源候论。
唐王冰，攻内经，注素问，释文行。
孙思邈，医理精，倡医德，千金名。
宋钱乙，儿科长，著直诀，多新创。
陈自明，妇科详，编精要，著良方。
金元时，四大家；张子和，主攻下；
主火派，刘河间；重脾胃，李东垣；
阴不足，阳有余，主相火，朱丹溪。
……

这个“五味子”刘纯后来果真成为明代著名的医学家，号养正老人，活了一百二十六岁。他祖籍江苏泰州，明洪武初年（1368年）迁入关中，在长安住了二十余年。后随军医疗迁凉州，于洪武二十八年（1395年）前后定居甘州。刘纯在陕西、甘肃行医约四十年，医术精湛，著作渊博，被誉为“神方妙术”。他的《成化咸宁景厚家学》一直为刘氏后人代代秘传。全书共分二十册，其中有七册是关于癌症方面的论述，对现代医学研究有极大的启示。然而，恐怕无人知道他的启蒙老师正是俞善麒。

此乃后话。

三

这一年中，虽然草堂清雅宁静，俞善麒除了随丹溪先生出诊之外，只是潜心医学，心无旁骛，却也有远客来访，常来的一位和尚是孤月大师。孤月大师是日本人，一代僧医，他当年就仰慕丹溪先生的医术，而长住钱塘，与丹溪翁结为莫逆之交。这位高僧常常来草堂拜望朱丹溪，丹溪年迈，他就与俞善麒切磋为多。这位孤月大师汉语说得同本地人几乎一样，与俞善麒交流起来毫无障碍，此后他写下《类证辨异》，对俞善麒指导颇多。来客还有朱丹溪同辈同乡的亲友虞诚斋先生。诚斋先生医术精湛，与朱丹溪的医道息息相通。他对俞善麒也颇多青睐与教导，两人常常针对朱丹溪的《格致余论》深入探讨与阐发。后来，诚斋先生的曾孙虞抟，字天民，号恒德老人，承祖父之家学，继丹溪之遗风，在《格致余论》上下功夫，特别对其中的《相火论》和《阳有余阴不足论》应用得炉火纯青，写下了震惊中外的《医学正传》……

黎明即起，洒扫庭除。天蒙蒙亮，五味子开了草堂的大门，一边扫着台阶，一边默背《中医药三字经》。

这些时日，丹溪草堂的气氛格外凝重。丹溪先生的身体一日比一日衰老沉重，早已不出草堂，每日食粥半碗，清水一杯而已。

五味子一抬头，面前突然站着一个人，一点声息也没有。小孩吓了一跳，借着晨曦的微光才看清楚，站着的是又高又瘦的大师兄杜雄黄。

"我当是谁呢！大师兄来了。"五味子素来不喜欢这位大师兄，因他不怎么说话，就是说了话也是些没意思的官话。

"我听你口中在背诵的是什么歌诀？"杜雄黄问话了。

"是《三字经》，哦，是中医药的《三字经》。"

"是师父他老人家编的吗？"杜雄黄问。

"不是。"

"那是哪儿来的？"

"是善麒师兄为我编的。"

"噢，功夫都花在这些雕虫小技上了。"这句话杜雄黄说得极轻，却被五味子的小耳朵听得分明。杜雄黄又问："师父身体可还好吗？"

"还行……一般……"五味子心里很不高兴，也懒得多说。

杜雄黄大步流星进了草堂。他在师父的房前候着，听到房里有了轻轻的咳嗽与响动，马上报了到，进了屋。

这时，俞善麒也早洗漱过在院子里吐纳拉筋，知道大师兄突然到访，就在院中静候着。

杜雄黄是个深谋之人，他是知道师父朱丹溪的身体日渐衰弱，这次来是惦记着《丹溪心法》。一见到师父，果然人又清瘦了一圈。

"师父在上，请受徒弟一拜！"杜雄黄边说边跪了下来。

“快请起，如今已是杜大人了吧，不敢再拜我这老头子啰！”丹溪翁亦庄亦谐地说。

“师父哪里话，我再如何，总是师父教出来的弟子。师父近来身子骨还好吧？”

“顺其自然罢了。我听闻，冯先生举荐了你，看来你可以平步青云了。以后一定要多为百姓着想，不可一味逢迎权贵，要记着些师父曾经的教诲！”朱丹溪虽然足不出户，却也早从俞善麒的口中得知了杜雄黄的行踪。

“师父还是耳聪目明，可见身体不会坏，做徒弟的就放心了。我听说，师父晚年将毕生所学集大成而得《丹溪心法》？不知可否也让弟子拜读！”杜雄黄终于说明了来意。

知徒莫若师，杜雄黄的为人，朱丹溪是最清楚不过的。当年投入师门时，已知他心机深沉，胸怀大志，这是好事！然而等丹溪翁教出了这个徒弟，才渐渐地明白，他的大志也许并非与自己相同。

朱丹溪正色道：“师父的所学，都已经传授于你们了，也从不隐藏，我的著作，市面上的抄本已不下数种。所谓的《丹溪心法》不是我的心法，是你们精研我的著作，再加上自己领悟、实践的心得呀！这《心法》是你们去写才对！”

朱丹溪所言不差，《丹溪心法》虽名丹溪，却并非自己写成。杜雄黄认定朱丹溪是不愿意把《心法》传给他，必是已经密授给了师弟俞善麒。于是立即回道：“师父所言极是！这《心法》，以我的愚鲁资质，必然看不懂，更写不出。但想必，师弟是看得懂的！”

杜雄黄的话绵里藏针，实际上已是欺师灭祖。朱丹溪修养极深，犹如清风明月，绝不动气。“我还是那句话。人，阴常不足，而阳常有余。阳已经多了，可偏偏还是喜欢吃人参、鹿茸来壮阳，还是要多滋阴！为人处世，胸怀大志是好的，最可怕的就是为了达成这个大志而不择手段。不择手段而成大事，犹如一味地壮阳，虽然刚猛一时，却不得长久！”

朱丹溪说完这番话，就闭目养神，不发一言。

杜雄黄拼命克制着心中的狂怒，咬着牙根说了一句：“师父，我若是没有记错，师父的师父罗知悌就是前朝的御医，曾专门为宋理宗皇帝看病！不瞒您说，成为御医，在我已经是早晚之事，日后成为掌院太医也未可知！我就不明白，为什么徒弟能够往高处走，师父您就不为我高兴呢？难道我不是最接近师父您生平理想与所学的人吗？”

他的双眼中射出两道青光，说到最后，几乎是在吼叫。他已经看出朱丹溪将不久于人世，他要把他长年以来精心掩饰的狂妄、嫉妒，以及这些背后的虚弱与扭曲，都爆发一次。因为他深深地认为是师父对不起他，而不是他对不起师父。他面部肌肉一抽一抽地抖动，脑后和背上已经渗出了一层汗。他想听听，这位已经疏远他多年的神医、师父最后还有什么话说。

可是杜雄黄等了几分钟，朱丹溪面不改色，呼吸均匀，更没有睁眼看他。朱丹溪完全当他不存在。

杜雄黄感到了更大的屈辱。他开始收回自己的怒气，回归到他一贯的沉稳性子中来。他又一次跪下来，磕了三个头，说道：“徒弟告辞了，师父请珍重。”起身推门走出，在院子里正撞见师弟俞善麒。

俞善麒叫了一声“师兄”，杜雄黄也不答应，只是斜眼冷冰冰地瞅了他一眼，就逃一般离开了丹溪草堂，奔向他的前程。

四

大半日过去了，朱丹溪迟迟没有出房门。俞善麒担心老师身体欠安，于是倚门而问。

“善麒，你进来，来给为师诊诊脉吧！”朱丹溪将左手放在脉枕上。

俞善麒毕恭毕敬，进屋落座，将手指搭上老师的脉搏，一时草堂变得异常安静，脉搏之声如同水落石出，窗外竹声、鸟鸣鲜明无比。

“四季脉象一般如何？”朱丹溪问。

“春弦、夏洪、秋毛、冬沉。”善麒答得不假思索。

“那我的脉象如何？”

“有些沉……”

“只是有些沉吗？”

“很沉……”

“这说明什么？”朱丹溪追问。

“说明……说明……阳气偏虚……”俞善麒说着竟已是泪流满面。

“说明，油尽灯枯，时日无多了。”朱丹溪平静地说，“自古，医者难自医，生老病死是常事。善麒，你已学成，《丹溪心法》不仅是为师的，也是你的心血，你把它带在身上，去吧。”

俞善麒拜倒在地，长跪不起。

元至正十八年（1358年），朱震亨在丹溪草堂溘然长逝。俞善麒一直守在老师身边。朱震亨在他的整个生命里，都没有住过豪门大院，穿着简朴，吃的是藜藿之羹，是个典型的清修苦节的儒者形象。直到七十八岁生命结束，一直都是在行医中度过，没有一天停止。逝世前，他把弟子俞善麒、五味子叫到面前，最后说了一句："医学亦难矣，汝谨识之。"说完这句话后，端坐而逝，面貌如生。俞善麒后来终其一生都在琢磨这句话，这个"难"字的意义太复杂太深刻了。

朱震亨被安葬于赤岸东朱村旁的墩头庵。俞善麒在丹溪先生的坟边结庐守了整整三个月，每日继续精研、修改《丹溪心法》，直到烂熟于心。他在先师坟前暗下决心，要将老师达济苍生的心愿发扬光大。

此时的俞善麒已今非昔比。他已从一个璞玉般的少年成长为一位具备宗师风范的人物。

第十章　生活在母性的土地上

一

抗洪第二天，叶嘉传一早就兴冲冲赶到冯志远家。也许“圣山”之谜就要被自己解开了，他越想越兴奋，叩开了冯老家的门。

冯老果然找出了资料，书桌上铺开了一些手稿，人也戴上眼镜，看来是一直在做深入研究。

“小叶来啦！来，我找出一些材料，都是我当年的一点发现，很多都没有发表，就搁下了。你一定知道乌伤有个姑姆塘村，还有个蒋姆塘村吧？还有姑塘、始祖庙。”

“都是熟悉的地名，蒋姆塘就是俞念草的出生地！”

“哪个俞念草？就是圣山药业的俞念草？”

“是啊，冯老也认识她？”

“广告里常看到。咱们接着说，你知道为什么叫姑姆塘、蒋姆塘、姑塘、始祖庙这样的名字吗？”

这种莫名其妙的问题，叶嘉传哪怕再才学过人也不懂，随便答道：“那想必是古时候这些地方住过姑母或者姓蒋的妇女吧！”

冯老笑着摇了摇头，“你不要小看了这些土里土气的地名啊！据我多年的研究，这地名又与古越国的文化源头——母性崇拜大有关系呢！你看看我的这段文字。”冯志远拿起一份油印的文本，用手指着，边念边解释着。

“我们浙中素来奉帝俊为先祖，帝俊就是虞舜！尧、舜、禹，第二位，他是南方夷族首领，举世公认。今天绍兴的上虞还有舜耕历山的传说。

“舜的妻子羲和，其实很重要，因为当时是母系氏族社会。余姚大名鼎鼎的河姆渡，这个地名，虽说是由‘黄墓渡’演变而来，我却认为很可能就是‘娲姆坛’的谐音。我走遍了乌伤的山山水水，发现乌伤西南郊，现在稠江街道和城西街道之间，留有姑姆塘、蒋姆塘、姑塘、始祖庙等自然村地名，而且互相毗连。在离姑姆塘村和蒋姆塘村不远，有一个仙姑庙，供奉地母娘娘。老百姓说，地母娘娘管吃、管穿、管住，什么都要操心，是很苦的。可见这位地母娘娘是母系氏族社会的女首领，是祖先崇拜的历史痕迹。

“绍兴大禹陵内配有‘圣姑’庙也可佐证。这些都是母系社会的遗存。另外，今衢州古称姑蔑。‘姑蔑’者，姑妹也，就是说姑夷之旁系姐妹。台州一带，古称写干，‘写干’的意思就是青少年，如今这一带土话仍这么说。可能就是母系社会互相通婚，男方氏族居住的地方。

“再比如，福建福鼎一带崇拜太姥，有一座太姥山，那里的白茶就与太姥娘娘治病救人有关。还有福建、广东、台湾，甚至到东南亚一些地方都有妈祖崇拜，也都是母系氏族社会遗留下来的一种母性崇拜啊！”

听了如此精深的一番讲解，叶嘉传心想难怪这俞念草如此厉害，原来这里的女人厉害是从上古时代就有的根源啊！想到她那副在暴雨中指挥若定的干练样子，叶嘉传竟微微笑了笑。

他感觉到自己有点失态，又连忙回到与冯老的话题上来，拍了拍脑袋说：“冯老说的那个时代，想必就是女娲补天这类传说之后的时代吧？这姑姆也好，地姆也好，太姥也好，妈祖也好，想必都是女娲式的母性领袖吧！”

二

“小叶，说明你听懂了，可以这么说，女娲娘娘是中华民族公认的共同先祖之一，正是母性崇拜的核心。说起我们婺州的母性崇拜，还延续到三国时期大名鼎鼎的大乔小乔，据我研究她们也是乌伤人！你们圣山药业不久前买下了一块地对不对？”

“不错。冯老真是不出门而知天下事啊！”叶嘉传恰好了解此事。

“那块地上竖着一块石头，上面还有我题的字哩，‘二乔故里’。可惜也只有这么孤零零的一块石头。没人重视此事啊！这可是宝贵的文化遗产。”

“您老说说，回去我给念草，哦，俞董事长带话，请她重视这块有文化的土地。”

“嗯！这大乔小乔是哪里人？一千七百多年来谁都没有讲清楚。清朝人沈钦韩说‘乔公即汉太尉乔玄’。但乔玄生于公元108年，而孙策生于公元175年。他比孙策大六十七岁，而且久病，不可能有两个女儿可以嫁给孙策和周瑜。还有，吴夫人晚年为什么要到会稽郡乌伤县停留？为什么我们这里有一系列的地名与皇家有关？如孙塘、吴溪、皇碑塘、皇田畈、皇院、皇川等，又为什么傍依乔亭和乔岳而展开？乔亭附近既非政治经济中心，甚至不是县治所在地，又非名山大川，是什么东西值得皇家眷恋重视？

这必定有其渊源。

“这一带村、山、塘大多以居民姓氏命名，地名千古不易。乔亭乃汉以前古地名。吴夫人晚年到乌伤一带养老，其原因只能与其守寡的儿媳‘大乔’有关系。因为大乔是乌伤县乔亭村人，她才会到乌伤县来。正因为大乔丈夫孙策早丧，传位孙权，大乔留在京城既非皇后，又非太后，诸多不便，便思回娘家隐居。但是江东基业又是其丈夫所开创，她不甘寂寞，在娘家乔亭村旁造了一个城堡，以京城石头命名为石城，以寄托对石头城的幽思，所以老百姓一直叫石城村为‘托石头’。至今石城村还有城堡遗址，四面环水，二桥相通，面对乔岳双峰，似有大、小二乔的意思。”

三

冯老讲得兴起，两番宏论下来，才发现还没给来客泡茶，自己也口渴了，就起身去张罗，被叶嘉传拦下。

嘉传自己动手，洗茶杯，放茶叶，边沏茶边说：“冯老说得太精彩了，虽是深奥的地方文史，却让人听得清清楚楚，看来圣山药业是买到文化宝地了，不是金银财宝，而是文化瑰宝啊！可是……”叶嘉传端上茶，欲言又止。

“可是什么？但说无妨。”冯老吹了吹茶杯上浮着的龙井，小心地啜了一口。

“这母性崇拜与圣山的问题有什么关系呢？”叶嘉传干脆把疑问抛出。他心想，我的目的是要追查圣山的历史文化依据，上次来陪冯老聊身世，这次又大谈母性崇拜。圣山的董事长俞念草是女人不错，可这是现代社会，跟母性崇拜也扯不上什么关系。

冯志远料到叶嘉传有此一问，马上说：“有关系！老夫正要说，此间有大关节!”

“您老慢着，我要录个音!”叶嘉传听说有重大关节，连忙把手机中的录音功能打开。

冯老清了清嗓子说:“《越绝书》载:‘乌伤县有山，高且神。’由于此山乃原始社会的神山，诸夷都要前来拜祭，所以又叫会夷山，由于宗教信仰威力无穷，所以伍子胥曾说‘越国有神山，难与为邻’。这就是说，母系社会，正是浙中文明形成之时。诸夷每年都要从四面八方赶来，到这个距离姑姆塘、蒋姆塘不远的地方来拜山！那一定是一种盛大的祭拜仪式。三国的大乔，在夫丧后回到此地，也与此地本来就处于上古越国的中心地位有极大的关系啊!”

“拜什么山呢?”叶嘉传追问。

“伍子胥说得很清楚，一座神山，所有人都要拜一座神山！我从流传下来只言片语的古籍《古越山图经》中发现，拜这座神山，正是因为这座神山形似女性哺育生命的乳房!”

冯志远并没有给叶嘉传关于圣山问题一个清晰的解答。可是谁又会指望这样的问题会有简单明了的答案呢?

冯老盯着墙上那幅自己手绘的地图入神。说他自己还要再深入研究，甚至说他人生最后的时光也想把这个问题钻一钻，似乎他本人也与此事有关。

但无论如何，关于这座神秘的山，叶嘉传这次获得了重要的进展，起码证明了它的确实存在！这或许是一座古越文化形成的母山。

四

叶嘉传带着这个进展又赶到佛堂基地，电话都不用打。他知道俞念草一定不会离开那里，她放心不下那些被水淹过的药草。

赶到基地，一片劫后余生的宁静，放眼望去，远山环抱，中有一湖，湖上系一舟。不禁感叹，单是这一份山水的静谧，最是难得！空气被这场暴雨洗得鲜亮透明，好像有游丝浮动。

就在这样一幅水天一色的山水画中，远远站着一个人，穿着实验室的白大褂。俞念草正独自在听那些铁皮石斛自我修复的声音。

“念草，这么大面积的珍稀药材种苗总算是保下来了!”叶嘉传慢慢走过去感叹了一句。

俞念草叹了口气，转过来，眼圈红红的，竟然一个人在流泪。她立即抑制住情绪，调整了状态，很认真地说：“保不住，它们都会死的，已经研究过了。特别是这大面积的铁皮石斛，虽然生命力顽强，但受不得一点污染。洪水导致细菌感染在所难免，四年方能收获一次的石斛，在这个基地里将成片成片地死去……只不过，现在我们还看不出来。”

叶嘉传听了这番话，知道俞念草心里有多难受，不仅是一笔重大的经济损失，更是情感上的，这一株一株的仙草都是她的孩子啊!

“念草，我陪你到佛堂古街上走走，散散心吧！关于圣山，有重要的发现!”

五

俞念草在古镇的老街上散着步，听叶嘉传说了母性崇拜、祭拜神山的发现，也十分入迷。

“看来这位冯志远老人真是位神通广大的耆宿呢！下次你再去，带上我。他还说了什么？”俞念草问。

“没什么了，哦，就反复说，研究好朱丹溪很重要。”

“那可是你的强项。”

“要说朱丹溪，最重要的还是他的滋阴理论。这也是圣山中医药认知的一个根本！”叶嘉传边说边点了一根烟。

俞念草说：“你说到了重点，这方面念芯下了十多年的功夫，梳理过各个中医学的流派。”

“不错！我们切磋过。在中医学数千年的历史中，涌现出扁鹊、张仲景、孙思邈等一大批著名医家。他们在学术上各领风骚、独树一帜，形成了不同的学术流派。而相互之间的争鸣与渗透，又促进了中医学术的大发展。”

“你说说看！”

“首先是伤寒学派，这是个中医学的根。创立于东汉之际，汉代医家张仲景将理论与方药熔于一炉，著《伤寒杂病论》，奠定了中医学辨证论治的基础。这一派形成的时间最长，医家众多，影响最大。

“寒凉学派，又称河间派，是金元四大家之一刘完素创立，主攻火热病机，提出‘六气皆从火化’之说，创了‘火热论’，疗疾多用寒凉的药物。他不仅对中医病机理论的提高有很大贡献，并对后世创立温病学说也大有启迪。

“再有易水学派，是金代医家张元素所创，在《内经》《中藏经》的启示下，以脏腑标本虚实寒热的论点来分析疾病的发生与演变，归纳用药，执简驭繁，创立了‘脏腑病机学说’，对后世医家颇有影响。

“攻邪学派是金元大家张从正创立，强调‘病由邪生，攻邪已病’，主张治疗应以驱邪为主，善用吐、汗、下三法，偏重攻法，反对滥用补法。从一个侧面深化了中医治疗理论，并丰富了临床经验。

“还有补土学派，代表人物是金元大家李杲，他认为‘人以胃气为本’，独重后天脾胃，创立‘脾胃论’，长于温补之法。

“在此基础之上就诞生了朱丹溪创立的滋阴学派，他受到刘完素‘火热论’的影响，又接受李杲‘内伤论’的观点，提出‘阳常有余，阴常不足’的新论，治病多用滋阴降火之法。

“之后，还产生了温补学派，明代薛已、张介宾、赵献可、孙一奎、李中梓诸医家重视命门水火的研究。探讨脏腑病机逐渐侧重于虚损病证，形成了善用温补的特点。

“到了明末，瘟疫流行，于是就诞生了温病学派。是以明代吴又可为开创，清代叶天士、吴瑭为中坚，对外感热病的治疗规律进行了大胆探索，提出了瘟疫病机和温病学说，取得了很大的成就。”

俞念草听得兴起，说：“对，你的本家是出了个神医，清代的叶天士，医德医术都堪称典范。”

两人说了一路，刚好把一条石板长街走完。说了说话，走了走路，难受劲也就过去了，毕竟是大风大浪里过来的俞念草。

“时间不早了，我要赶紧回公司，还有一堆事情要处理。冯老那里拜托你继续盯着点！”俞念草边说边钻进车里，她早就安排了司机接她的时间和地点。

车灯一亮，两个红点很快就消失在古镇上。

第十一章　起死回生

一

俞善麒正赶路回冯家，迎面来了一队人，举着白幡，吹吹打打地出殡，他避到一边。出殡的队伍走过眼前，只见棺木底部竟有鲜血滴下。俞善麒一惊，连忙上前拉住一位走在最后的老者打听。

“请问老人家，这棺木中是什么人啊?”

“惨啊，这棺内死者是我的女儿，初为人妇，才一年，怀了孩子，全家高兴，不承想她这样命苦，竟是难产，母子双亡!”老人老泪纵横。

俞善麒倒吸一口凉气，“敢问，死了几日?”

老人警惕地打量了一遍俞善麒，见他不像歹人，方回答：“一昼一夜。”

善麒皱了皱眉：“按理要停尸七天，满了头七才出殡埋葬，就算从简，也该停尸三日。”

“老话是这么说，可是这夏日酷暑，久置生腐，她婆家人都说入土为安，就匆忙出殡了。”老人哀叹。

俞善麒听完后，突然转身就是一声断喝：“停棺救人!”

哀乐、哭声立即止住，一队人都鸦雀无声，一会儿又聒噪起来。死者家属怒视着俞善麒，以为是什么人要捣乱。

俞善麒上前拦住送殡人群大喊：“开棺！”

站在人群最前列的一个壮汉正是死者的丈夫，此人姓叶，家里世代都是习武的。他正因丧妻而悲痛，见有人要闹事，正无处发泄，浑身的力气瞬间就提了起来，怒吼：“哪里来的路霸！你要做甚！”

吼罢，出手如风，一个直拳就冲了出去。被那老者一把截住，看来那老者也是个练家子。

俞善麒镇定自若道：“这棺中产妇未死，赶快开棺施救！”

大家都傻了，七嘴八舌地议论起来。

“哪里来的疯子！”

“这人都已经死了一天一夜了，岂能生还？”

“莫非，你是阎罗王的娘舅？”

那壮汉也不信，但听到此人有救人之心，脾气也已消了七八分。

老者上前道：“这位先生，刚钉好的棺材，要开棺非同小可，惊扰了亡灵，是不吉利的呀！”

俞善麒只得激一激他们，就说：“如果开棺，我必能叫她起死回生。不信，可以打个赌，赌上十两八两银子，随你们！”

果然，这壮汉做主，赌气把棺材停在树荫下撬开。只见妇人和衣而躺，脸色苍白。壮汉又一次看到自己心爱的妻子，大放悲声。

“别哭了，先把她抬出棺外，要平平地抬出来，千万小心些！”俞善麒嘱咐。

待产妇被抬出，俞善麒蹲下身来，给产妇把脉。一会儿，他取出银针，对准妇人的丹田、人中、命门等穴扎下去。而后又从囊中取出几根铁绿色草茎，命人取来石臼，槌烂，混合着清水送入产妇口中。然而，并不见产妇有什么反应。

俞善麒从药箱中取出一把锋利的小刀，就要去割那妇人的手腕。那壮汉忍不住骂了一句，上前就要夺刀，又被老者拦下。众人此时已经看出俞善麒是一位医生，虽然对死人动刀是十恶不赦的事情，但如果真是在施救，那又另当别论。一切就看俞善麒是不是真能让死者复生。

俞善麒在产妇的手腕上轻轻地割开一道口子，浓稠的黑血流了下来，开始是凝固状，经俞善麒反复揉搓，那股血浆渐渐地变得鲜红起来。

过了一会儿，那产妇的眼皮果然微微翕动起来，俞善麒立即为她止了血。不多时，奇迹发生了，她慢慢睁开眼睛。众人爆发出了一片惊叹！同时，那产妇的腹部凹凸响动，俞善麒连忙屏退众人，留下两个妇人帮忙。果然，片刻间产妇竟生下了一个女婴！

但这婴儿双目紧闭，也不啼哭，看来是个死胎。俞善麒抱过婴儿，背上一揉，用力拍了两下，婴儿呛了一声，吐出一口羊水，哇的一声哭了出来。人群中顿时爆出一片欢呼声。那壮汉与老者惊喜之余，连忙带着众人跪谢俞善麒一手救了两条人命的大恩。

那壮汉只管磕头。老汉道："恩公啊，必定是神仙下凡，硬是把人从鬼门关里拉了回来。"

俞善麒道："我不是神仙，只是个医者。"

"不是神仙，怎能未卜先知，知晓入了棺材的产妇未死？"那壮汉问。

俞善麒走了两步，用手指了指地上的血迹。“哪见过死人还能流血？这死者必是被误判。然而，开棺之后，到底能否救活，我也毫无把握，但不开棺，必死无疑。人命关天，我也只能勉强一试。”

“先生真是仁心仁术啊！请一定留下姓名，我们日后也好报答！”老者由衷感叹。

“我叫俞善麒，你们也不必报答我，就与平时一样，给三钱出诊费即可，刚才用的铁皮石斛可是价格不菲，不过也不是我买的，就当送给这孩子的见面礼吧。这产妇目前极虚弱，不能吃大补之物，只能以米汤缓缓调理，也不能再哺乳。别人坐月子，她恐怕要慢慢地将养一年，方能复原。你们也不必多言了，谢也谢过了，给了钱，我还要忙着赶路。”俞善麒说完这番话，就收拾东西准备出发。

众人只觉此人人品医术都是一流，但也不敢再留。只听那产妇用极微弱的声音说话，那壮汉凑近才知说的是：“请先生给女儿赐名。”这倒是应该。

俞善麒沉思片刻道：“天地万物，皆惜命，人人应彼此珍惜，也要珍惜自己。今日有这样的缘分，让我救下这小孩的性命，更应珍惜。就给她取名‘珍惜’吧！”

乱世中的乡野之间，人名多是阿猫阿狗，或是以数字代替，哪里听到过这样别致新奇的名字，众人立刻记住了。那壮汉抱拳跪谢俞善麒，遂一口一个“珍惜”地唤着宝贝女儿的名字。

二

众人当下扔了手里的白幡纸钱，脱下了孝衣，乐乐呵呵地准备回村庆祝一番。那壮汉哪里肯放过俞善麒，非把他请回家酒肉款待不可。

俞善麒实在推脱不掉，虽然归心似箭，但是毕竟初出茅庐，能治病救人，能受人真心爱戴，心里总是美的。这就跟着大伙进了赵家庄，叶家人杀猪宰鸡，好酒开坛，比过年还热闹十倍。那叶大汉三大碗酒下去，好比喝水，面不改色。那老者却是一小口一小口地咂着，咂一口，就“啊”的一声。

俞善麒与两位通了姓名，大家得知他原来就是神医丹溪翁的弟子，更是拜服。百姓们知道丹溪翁已经仙逝，干脆就叫他老神仙，又都叫俞善麒作“药王”。

那老者姓赵，这里赵姓人多，所以叫赵家庄。往根上算，九曲十八弯，或许能归到宋太祖那一支。这赵老爷子是武术家，不过一辈子不是争强斗狠，开馆收徒，修炼的是内家拳法，主导引、调息、吐纳。

老者的女婿姓叶，叫叶天罡。之前以为妻女已死，一时心智失常，行事鲁莽。其实他也是一位粗中有细、豪气干云的武术家。他天生神力，练的是刚猛异常的外家拳。

月上枝头，酒过三巡，叶天罡一抱拳道：“恩公，我要一趟拳，为恩公祝祝酒兴。”

他走到院子里的一潭月光之中。短衣，又将腰身、裤腿扎起。一开拳，刚猛稳健，虎虎生风，脚下的马步扎得生了根，每一拳推出都有千钧之力，犹如金刚罗汉，降龙伏虎，耍到兴起，拳风越来越紧，越来越密，最后一掌拍出，竟震碎了院中的一块石板。

这可真是开碑裂石之功!

叶天罡收了功，回来干了一碗酒。那赵老爷子就缓步走进院中。他赤着一双脚，也展开了拳法。看不出是哪一门的路数，只觉得分外流利贯穿，四肢绵软无骨，任意曲折，却藕断丝连。辗转腾挪，只在三步之内，送去收来，周而复始，无穷无尽。俞善麒更是看得出神，身心好像也随之而动，就看出那线路是在空冥之中画了一个一个圆，环环相扣，扣扣相连，月移影动，峰回路转。不知不觉中做了一个收势，原地站住，正在圆心之中，那清水一般的月光好像也被搅动了一番而复归于平静。

俞善麒大饱眼福，众人散去后，他们三个把这武术、医学、养生之理聊了个通宵达旦。

三

“药王”俞善麒在赵家庄一连逗留了七天，三人日日参详、切磋，创出了一门养生导引的拳法。

此拳法融太极的虚实结合，中医的阴阳平衡，经络的引导和畅，内和气血，外柔肢体，通体轻灵，刚柔相济，上下兼顾，左右俱到，神行合一，用意不用力。武术用于医疗养生，通过规范的练体、练意、练气、练劲，最终达到肢体灵活、气血和畅，甚至美容养颜、强身固体、整劲合一，使无病者强身，有病者祛病，可以延年益寿。这套导引功起势“抚慰五脏”，而后分“樵夫担柴”“单峰插云”“风摆荷叶”“罗汉伸腰”“白猿献果”“金鸡展翅”“乌龙绞柱”“拨云见日”“回头望月”，最后收势“和血顺气”。

歌诀曰：

旦兮即起，面朝南方。凝神聚气，调息安详。
引导吐纳，压推圆和。一弛一张，一心一意。
常练不懈，得势得气。全身轻灵，上下相随。
左顾右盼，劲力深长。含胸拔背，意沉丹田。
尾闾中正，虚领顶劲。虚实相间，动静结合。
心平气和，内外兼修。无欲则刚，无病则强。
不争不斗，太极阴阳。日日勤修，奥妙无穷。

全套习练完毕要吞咽三次津液至丹田。阴阳平和是此导引功一个十分重要的基础功法。

“此功，古朴简洁，崇尚内外兼修，习练者一定要克服浮躁，平心静气，练习体悟，持之以恒，必受大益。”赵老拳师看着拳谱满意地说。

创出这套引导功夫之后，俞善麒与叶家共同记录在册。虽然叶天罡强留他多住几日，他还是打点行囊，要尽快赶回冯家团聚。毕竟这一别经年累月，也不知冯卿如还好吗？

经过此事，俞善麒医术通神，善用草药，能起死回生的说法，不胫而走。渐渐地，接受过俞善麒医治的百姓都流传道“古有孙思邈，今得俞善麒”，把他称作“药王”。

第十二章 三代女人守一个药箱

一

忙完工作，俞念草一看表，晚上九点了！才想起叶嘉传约她喝茶的事。赶到茶室，叶嘉传早就在等了，水果、茶点一应俱全。

“知道我睡不好，还晚上请我喝茶?”俞念草故意这么问，其实她并不在乎，她爱喝茶。

“喝茶睡不着的人，说明喝得还不够多。反正睡不着，干脆放开喝！茶叶中的咖啡因在第一泡就没了，可以不喝嘛，往后泡出来茶氨酸对睡眠大有益处。我再给你开个方，丹参煮红糖，不过一定要用深井水来煎。小火煮沸后，再煎一小时。只喝汤，睡前半小时喝一次就行。健脾安神，治神经衰弱引起的失眠。不知道对你起不起效，咱们还是先喝茶吧!”

“准备请我喝什么好茶，不过我要先吃点东西祭一祭我的五脏庙!”

“我今天准备的茶可不一般，保证你以前没喝过，听也没听过。我托茶界的朋友从新加坡带回来的老茶，叫‘白毛猴’！没听过吧，这可是民国时代福建福鼎一带用做白茶的茶种生产的一种绿茶，因为茶叶满身的绒毛，所以取名白毛猴。”只见桌子上放着一个马口铁罐，浑身铁锈，没有印刷贴标，只有一片泛黄发脆的纸上用记号笔很随意地写着“白毛猴茶样”，看来这罐茶还是当年的留样。

叶嘉传拿茶刀用力撬了好几下，盖子才被撬开，里面是一包包用纸包好的茶，但因为时间久远，面上的纸包都已经破裂，茶叶外露，散发着淡淡的异香。

“好茶！好茶！太难得了，可要好好冲泡。”俞念草不由得叫唤起来。

“从民国到新中国成立后计划经济时代，这样的好茶都要出口换外汇。中国人善做好茶，自己是一口也喝不到的，最多弄到几两‘高末’，就是茶叶末子，那就算是上品了。当时这样的好茶，都去了东南亚，那里华人多，爱喝茶，又都藏着把新茶变成老茶再喝。如今都成了宝贝，现在中国人富了，反而又高价买回来。这茶叶的年纪比我们两个都大得多，真正好的老茶不仅不会让你睡不着，反而会让你放松。来，闻一闻，品品怎么样？”

念草接过一盏热气腾腾的香茶，果真是一股浓浓的药香气，啜了一口，顿时神清气爽。她的心一下子就平静下来。茶乃万药之药啊！

二

叶嘉传把这几日的思考又细细梳理了一番。俞念草边品茶边听这番讲述，不觉已是子夜。两人却是毫无睡意。

“嘉传，再换一道茶，还喝这个白毛猴。你的发现太重要了。只有在这样的静夜，喝着这样的好茶，才会想起不少往事。”

“上次我和冯老谈起你的出生地蒋姆塘村，说说那儿吧！”叶嘉传抛出了话题，他是对她有强烈的兴趣。

俞念草又饮了一盏热茶，开始叙述她的童年：“乌伤向西大概十公里的地方，有一个小村庄叫蒋姆塘村。村里不到一百户人家，我家就在这里。我们乡下人质朴、实在，对生活没有太强烈的欲望，春种秋收，日出而作，日落而息。对家乡的记忆永远是温暖、敦实、沉厚、安全。小时候虽然穷，但是快乐，赶庙会、听大戏、捉知了、摸鱼虾。我记得有一天，我跟村里的伙伴玩捉迷藏，我一个人藏在盖了簸箕的大缸里，谁也找不到我，伙伴都回家了，我呢一直躲到天黑，还不敢出来。后来偷偷掀起簸箕盖往外望，只见好大的一个月亮啊！月光那么洁白、明亮，周围空无一物，感到痛彻人心，我第一次深深地体会到寂寞，那种女孩子生长过程中来自内心深处的莫名的寂寞，一个人泪流满面。”夜深了，俞念草的声音轻柔细腻，脸上泛起了少女般的红晕。

“有时要去劳动，上山挖野菜。漫山遍野一大片绿，那在我眼里就是无边无际的快乐海洋，我从此一直就爱大自然，花草树木，哪怕野菜野草我都觉得那么可爱。特别是一片松林，基本上是我童年最常去的地方了，永远也忘不掉。我现在有时候做梦还会梦到那儿。有时候挖野菜忘记时间，就会走到一些幽深的地方，高大的树，清凉的山泉，掬起来就可以喝，多甘甜哦！春天的阳光投射在松林间，松风阵阵，鸟鸣清脆。这片松林，不只是风景好，更要紧的，它是我们家生活的部分来源。我的母亲就在这片松林里种草药。这或多或少埋下了我研究中医药的基因吧！

“当时为了维持家里生计，父母起早贪黑下地干活，母亲还要种草药，还做着磨豆腐的营生。老话说，人生三大苦，撑船、打铁、磨豆腐。这些劳作吃苦受累是不用说了，收入实在太少了，远比不上付出的劳动多。三更睡五更起，每天要浸黄豆、磨豆腐、烧浆……烧柴是个重要环节。我就经常要到松林里面去砍柴。

“我心里疼父母。一到秋天晚上，只要我听到外面秋风起，心里就暗暗高兴，因为第二天密密麻麻的松针就会铺满一地。那样父母就不会再为烧柴发愁了。那掉下来的松针是天下最好的燃料，烧起来还有一股松油的清香。

“就在这片松林里，我留下一个永远的伤口。大概十岁那年，我爬上树去折枯枝，一脚踩空，差点摔死。反应还算快，一把抱住了树干，人是没掉下去，但是胸口却被突出的一截断枝划破了。那段尖锐锋利的碴口直透过衣服划进皮肉，钻心痛！挣扎着爬下来，看到衣服一段好大的破口，里面更是血肉模糊。我当时紧张的还不是自己这个触目惊心的伤口，而是我的衣服。这是我秋天唯一的一件衣服，肯定要被妈妈骂了。我不敢告诉家里人，偷偷把衣服脱掉，团成一团塞在被子里。自己忍着疼，结果伤口感染发炎了，痛得吃不消。母亲知道后又心疼又生气，气我不早说。家里没有余钱看病，母亲只好每天给我用淡盐水细细地清洗伤口。好在当时年纪小，总算自己愈合了，只是因为伤口太深再加上时间拖延，留下了一个伤疤。都说好了伤疤忘了疼，哪里会哦！我是永远记得的，每天盐水洗伤口是什么滋味。”

三

叶嘉传想不到，眼前这位叱咤风云的女人，竟然是这样穷苦的出身，不由得就升起一股怜香惜玉又佩服不已的感情。

“每个家族都是一部历史，荣辱辛酸皆有故事。你正在为你的家族史创造奇迹般的辉煌。也许你的一生是你们家族生命树上最为茁壮的一枚果实!”叶嘉传激动地说。

俞念草喝了一口茶，露出了神秘的微笑，淡淡地说:“不一定，很多往事被尘封了，也许我们并不太了解过去的辉煌。”她继续说起家族的往事——

“我们是世世代代的乌伤本地人，但这个‘世世代代’是要打个问号的。我很小的时候，隐约有记忆，听我奶奶说过，好像祖上是避难迁到这里的。老家很穷，我们就住在两间茅草搭的草棚里，生活很苦。我就是在草棚里出生的。

“我的奶奶，又勤快又贤惠，吃苦受罪从来没有一句话。当年嫁给爷爷的时候，很风光。我的爷爷是地主，年轻时一表人才，新媳妇又这么好。嫁过来第二年，就生了儿子，那就是我爸。本来日子过得很红火。爷爷有一天心血来潮，非要自己下地干一次活，你说奇不奇怪，自己挥的锄头片子会割在自己的脚上!脚就废了，躺在床上整天喊痛。请来郎中也治不好，整夜整夜痛得睡不着。有人就说，去弄点鸦片膏来吃吃就不痛了。鸦片烟弄来当药吃，一吃就上瘾，不但止痛，还能醉生梦死。就这样，渐渐把家产全部抽光。最后甚至把自己的老婆孩子都卖了，于是我奶奶和爸爸就被卖到了蒋姆塘村。那一年我爸爸才两岁。爷爷鸦片一抽六亲不认，卖掉妻儿卖房子，后来不知所终了。

“奶奶哭哭啼啼带着一个小拖油瓶，唯一带出来的物件就是一个樟木药箱，死死抱着，那还是她的公公临终前传到她手上的，留下的祖训说‘秘不示人，誓死守护’。

“很快到了一个陌生人的家里，从此住进草棚，对着一个陌生男人，小心翼翼地挨日子。我这个后爷爷虽然穷，人却好。对奶奶和爸爸都很好。可是才过了一年多，这个老实巴交的男人突然生病，没多久也死了。

“旧社会里死了两任丈夫又拖着个小孩的年轻女人，就成了祥林嫂。背后有人可怜也有人说闲话，嫁不出去，也不想再嫁了。奶奶的妯娌，是个性格刁钻的女人，看上了她的哥哥留下的那间房，千方百计要把孤儿寡母赶出门。隔三岔五就要来骂，奶奶磨豆腐，她跑来抓一把土灰扔进去。

“本来是活不下去了，但是看看身边这口药箱，想想自己三岁的儿子，总要抚养他长大。就这样，难熬的日子熬了二十年。熬到我爸长大成人，下地干活，支撑家庭。后来奶奶就看中了我妈，为人勤快干练，娶进门做了儿媳妇。虽然生活还是穷得很，但是奶奶心里是甜的。

“奶奶是一个不一般的女人，性情很静。再忙也要把自己收拾得清爽利索。衣服补丁上缝补丁，也洗得干干净净。每年的各个节日都要好好拿来过，过年的时候几时除尘，几时拜祭，几时炸糕，她都清楚。

“奶奶很少与人大声说话，这个性格跟她几十年来隐忍的生活有关。她良心好，碰到叫花子上门讨饭，一定会从灶间端出一碗饭给人家，而且她绝不会给剩饭，剩饭自己吃。听到叫花子哭诉，她也落泪，还要小声安慰人家。

“村里有几个孤寡老人，靠东家一碗饭，西家一把菜，凑合着过日子。有些瘫在床上，大家照顾一两天还行，要天天像儿女一样在床前服侍，都做不到。那个年月，哪有什么敬老院，农村连老人堂也没有。奶奶每天忙完家务，就去照看，端汤送药，清扫卫生，还要给他们擦身，倒大小便。她总是说，不管病好不好得来，每天总要让人家干干净净的。那些老人话讲不出来了，看着她，眼泪吧嗒吧嗒往下掉。就这样，一直到死那一天都是她去擦身，直到入土为安。

“那个一直欺负奶奶，一心要赶走她的女人，后来得了癌，浑身痛，躺在那间老房子里，子女都搬到新房子去了，喊痛没有人去看。只有奶奶一有空了就赶过去伺候她。人家对她这样，她还是一颗心对人家好！最后那个女人痛得受不了，自己在家里上吊死的。奶奶知道了，又赶过去料理了后事。

“也因为这样，奶奶是全家威信最高的人。她做的事情，我们后辈，都看在眼里，记在心上。

“有一年村里发瘟疫，人身上都起满红疱，很痛。村里只有一个赤脚医生开了一个小卫生站，这种病他没看到过，大家都急死了。这时候，奶奶不知怎么就变成个‘半仙’。我们以前也不知道她还有这样的本事。她让病人躺在床上，在床脚边烧一堆稻草，然后绕着稻草往左走三圈，再往右走三圈，嘴里还在念，念什么？我也不知道。然后她就等，等到有风把稻草灰吹起来的时候，她嘴里含满一口井水，马上喷出去，稻草灰就连水喷洒在病人起疱的地方。病人真的就不痛了，你说奇怪不奇怪！全村人奇了，我们全家都奇了，我自己也奇了，以前从来没见过她会法术的！村里有人说奶奶是神仙附体，连别的村都传开了。奶奶也没有说什么，继续给大家治病。后来大家都要问，她就说是好多年前，有一个上门来讨饭的人传给她的办法。但是大家对这个说法都不太信。后来她把这个‘仙术’传给了我妈。

“我十六岁那年，奶奶摔了一跤，从此就起不来床了，直到躺在家里床上走掉，是七十四岁，对，是七十四岁。她一辈子对我们说得最多的话就是做人一定要善…… 她带在身边一辈子不离开的那口药箱就留给了我妈妈。

“我奶奶留给我印象最深的一句话就是，这是我们这家女人的命，不论遇到什么难处，都要守得住。”

四

俞念草说得两颗眼泪在眼眶里打转。

“就这样，祖母的使命交给了母亲。妈妈是我一生最敬爱的人，我对我妈的感情中除了爱以外还带有着强烈的崇拜。妈妈也是吃过苦的女人。她八岁时，日军进乌伤，到村里烧杀抢掠，把男人都抓去给他们挑担，做苦力。眼见村子里两个女的躲到草堆里被捉出来，糟蹋了。其中一个后来疯了。

“那时候我外婆刚生下一个儿子，妈妈才八岁。日本人来扫荡，大家逃难，慌不择路，都冲散了。妈妈抱着刚出生的弟弟就逃，逃出去两里路，没想到前面又来了日本兵，他们还会说几句中国话：‘不要跑！不要跑！’哐哐地放枪。她只有背着弟弟躲到边上的麦田里，还好弟弟没哭。有时候一天要逃几次，晚上睡觉睡到一半的时候突然来了，又要逃。后来大家为了逃起来方便，干脆晚上睡到野外，玉米地、小麦地里都睡着人。就这样逃了总有三年，妈妈活下来了。

“妈妈生我的时候快过年了，腊月二十六，大清早生下来，外面太阳出来了！没东西吃，米都没有，我爸只好烧了一锅胡萝卜给妈妈吃。

“妈妈会采药，我们家里人以前的医疗都由她管，就是吃她采的草药。我很小的时候就跟着妈妈去采草药。家里从我奶奶开始都是靠自己采药、晒药、配药、煎药，自己给自己治病的。

“妈妈似乎继承了奶奶的本事，后来奶奶一生都不离开的那口药箱就成了妈妈的圣物，藏在床底下，从来不让我们碰。‘破四旧’时，多少老东西都被抄出来，堆在村口，砸烂烧毁。连祠堂里的牌位、庙里的菩萨都逃不过。我们家不是地主富户，没有引起关注。可是，竟然有人告密，说奶奶曾经搞过迷信活动，可能家里藏着‘四旧’。还有人记着奶奶带来的一口樟木药箱，传言药箱里面是金银首饰。红卫兵一脚踹开家门，进门来抄。很快就从床底下翻出了这口药箱，妈妈又哭又闹，最后跪下来求他们。红小将不为所动，认定这只药箱里不是金银首饰，就是不可告人的东西！命令妈妈打开，妈妈死也不肯，他们就撬开，里面原来是一卷一卷枯萎的草。红小将不识，要我妈说清楚。原来，这就是有起死回生之说的草药铁皮枫斗，是我妈多年积攒、精制而成的。就这样被抄没了，还给家里定了性：‘俞家藏着大毒草！’好在，我们家里成分是贫农，也不能再怎么样了。

“时过境迁，我才恍然大悟。心思缜密的妈妈早就神不知鬼不觉地把药箱中的半块牌匾用油纸包好，埋在床底下的土中，覆上旧土，不露痕迹之后，把药箱放上。她咬咬牙，放进了自己多年从深山中慢慢采来的铁皮枫斗。这药确实是难能可贵的仙草，在那个缺医少药的年代，或许真是家人还魂续命的东西。但为了保住奶奶传下来的这块匾，只好牺牲这仙草，才能满足那些居心叵测之人的好奇心啊！

“等我长大成人之后，这口药箱，当然最要紧的是药箱里的这半块牌匾，就被妈妈正式传到了我的手中。她非常郑重地嘱托我，一定要收好这块匾，‘你是一个有使命的女人，你的时代不一样了，总有一天，匾会找回另一半的。’这也是奶奶一模一样传下来的话。

也许上几代人，还能传下一些关于这块匾的故事，但是一代代的人苦难深重。最后，她们已经不知道任何故事了，唯有坚守。”

俞念草停顿下来，隔了好长一会儿才接着说：“我妈是最爱我的人，等我有钱了，有能力好好孝敬她了，她却得了尿毒症，十几年都靠透析活着，吃的苦更超过了从前。可她永远不抱怨，永远给我笑脸。最后她熬到公司二十周年庆典，我多么希望她能参加…… 如果我失去我妈，我的成功，我的事业，就失去了一半的光泽。可是她实在熬不住了，临走前她还是一个劲对我和弟弟念芯说，别太忙，注意休息，照顾好自己…… 为了公司，我不得不封锁妈妈的死讯，把她放进医院的冷库…… 我还得张罗一切，迎接各地赶来的重要嘉宾。上台致辞时的从容微笑、激励话语，我都能感觉到是另外一个自己在表演，就这样假装欢天喜地完成庆典和晚会…… ”念草几乎失声痛哭。

说完这一切，从紫砂壶中清出来的茶渣已经堆成了一座小山。一看表，凌晨三点一刻。世界一片安静，只有两个人的心跳声。

叶嘉传良久发出“哦”的一声感叹。这里面既有对几位女性不幸又伟大的遭遇的唏嘘，又有对神秘历史的感慨，还有对自己所效力的圣山药业的无限敬意——仅仅是俞念草有限的人生中，围绕着这块“圣山”牌匾，就有三个女人的生命轨迹。究竟它的另一半写着什么呢？

叶嘉传吸了一口凉气，心想，这个女人付出的太多了。夜太深了……

第十三章　救治太祖

一

在冯宅院子旁的花厅里再次见到冯卿如时，俞善麒顿时升起了一股强烈的冲动，一种渴望长相厮守的冲动。然而两人只是四目相对，不发一言。本来极熟的一对，竟觉得生分了。

卿如还是当年那个佳人，眉宇间却增添了几分妩媚与哀愁。与她相对而坐，难免心猿意马，好不容易克制住自己，才客客气气问道："这一向可好？"

"好。"冯卿如一笑，只回答一个字，有些含而不露的意思。

"让你等了这么长久，吃苦了。"

"都过去了。"

一问一答，竟又没词了。花厅里陷入难堪的沉默。

自从俞善麒去拜朱丹溪，一别一年多。虽然两人早已惺惺相惜，毕竟并未定下婚约。这一年之中俞善麒一心求医问药，治病救人，从未鸿雁传书，谈过一句半句儿女私情。但两人的内心都是牵肠挂肚。卿如佳人，待字闺中，眼见春去秋来，冬去又是一春，自然是百转千回，相思成疾。

日复一日，月复一月，年复一年，冯卿如的感情起了微妙的变化。她先是料定了“两情若是久长时，又岂在朝朝暮暮”，但每一个相思的夜晚，都是“碧海青天夜夜心”，独守香闺，还是渐渐变得沉郁感伤起来。直到俞善麒回到冯家，她心中百般喜悦，高兴得像一只蝴蝶，却一时表达不出，一腔怀春的幽绪无从排遣，还是惆怅。

俞善麒见冯卿如一连几日都对他冷若冰霜，每次遇见她时也不知如何开口，如何亲近。这一日听得她在厢房里传出咳嗽声，听声辨音不似一般的伤风，正好去为她瞧病。

进屋把了脉，才知她是胸中有一些郁结之气，长久而起了沉疴，倒是不重，一是要调，二是要心情舒畅才好。这相思郁结之因俞善麒自然明白。可是如何说呢？

冯卿如轻轻问了一句：“看你蹙着眉头，我这几声咳嗽怕不是连药王都难住了的疑难杂症？”

善麒连忙解开眉头，笑道：“哪里有什么病，天气变化所致。我这就给你开个方子，包你药到病除！”

于是他写下了一篇药方，留在桌上就告辞去了。

冯卿如见这朝思暮想的人走了，连忙取那药方来看，竟是通篇以药名串联而成的一个故事！

> 牡丹亭边，常山红娘子，貌若天仙，巧遇牵牛郎于芍药亭畔，就牡丹花下一见钟情，托金银花牵线，白头翁为媒，路路通顺，择八月兰开日成婚，设芙蓉帐，结并蒂莲，合欢久之，成大腹皮矣，生大力子，有远志，持大戟，平木贼，诛草寇，破刘寄奴，有十大功劳，当归期，封大将军之职。

这既是药方又是戏码，更是一封情书。竟是以药方告白与提亲，这也只有俞善麒才做得到。卿如读罢，面泛桃红，一颗心噗噗直跳，不用吃药，那相思之疾也好了大半。

二

俞善麒向冯道传言明要迎娶卿如之事。冯道传心中早就认了这个乘龙快婿，哪有不高兴的。他又是个不拘泥于世俗的人物，张罗了一应父母媒妁等事，选定吉日，准备完成女儿的婚事。

冯家是远近闻名的世家，如今冯道传要嫁掌上明珠，自然是十里红装，盛况空前。

婚期当天，俞善麒一身红衣，骑着高头大马前来迎亲。冯家小姐坐的一顶“万工花轿”，八人抬出，沿途观者，无不啧啧称奇。这顶花轿以樟木为料，通体浮雕、圆雕、透雕，各种人物、动物、植物花纹，贴金饰彩，结合沙金、碾金、碾银、沥粉、描金、开金工艺，撒上云母、蚌壳碎末，再涂上大漆制成。其工艺之复杂、考究，极尽奢华。只因制造这样一顶花轿需耗费近一万工时，故而称为“万工轿”。这万工轿还叫“百子轿”，象征多子多福。只有浙江一带女子出嫁时可以坐这“五岳朝天”、极其豪华的大轿，可与皇家婚庆媲美。据说南宋初年，登基不久的宋高宗在金兵追击下，亡命到宁绍平原一大湖前，前无去路，后有追兵。幸得遇见一位浣纱村姑将他藏于水中，上覆白纱，方逃脱追杀。后来宋高宗传旨遍寻那“救驾”的村姑未果。为了感恩，下旨特许此地女子出嫁时可享有半副鸾驾、半副凤仪。

跟着这顶“万工花轿”之后逶迤而来的，是绵延十里的嫁妆。嫁妆里床桌器具箱笼被褥一应俱全，日常所需无所不包。其中还有一张“万工床”可与那“万工轿”媲美。蜿蜒数里的红装队伍，浩浩荡荡，这十里红装真是把天都映红了。

冯家将置办的奁具雇挑夫送往“俞家”。这“俞家”并非武义俞家祖居，而是在冯宅旁新置下的一个独门独户的宅子，供这对新人过日子。因此这十里红装，是出去大大地风光一圈又回到原处的。一路上锣鼓喧天，喜气洋洋，马上的新郎与轿中的新娘各自沉醉在这气氛之中。

就在此时，远处突然尘土飞扬，一阵急促的马蹄声带着呼喝之声越来越近。迎亲的队伍忽然变得骚乱起来。乐声戛然而止，眼见着前方杀过来的竟是一队官军。

一个吹唢呐的眼尖，大叫一声：“不好！官兵要逞凶，怕是劫嫁妆的！”看红装的人群吓得四散奔逃，几个唢呐手、锣鼓手和挑夫、轿夫先是愣了一会儿，也绷不住逃命要紧。

新娘子听到了这四散的脚步与惊恐的喊叫，又急又恼，自己正要揭下红盖头，就听到了俞善麒的声音：“卿如莫慌，我在！”冯卿如听到这几个字，一时觉得即便是立时死了也不害怕。

军马到轿前停下。为首一人下得马来，长得面貌清癯，颧骨稍高，身材魁伟。此人颇有大将风度，上前向俞善麒一揖，铿锵道：“阁下一定就是药王俞善麒了？”

俞善麒道：“在下就是俞善麒，会些草药之事，不敢称药王。敢问将军何许人也？”

“我是徐达，吴国公要见你，请！”徐达爽利地一摆手，就要俞善麒上马。

俞善麒一听此人原来就是随着那朱元璋东征西讨的第一大将徐达，不觉一惊。朱元璋自从攻下了浙东婺州府，改称宁越府，倒是颇受百姓拥戴。但他夹在强大无比、阴险毒辣的陈友谅，以及江浙之主张士诚之间，也已势同水火。大战在即，这徐达不去征战，为何到此找我？

想到此，他只好直言："久仰徐将军大名，当世豪杰。今日是在下大喜之日，可否赏脸吃一杯喜酒，如有别的事要我效力，改日登门可好？"

"不成，今天你必须跟我走！"徐达言语冷酷，带着几分急迫。

"恕难从命！"俞善麒也不愿再客气。

"拿下！"徐达一声令下，军士立即上前将俞善麒绑了起来。

此刻的冯卿如哪里还能忍耐，早一把扯下了盖头，冲出那万工轿，也随即被军士拿住。俞善麒见状大喝"住手"，也无济于事。

徐达冷言道："将药王的新娘子请回轿中，送回冯府，沿途护送，少一根头发，军法从事。将药王速速带回去见吴国公！"

军士们一声"喏"，分头行事。俞善麒被绑在马上奔了一个时辰，入了吴国公的行辕。

恰在朱丹溪仙逝，俞善麒被称为"药王"这一二年间，朱元璋的主要精力皆在江南。此时他已陆续攻占浙东，并控制了江左、浙右各地。民谣传唱："富汉莫起楼，穷汉莫起屋，但看羊儿年，便是吴家国。"这个"吴家国"说的就是吴王朱元璋。早在至正十六年（1356年），朱元璋在南京称"吴国公"，此后他就一直想称"吴王"。多亏攻打徽州婺源时访得朱升，采纳了"高筑墙，广积粮，缓称王"的九字真言。直到两年后消灭了劲敌陈友谅，他才称了"吴王"。

然而，就是这婺源一战，朱元璋原以为手到擒来，却不想是一场久攻不下的硬仗。在战阵之中腹部中了一箭，幸而这箭已是强弩之末，刺得不深。

箭伤原本不重，对于久经沙场的朱元璋来说，本不足道。但连续作战，伤势反反复复，渐渐成了顽疾，伤口虽早已愈合，腹部却每日隐隐作痛，越演越烈，这几日已到了不能下床的地步。

为了稳定军心，此事只有内务总长李善长、军师刘伯温与大将军徐达几个心腹知道。请了不少军医来治，都束手无策。请来的医生都由徐达的侍卫看守，一连几个方子，都无起色。每次，朱元璋都摆一摆手，目露凶光。这些医生皆不能活着走出行辕，以防泄露机密，乱了军心。

如此半月有余，朱元璋自知顽疾难克，已生出了绝望之意，想自己终于还是没能统一天下，将立遗诏，准备后事。恰在此时，徐达“请”来了俞善麒。

俞善麒进了朱元璋的营帐，看到卧着的朱元璋一张丑陋的麻子脸上胡子稀疏，病容憔悴，确实已经到了万分危急的地步，难怪徐达会如此无礼。

俞善麒旁若无人，上前观察，又把了一阵脉，眉头紧蹙。徐达见此，单膝跪地，抱拳道：“药王啊药王，今天徐某实在不恭，可是吴国公的病不能不治！吴国公不治，天下不治！”

朱元璋睁眼看了看，冷冷地说了一句：“不必了，拖出去杀了吧！”

徐达正要劝阻，俞善麒道：“汉代开国皇帝刘邦，晚年受了箭伤，本不算致命伤，却有病不治，说自己命系于天，岂是凡医可治！将御医纷纷斥退，自己也沉疴不起，不久即崩。”

朱元璋听俞善麒把自己比作刘邦，先就有了七分受用，又借此骂了自己一顿，有了三分气恼。比起一般的医生，此人倒是见解不凡，遂道："那就请这位药王给我治一治看。"

徐达长出了一口气。不料俞善麒站起来大声说："不治不治！这病我不能治！"

"为何？莫非这区区的箭伤真要断送了吴国公？"徐达疾问。

"治是治得好，但不能治，因为我治不好不过一死，但是治好了，一样活不成！"俞善麒故意激朱元璋。

此话一出，朱元璋已燃起了求生的欲望，连忙给了徐达一个眼神。徐达连忙说："俞先生尽可放心，治不好留先生在此多住一段时日，治好了必当重谢，哪里还敢加害先生！"

"好！那不管我怎么治，都请吴国公配合！"

徐达忙说："不论何种名贵药材，哪怕龙肝凤髓，我们自当取来！"

"名贵药材用不上，只是……"

"只是什么？"徐达替吴国公追问。

"只是，要请吴国公——喝尿！"

这"喝尿"二字一出，朱元璋的眼神中顿时冒出了火光，徐达也忍不住"仓啷啷"抽出了佩剑。

正在此刻，来了一声咳嗽，从帷幕后走出一人，正是军师刘伯温。他来打圆场了，"不急不急，请药王把话说完！"

俞善麒知道刘伯温与父亲俞涞的关系，心中强掩的恐惧也就安定下来，放开了说："自古以来，天道、人道、医药之道皆相合，则宇内澄清，国运昌盛，百姓安乐，身体康健。当今元朝无道，正如吴国公的症结，在于停痰瘀血，互相纠结，导致中宫不清，土德不和，所以外伤虽愈，内伤脏器，逐渐引起了许多稀奇古怪的病症。这伤我来治，不但可使吴国公转危为安，还能调理拔除过去种种，或许能比原来延寿几年。”

朱元璋面露喜色，忙问：“到底怎么个治法？”

“如要根治，需用‘轮回汤’之法，这‘轮回汤’嘛，就是要喝自己的尿了！”

俞善麒说明了医理，朱元璋和徐达才知这并非羞辱。徐达和刘伯温都把目光投向朱元璋。朱元璋缓缓道：“当年或逢大旱，或行军苦战，老子又不是没喝过尿！”雄霸之主到底是露出了本色，朱元璋正色道：“药王，请吧！”

这次，俞善麒采取了一种已经绝迹的治疗方法。他从未试过，也是从老师朱丹溪留下的遗作中学到的。

他先吩咐徐达派军士速速买来黄牡牛的牛肉一二十斤，其中要挑点儿肥的，然后用长流水煮牛肉，煮得糜烂，用布过滤掉渣滓，接着把汁放入锅中，熬成琥珀色。取熬成的肉汤，让朱元璋每次饮一盅，过一会儿再饮，就这样连续吃了数十盅。朱元璋开始上吐下泻，痛苦不堪。

徐达问病，俞善麒解释道：“病在上身，要他吐得越多越好；病在下身，要他泻得越多越好；吴国公的病在中间，吐泻都要多，要反复喂两天，不停地吐泻。确实是受罪！但这是根治顽疾的第一步。”

“那么下一步呢？”

“请将军立即赶造一个密不透风的屋子！”

两日吐泻之后，朱元璋进入一个不透风的屋内静养，若是渴了，就把自己的尿接一两碗喝了，这就叫“轮回汤”。如此三日。

三日之后，请朱元璋睡一两天，觉得饥饿难耐的时候，再给他粥慢慢地喝。然后再以清淡饮食调养半月，之后再服人参汤与石斛汁就都无不可了。朱元璋果然康复了。

俞善麒交代说："这个治病的法子，是先师所创的'倒仓法'，不但可以祛顽疾，或许还可延年。但切记以后五年忌食牛肉。"

如此这般，已经过了近一个月。这日，徐达特来谢恩，备了金银，护送这位新郎回家。

三

俞善麒经历了这么一番奇遇，重回冯宅，由徐达亲领大军护送。冯卿如悬着的一颗心总算放下了。

等到了冯宅，军士中走出一人，俞善麒才知吴国公朱元璋竟然亲自把他送了回来，冯道传忙出门迎驾。朱元璋大声说："我带徐达把你的好女婿送回来了！还要讨杯喜酒吃啊！"

在朱元璋的见证之下，俞善麒与冯卿如这一对佳人，行了夫妻拜堂之礼，有情人终成眷属。这一日，冯道传尽其所能，邀请各路亲朋好友，更有朱元璋这等真命天子捧场，热闹可想而知。杜雄黄也专程前来道贺。唯独俞善麒武义俞源老家的人，一个未到。

后半夜，下弦月起来了，小院子里就像汪着一潭水。无边的热闹，痛饮、划拳、高歌、欢笑、哄闹，都停歇了下来。新人的屋子里满是锦缎绫罗，壅塞热闹，此时也清冷下来。薄光之中，善麒看见新娘脸庞的侧影，委婉姣好。两人虽然爱慕多年，可真到了这一刻却又都拘谨得很，大气都不敢出。灯影里，只看见帐幔被褥一团团金红银绿，直到灯熄火灭，两人才摸索着解衣。黑暗中不提防碰着手脚，都要触电一般立刻闪开。

冯卿如开口道：“麒哥哥，等了又等，你可不能再说走就走了。”

“我一身一心都在这里。”

“身子现在在这里，心怕是又飞出去了。”

善麒一把抓住卿如的手，“身子出去了，心也在你这里。”

“麒哥哥，我怎会不知道你的抱负，那吴国公定是你的贵人。你也不是久居乡野之人。我只盼能永远跟着你，不再分开，吃苦受累我都是不怕的。”

一番话把两人都说动了情，善麒把卿如的身子扳过来，“我答应你，再不分开。”

冯卿如的大眼睛里闪出了泪花，眼神有些哀怨，她有些不相信这句话。不是不相信丈夫的为人，而是不相信这个世道。

俞善麒看出来了，“我今晚说的话，是真话，你要相信，不但相信我，也要相信我们能改变这个世界。卿如，洞房花烛夜是不是有对对子的习俗？对不出对子不许男人上床？”

冯卿如转哀为喜道：“我几时要你作对子？你岂不是早就上了床榻了！”

“那就补一个，我去拿笔墨，写下来。”俞善麒果真下床去取笔墨。

冯卿如想了想，出了个上联：“慈菇穿山采黄精，走遍生地熟地，独活灵芝草。”

善麒取了一张燕子笺，用小楷抄下来，自己对出下联是：“苏子过江寻紫斛，翻越常山淮山，当归何首乌。”

写罢，两人相视一笑，无限甜蜜。俞善麒温言道：“卿如，我真该谢谢你，谢谢你们冯家对我这样好，毫无所求，把什么都给了我，把最最珍贵的都给了我。”

卿如轻轻地、娇弱地“嗯”了一声，就不再作声。在这深深的、温柔的黑暗之中，俞善麒感到自己经历了这些年背井离乡、求医问道，高堂尚在却不能相见，师父恩重却已仙逝，又经历了这些天的各种突变与奇遇。终于告一段落，终于可以有一个最妥帖、私密，容他休憩依靠的温柔之乡了。他竟不觉啜泣起来。

卿如听到身边的男人竟然在哭，自己也不觉心疼泪落，霎时间也顾不得什么，一把将男人的头搂在怀里。

善麒的脸就这样贴在女人那柔软的两团胸乳之中，一阵初乳般的体香让他着迷。一番身体的厮缠让两人亲近起来，心热了，耳垂火烫。男人的双股之间升腾起了无法遏止的狂热。

两人深深地吻在了一处，相互吮吸那蜜一般的舌尖，男人猫一般舔遍了女人的面颊。女人春潮滚滚，山雨欲来，止不住地颤抖。三年的相思相恋，到此刻终于化作两股清泉，交汇在一处。他们互相轻呼着对方的名字，天地之间仿佛只有俞善麒与冯卿如二人，二人又合二为一。

然而，这个美妙绝伦的时刻，天地之间并非只有他们二人。就在洞房的花窗下，在那月光如洗的小院中，在墙角的一大丛芭蕉树下，一直隐蔽着一个人影。他呼吸粗重，浑身战栗，双眼血红，紧咬牙根，脑门上青筋突暴，他一直听着洞房中的动静。他细长的指甲互相深深地掐进自己手臂的肉里，听着这男女情爱升华的交媾之音，他的下身也早已膨胀。只听房中一阵冲刺，女人柔声的一声高音。那黑影折断了两根指甲，他狠狠地抽了自己两个耳光。然后，他咬牙发出了恶狠狠的，只有自己才听得见的声音：“我要弄死你！一定要弄死你！”

四

本就不服元朝统治的冯道传审时度势，想起了父亲临终前的嘱咐。不仅以美酒犒劳朱元璋及其将领，以蒲蒌饭加肉片犒劳士兵，还主动倾尽家财，捐助饷粮八百石。

朱元璋得俞善麒治病，又蒙冯道传的资助，感动不已。他当着众人之面，脱下了身上的衣冠赠给冯道传，并郑重许诺自己如果有朝一日当上皇帝，要授冯道传以官职。冯道传接了衣冠，但当场以自己年老而辞谢了日后的封官之许。

直到明成化十二年（1476年），冯道传的裔孙扩建乌伤冯氏宗祠时，宪宗皇帝凭当年先皇的衣冠，特许冯氏按皇家规格将宗祠建为“三进九开间”的厅堂，以显皇恩浩荡。此乃后话。

俞善麒看了一眼冯家众人，慨然道：“治一人容易，治天下难。吴国公起于阡陌，与我们这些百姓命运相连，反元除暴，力拔天下危祸之根，救民于水火，是治乱的克星，对症下药，手到病除，真正是天下的良医！”

朱元璋听了这一番诚挚之语，心中大慰，当即说：“善麒不愧是药王！孤这次前来，特为向冯老先生说明，孤要请善麒出山，随我去做一做天下的药王如何？将来平定天下，我要他做太医之首！”

俞善麒伏拜道：“愿携妻随吴国公去，太医并非我愿，只盼能减几分苍生苦痛！”遂往天下。

第十四章　三生石上旧精魂

一

圣山药业每五年举办一次讲会。公司内部成员全部集中到一个陌生的环境，进行封闭式培训，从各个领域请来专业人士讲课。公司的高管们也要互相讲课、讨论，在思维上进行一番较量。而俞念草作为企业的领导者，一定要压轴讲一次课。这也是她极为看重的事情。

这次讲会的地点，俞念草就选择了省城杭州的西湖，一是公司在省会早有大楼作为重要的办事处，二是十多年跑杭州，却还从没有得闲真正领略过西湖。因此就定在了西子湖畔的西子国宾馆，当年的汪庄。

湖上四庄，郭、刘、蒋、汪。汪庄位于西湖南屏山雷峰塔北麓，突出湖面，三面临湖。清末，庄主汪自新是杭城茶叶老字号汪裕泰的老板。当年庄内设有汪裕泰茶庄的门市部，供应西湖龙井，并辟有试茗室，陈列各种古色古香的名贵茶具，还有琴堂，因汪自新的夫人好古琴，雇工制琴，号称汪琴。新中国成立以后收归国有，五十年代，改为西子宾馆，毛主席曾多次下榻于此。

俞念草这次提前三天就带着公司的几位首脑住进了汪庄，叶嘉传当然也以“客卿”的身份名列其中。她是想静静地做点准备，为自己的讲会找个满意的主题。

午后，叶嘉传陪着俞念草，在西湖边散步。湖风吹来，熏得游人醉。两人都是难得清闲，漫无目的，彼此都不想说话。

不知不觉已身在苏堤之上，在一个小廊亭里坐定。就听得一位民间说书人，自得其乐地在讲西湖的故事，一口地道的杭州话，眉飞色舞。两人就凑过去听，原来是讲白娘子与许仙——

这一天，正是阳春三月三，上洞八仙吕洞宾，变成个白头发白胡须的老头儿，挑副担子，到西湖边来卖汤团。吕洞宾拉开嗓门叫起来：“大汤团一个铜钿买三只；小汤团三个铜钿买一只！”人们围拢来，都买大汤团吃。一歇歇辰光，镬里的大汤团就捞光了。这时，有个五十来岁的人，抱个小伢儿也挤进来。小伢儿吵着也要吃。但是大汤团卖光了，那人只好摸出三个铜钿，向吕洞宾买只小汤团。

小伢儿吃了汤团以后，三日三夜不吃东西。阿爸着急得要命，就抱他到断桥旁边大柳树下来寻那卖汤团的人。吕洞宾哈哈一笑，把小伢儿抱上断桥，抓住他的双脚倒拎起来，喝道：“出来！”那小汤团就从他小嘴巴里吐出来，滚到西湖里去了。断桥下一条白蛇正好游过，把小汤团接在嘴里，“咕嘟”吞进肚皮里去了。原来吕洞宾那只小汤团是颗仙丸，白蛇吞了，就修成仙，变成了白娘子。那个吃汤团的小伢儿，长大了就是许仙。这才有了后来的断桥相会。正是：“月老祠堂在眼前，千里姻缘一线牵。风雨湖上同舟渡，天涯寻来共枕眠！”

讲到此处，众人爆发出一片喊好声。俞叶二人对这故事也都是似曾相识燕归来的感觉，勾起了儿时的记忆，又似乎提醒他们都已经是人到中年的男女了。

二

叶嘉传突然想起一个地方。温柔的湖风吹来，他感到了几分伤感。“念草，身在西湖是一种难得的清福，陪我去看一个地方吧，一直想去看看。”

两人回到北山路打了车。一上车，叶嘉传就说了一句：“去灵隐。”

车一路驶去，沿途的古木越来越苍翠，人影渐稀，待车开到不能开的地方停下来，一个空明澄澈的东南佛国就到了。

一抬头，灵隐寺照壁上书“咫尺西天”。这也是天竺寺的山门，此处转向南，山路逶迤，老藤古树，竹林茶园。

“嘉传，你要带我来拜佛吗？”

“不是拜佛，想让你陪我完成一个心愿。”

“什么心愿？”

“找一块石头。”

念草觉得奇怪而有趣，微微一笑说：“丈二的和尚，摸不着头脑。什么心愿？又是什么石头？”

嘉传轻抚着念草的肩，很庄重地引导她往前走。两个人在一条林荫道上走着，空无一人。“我的心愿就是想好好看一看此地的‘三生石’。”

念草轻叹了一声,“三生石，听说过，在这里吗?”

“天竺寺外三生石，一直想来，十多年了，竟然也找不到机会。三生石是有故事的。”

“是石头的故事，还是你的故事?”念草的洞察力真是惊人。

“自然是石头的故事比我动人百倍。三生石上旧精魂，赏月吟风莫要论。惭愧故人远相访，此身虽异性长存。”嘉传缓缓吟出了一首诗。

“这诗真好啊!”

“可不是吗。所谓三生，就是佛教所说的前生、今生与来生。说的是唐代有一位世家子弟名叫李源。”

念草插嘴说:“那就是跟你一样，是个唐朝的高干子弟。”

“这位李源风花雪月，豪侈善歌，闻名一时。可是父亲死后，他却变了个人，玩够了，看破了，发誓不做官、不结婚、不吃荤，在庙里一住就是几十年!他住的寺里有个和尚叫圆泽，通晓音乐，两个人就成了知音，常常促膝长谈，通宵达旦，弄得人家不明他们到底在干吗?

“有一天，他们相约去四川峨眉山，李源要往荆州方向走，圆泽却要往长安走。李源不同意了，因为他已经与世事了断尘缘，不想出现在京城。圆泽沉默了半天，似有难言之隐。但和尚还是摇了摇头，跟着李源从荆州走了。结果，他们的船开到武汉附近的南浦，看见一个年轻的妇女，背着一个罐子正在河边打水。圆泽长叹一口气说:‘我不想走这条路，就是怕见到这个妇人啊!’李源大吃一惊，不知道他说这话什么意思。圆泽说:‘这个妇人已经怀孕三年了，我不来，她就生不下来。她姓王，我注定要做她的儿子，今天我既然被她看到了，可就是天命难违了!三天后你来看那婴儿，以一笑为信。再过十三年，中秋月夜，我将会跟你重逢杭州的天竺寺外。’果然，圆泽当夜就圆寂了。那个妇人也在那天夜里生了个儿子。三天后李源去看婴儿，果然笑了。李源也没心情独去峨眉，又回到寺中，问他的徒弟，说圆泽早有遗嘱在了。这样过了十三年，苍老的李源又千里迢迢从洛阳来到了杭州，前往赴约。那晚风清月朗，正是中秋，葛洪川畔就来了一位骑牛的牧童，十三岁，一边叩着牛角，一边就唱出了我刚才念的这首诗。”

念草听得入迷，“真是个动人的故事，然后呢？”

“然后那李源一见，知道是故人，悲喜交加，大声问道：‘泽公别来无恙啊？’那牧童从容不迫地说：‘李相公你真是个讲信用的人啊，不过你尘缘未尽，还不能近我的身，等修成正果，我们再相见吧！’于是又唱了一首歌：身前身后事茫茫，欲话因缘恐断肠。吴越山川寻已遍，却回烟棹上瞿塘。这样唱着，牧童骑着牛，消失在茫茫月夜，不知所终。而李源呢，不管朝廷怎么邀请他，他都不再出寺，直到八十一岁，死在寺中。”嘉传绘声绘色讲完了三生石的故事，叹了一口气。

念草还在玩味：“好一个身前身后事茫茫，欲话因缘恐断肠。”

说话间，远远地走来一群香客。清一色都是六七十岁的烧香老太，每人都斜挎着一个亮黄色的香袋，双手合十，手上夹着一根香，并没有点着，口里都此起彼伏念着阿弥陀佛。这虔诚的烧香长龙，由远到近，又由近到远，从他们眼前走过。

两人复向前去找三生石。

“听说那三生石就在三天竺的下天竺旁。我们先到下天竺的法镜寺看看。”

进了法镜寺，静悄悄的，全无灵隐寺的人气，看上去要纯粹一些，前前后后转了一圈，处处曲径通幽。叶嘉传一连问了几个善男信女，都说不知道三生石在什么地方。事实如此，大家都忙着求神拜佛，祈福保佑升官发财，至于这块看透因缘，提醒人身前身后的石头，谁还会在乎？

倒是一个正在菜圃里拔菜的伙工，泥手一指，告诉二人，三生石在寺外，要走出去，沿着墙往外走，有座小桥，过去就是。

两人并肩走过小桥，还是不见有三生石，倒是喜出望外地发现了一条三生路，狭长狭长的，满地的叶子，皂荚树夹道相迎，旁有狰狞乱石，散乱的藤葛如麻，山草如发。此地的石头都生得崎岖俊美，堪与飞来峰媲美。

叶嘉传走前一步，替念草拨开些枯藤野草，笑着说："念草，我们现在也走上了这条三生路！"

念草知道他故意有所指，就道破了："《牡丹亭》里唱的，但是相思莫相负，牡丹亭上三生路。可是，那三生石到底什么样子？有多大？躲在哪里了？"

叶嘉传也在张望，猛一转身，石头出现了，激动地大叫："三生石！"

只见不远处有块石头，状如圆盒，大似卧床，石头一端的隆起部位有四五个杯口大小的圆洞，洞洞相连，玲珑剔透，背面镌刻着"三生石"三个字。另有唐宋一路而来的题词铭刻，多已年久风化，不可辨认，唯有元代的题刻还清晰。

三

叶嘉传仔仔细细地看着这块大石头，一寸一寸，如遇故人。

俞念草问：“嘉传，又是什么因缘，让你一直有这样的心愿要来看这块石头？”

四下无人，叶嘉传掏出烟，点了一支，深深地吸了起来。

“念草，在我的朋友中，你应该是最了解我的人了。可你知道我为什么这么多年就入了中医药这个世界了呢？”

“是啊，你原本可也是个公子哥，又一直在金融系统发展得很好。刚改革开放那阵，我听说你各种生意也没少做，叱咤风云的，怎么就有这么一百八十度的大转折，也像那位唐朝的李源相公吗？”

叶嘉传又抽了一口烟——

“因为一个女人，就像圆泽和尚见到一个女人，绕不过去……八十年代，我在银行里真是像你说的那样，叱咤风云。那时候脑子灵活，我偷偷带着大家搞副业，集体制。什么意思呢？就是把银行里的钱拿到深圳、珠海、汕头那些特区去投资。我当时都联系好了，两万现款，带到珠海，投在贸易里，说白了就是走私。一个星期，就能带四万回去。回去把公款交回，赚来的集体分配。那个年代，敢闯敢拼，什么都敢干。

“到了珠海，当地的朋友请我和一起来的一个业务经理去KTV唱歌喝酒，拍拍手走出来十几个姑娘，说是陪酒的。就是所谓的‘三陪’，现在这都是家常便饭了，当时我们两个觉得这可不得了，要加一条流氓罪了。一个叫紫苏的姑娘坐在我身边。我是从头到尾都不敢正眼看那女人，偷眼看看，其实也是个初来打工的淳朴女孩。一问才知是浙江的老乡，杭州建德的，从此就有了联络。她听我的，从KTV辞了职，去做服装生意。

“从黑漆漆的KTV出来，才看清楚，雪白的一张脸，低眉顺目。我们交往之后，我才知道，她父亲酗酒，老酒一天喝到晚。喝醉了就骂她母女，稍不顺意就打，打起来没有轻重。那个年月，这种家境，也没有书读，干脆跟着几个温州人逃到南面谋生。有不少人跟她一起出来的，都泅水从珠海偷偷游到对面的澳门。她吃不消这么干，留在珠海，也不想再回老家了。

“那时候我又年轻，赚钱又快，面对一个花花绿绿的世界，价值观刚形成，又混乱，自己把不好自己的舵了。我遇上她，就清醒了，有这么个人，让我很想去关爱，想去付出。她遇到了我，觉得这个人世有了希望和温暖。我敢说她要是没跟我相遇，或者再晚一步，她就沦落了，就不只是‘三陪’了。就这样，我一年往珠海跑四趟。

“有一次，我们准备了一大笔资金，我把二十万现金拿胶带一圈一圈贴身绑在身上，外面套件风衣。这笔钱可是大家的命，路上要有个风吹草动，我是准备好拼命的。安全到了珠海，点清楚当面交给一位‘兄弟’。但是，还是出事情了，等了两天没声音，找过去一问，说是他们的一批货被海关查收了，什么都没了，人财两空。我蒙了，二十万啊，在当年，那可真是几条命也不够换的。

“我失魂落魄地跑到紫苏的出租房，人不在。那时候没手机，她连个拷机都没有，只好等，等到半夜十二点都不出现。等来边上一个小姐妹，说紫苏送医院了，好几天了。我马上赶去，果然，一个人可怜巴巴地在吊盐水。高烧不退，挂了两三天盐水，人瘦了一圈，脸白成一张纸，嘴唇都白了。一看到我，眼泪一条线淌下来。什么病也不知道，医生也看不出什么来，就是隔三岔五要发烧。我陪着她，总算安心一点，睡着了。

“她睡着我睡不着，我二十万没了，等于死路一条。想来想去，经验告诉我，觉得不对，肯定是这个‘兄弟’出了问题。我第二天就打了一圈电话，把多年的朋友都动用了。辗转找到当地一位人人称‘大哥’的人陪着我出面。果然是那个‘兄弟’在对面澳门的赌场出了事，把我这笔钱吃了。折腾了大半个月，钱终于回到我手里。回到银行，无功而返，旷班时间又太长，差点吃处分。没人知道，我要是拿不回这笔钱，估计就是携款在逃犯了。

“这次风波之后，我也不再干冒风险的事了。我决定把紫苏带回来，虽然我要顶着非常大的压力。我的家庭你是知道的。回来的火车上，她跟我讲起了三生石，她说她一直想有个人陪她去杭州灵隐寺烧香祈愿，还要找一找看一看那块石头，她妈妈告诉她那是定姻缘的石头。后来她一直讲要跟我去看三生石，讲过好几次，终究也没有去看成。”

叶嘉传讲到这里，停下来，用手抚摸着这块石头，几处光滑的地方，想必是被历朝历代情人们的手摸多了，冰肌石肤一般，细如羊脂，透出丝丝凉意。

念草真不知道，这个知书达礼，常常拿医书当饭吃的嘉传，还有过这么一段过往。紫苏，原来还有一个紫苏。她想，紫苏也是一味草药，荒野、路边，房前屋后废弃的花盆里，都会长，也能入药，也能烧菜调味，亲民利人的好东西，可惜终究是命太薄贱。不觉就问：“后来呢？你们有情人怎么没有终成眷属？”

“回浙江没几天，紫苏又病了，医院里查不出病症，有的说是血液问题，有的说是淋巴问题。总之是种癌。我没有经历过这样的困难，三个月时间，把一个开始对生活和爱情充满了希望，已经在谈论婚礼的姑娘彻底摧毁了。医院从杭州转到上海，我把当时所有的积蓄都拿来为她治疗。她本来身体就弱，两次化疗下来，生不如死。我眼见她脱发，羸弱不堪，骨瘦如柴，眼窝深陷，惨白的嘴唇上干涩得翻起一层白皮。说实话，我对她的爱完全变成了一种道义，一种亲情，我甚至有了一种父爱，我想保护她，每天都希望从死神的忘川里拼命打捞回一点点她大量流失的生命。紫苏起码有三次想到自杀，但她也是舍不得我。我请了长假，陪她，全国各地托关系，花钱找偏方。但是没办法，就三个月的时间，病情急转直下。我还是买了一个戒指，我想让她有点安慰，我挑最小的尺寸，戴上她的无名指，宽得滑下来。最后，紫苏的身上插满各种管子，痛苦难以形容，她的眼神最终成为一种麻木，只是偶尔流露出对世界的一丝眷恋。”

嘉传又点了一支烟，眼睛里蒙上了一层水壳。他不想在念草面前把这段往事叙述得过于悲情，也不想过多地描述他与紫苏纠缠在一起时的细节，更不想让眼睛里的水壳破裂。

“紫苏过世之后，我对人生陷入了长久的思考。我对赚钱、做生意、交际、下海……一夜之间都丧失了兴趣。先是长期的误诊，后是几个科室互相推诿，等到癌症发作等待病人的是巨额的医疗费，医院紧张得连床位都没有，在过道上躺着等床位。最后就是毫无尊严地等死。所以我开始对医学产生兴趣，我最先就是从最难的癌症开始的。我发现了明代医学家刘纯对癌症有过深入的研究与阐释，但我学问太少，不足以研究，连读懂都很困难。从此我就进入了中医药这个领域，一入这个门，我发现了一个无比浩瀚的世界，几辈子也不够研究。干脆，就辞职了。但是，我终究也没有来亲眼看看这块三生石。”

嘉传用手掌拍了拍三生石，好像在拍老朋友的肩膀。

念草的表情有些黯然，戚戚地说："真是欲话因缘恐断肠。我从来也不相信那种只求现在不求永远的感情，我认为这都是谎言。人们总是渴望永恒，永恒的爱情，永恒的友谊，永恒的事业，但人们的这种美好希望总是被现实打碎，这是人类的悲剧。一代代人就在这悲剧中寻求出路，从不停息，爱情也就在这样的寻求中展示出来。嘉传，你站着，难得找到它，我给你在三生石前留个影吧!"

"不用了，看过就好了。三生石本来就是告诉我们，没有什么是永恒的，可是，我们照样有等待的权利，虽然等来的也许不是同一个人。但某个中秋之夜，也许就会换成一个牧童再次出现……"

念草礼节性地微笑了一下，就收起了笑容。她一句也没有回答。

两人说了这样一番话，都沉默下来。偶一抬头，但见法镜寺屋脊上的螭吻，那一抹翘角，苍天衬之，说不出来的一种生机。那潜伏着的尚未实现的一切，现在正默默地热情地祈祷着。

第十五章　圣山药局

一

俞善麒跟着朱元璋东征西讨，始终不离左右。至正二十七年（1367年）十月，朱元璋挥师北伐，准备灭元。徐达、常遇春挂帅，俞善麒随军统领军医。大军先取河南、山东，再图大都。在河南受到了元梁王阿鲁温驻军的拼死抵抗，是北伐路上最大的障碍，死伤惨重。

俞善麒随徐达深入前线军阵中的重伤兵营，哀声阵阵，切骨磨牙，锥心刺骨。暗沉沉的军帐之内横七竖八地躺着无数兵士，有的截了腿，有的断了臂。由于伤员过多，药品一时供给不足，大量伤兵伤口感染溃烂，军帐中弥漫着一股腐肉的恶臭，这是一股死亡的气息，伤兵们个个意志消沉，他们知道自己是在等死，还不如那些痛痛快快牺牲在战场的兄弟！

徐达眉头紧锁，为了挽回士气，让伤兵们燃起求生的信心，也为了更多还要继续冲锋陷阵的兵士军心不动，他推出了俞善麒：“各位兄弟，你们受苦了，我为大家请来了大名鼎鼎的药王俞先生。他来了，你们死不了！”

可是徐达的一番话像是对着空谷发声，伤兵们不仅依旧沉默不语，唉声叹气，还有不少人露出看不上的神色。一个兵士大呼，“什么狗屁药王，你能还我眼珠子吗?”说着摊开一只血淋淋的手掌，上面竟然是自己的一个眼球。

连徐达也被这惨烈的景象镇住了。他甚至有一种冲动，想拔剑把那人杀了，解除他当下的痛楚。俞善麒一直沉默着，他进入军帐的第一时间就一个人一个人地观察着伤情。此刻，他来到一个重伤不治的伤员身前，此人浑身是伤，特别左面颊颧骨上竟然深深地插着一支箭镞，深入几寸，差一分一毫，早就当场毙命了，如今正腐烂流脓。他奄奄一息，连叫痛的力气都没有了，只在等死。

俞善麒突然出手，电光石火，一把将那人左面颊上的箭头拔出，一股脓血喷涌而出。只听这人发出了撕心裂肺的一声惨叫，原本微弱的呼吸被这股疼痛逼迫得双眼圆睁，青筋暴突，浑身颤抖。这一声惨叫，让整个军帐的伤兵都移目过来。俞善麒单膝跪地，一秒都没有犹豫，就用嘴去吮吸那人脸颊上的脓血。连吸十几口吐出，从怀中取出事先配好的金创药撒上，撕下白袍衣角，包扎了。又俯身贴在那人耳边轻轻说了些什么。那人的眼神中透出了亮色，流出了热泪。

这一切都发生得迅速连贯，毫不迟疑。众人与徐达都看呆了，徐达暗暗赞叹，原来治病救人的果断迅疾实不亚于行军打仗攻城略地啊！俞善麒的仁心仁术，也打动了所有伤员，原来这才是真正的“药王”啊！大家开始纷纷请求药王医治，俞善麒针对军医不足的情况，立即召集没有受伤的兵士，听他指挥投入抢救。

从此，只要有这位“药王”在，军中就人心大定。他不仅自己医术精湛，更是在艰苦的实践中培养出了一套诊疗、医治、急救、调养、保健、预防，十分完善的军医体系。俞善麒梦想着，有朝一日，天下太平之后，将这套体系推而广之，成为民间可用之药局制度。

俞善麒培养的学生之中就有那朱丹溪的小药童“五味子”刘纯。自洪武初年与俞善麒一别之后，他就迁入关中，后随军医疗迁凉州。

与此同时，杜雄黄又因萨都剌临终前的推荐，结交上了朱元璋身边的重臣。自此颇善筹谋的杜雄黄很快成为朱元璋身边第一心腹李善长的医官。他配合着李善长在政治上的长袖善舞，善于迎合文臣武将们的私人喜好，常常能拿出些延年益寿、补肾壮阳，特别是房中秘术的妙方。因此，很快将成为朝廷里炙手可热的“隐形”人物。

二

经过二十余年的混战，中国大地上满目疮痍，饿殍遍野，田地荒芜。最终，朱元璋终于平定了天下。

洪武元年（1368年）正月初四吉时，南京城内张灯结彩。朱元璋黄袍加身，在南京登基称帝，国号大明，以洪武为年号，以南京为国都，以糟糠之妻马氏为皇后。文武百官，齐呼万岁。中国历史上，帝王皆为贵族、军阀，即便汉高祖刘邦，也曾是一位亭长，且有大地主之女吕氏为妻。虽然农民起义如陈胜吴广、黄巢等难以计数，但真正以平民身份第一个登上帝王宝座，且开创大一统天朝盛世的，唯有朱元璋一人。

在开国大典上，朱元璋在礼炮声、山呼万岁声中，登上龙椅。

洪武皇帝朱元璋昭告天下："'明'者，日月也，光芒万丈也。《易经》颂曰'日月光华，旦复旦兮'。朕之大明王朝，以日月之明为国号，如日之升，如月之恒，千秋永世，屹立于赤县神州。"

朱元璋谆谆告诫诸位大臣和地方百官："天下初定，百姓财力困乏，贫病交集，急需休养生息。好比小鸟不可拔羽，新树不可摇根。全国上下官员，不准横征暴敛，不准贪赃枉法，扰民乱民。违令者，国法不容。"

俞善麒也在开国大典上目睹了这一盛况。他感觉到一个明君终于降临了，大明的国策正是他多年来心系苍生的基础，他怎能不激动呢？

建国伊始，最主要的工作就是恢复生产，休养生息。洪武三年（1370年），朱元璋规定凡是开垦荒地的，就免除三年租税。然而在医疗方面，依然沿袭旧制，朝廷也无力整顿。虽然，朱元璋分封功臣时，就钦命俞善麒为太医院掌院。

太医院在明朝以前就出现了，但明朝的太医院与前朝不同。大明王朝是个高度中央集权制的国家，在宫廷医事上也以太医院为中心，设置了非常细致的各类机构，而且互相制约。太医院尽管是全国最高的医药管理机构，但实际上是在皇宫内为皇帝和皇室贵族服务，也就是纯粹的御医院，宫廷之外的医疗事务更多地由地方机构来管理。虽然太医院名义上承担对地方的管理职责，可是太医院下的其他医疗机构都相对独立，不完全由太医院统一领导。因此，俞善麒想为苍生谋福的心愿存在着诸多掣肘，很难实现。

三

解决了北元，巩固了政权之后，大明朝廷内部的矛盾又激烈起来，大臣分成两派，以地域为区分，开始了新的争斗。

这些所谓派别，实际上就是老乡会，大家都说一样的方言。朱元璋手下最大的老乡会就是他自己的老乡——淮西集团。李善长成为这一巨大政治集团的领袖。

李善长可谓开国第一功臣，此人主要负责后勤和政务办理，如果把刘伯温比作张良，那么李善长就是萧何。所以建国后，李善长被任命为丞相。这个人的特点是外表宽厚，而心胸却十分狭窄。

杜雄黄早就认准了李善长的地位。他原本也是巢湖人，迅速归附了淮西集团，虽然他根本算不得什么重要人物。他的性格很像毒蛇，可以不动声色地匍匐着，伺机而动，但是一动就要置人于死地。这一点倒是很受李善长的欣赏。

淮西集团很快就遇到了对手，那就是浙东集团。这个集团的首领就是神机妙算的刘伯温。刘伯温为朱元璋打天下立下了大功，却只封了诚意伯，耐人寻味的是，他的俸禄也是伯爵中最低的，年俸只有二百四十石，而李善长是四千石，多出刘伯温十几倍。

其中的根本原因在于刘伯温太过聪明，他对事情的判断比朱元璋这位天子还要准确，皇帝想到的他都先想到了。刘伯温一生聪明，但也疏忽了这一点。

俞善麒出自婺州，朝廷自然会把他归为浙东集团。然而，俞善麒本就无意卷入这种政治斗争。他很清楚，皇上朱元璋心里最忌讳的就是“结党营私”四个字。可是实际上，朝廷两党分庭抗礼的局面愈演愈烈。朱元璋这个一代雄主，只会利用这样的斗争，但是不会任由这种局面失控。

杜雄黄并不知道俞善麒的出身，但刘伯温与俞善麒有一层关系他是有所耳闻的。当年正是刘伯温指点俞善麒去拜朱丹溪学医。杜雄黄将这层关系，添油加醋告诉了李善长。这就使得俞善麒即便不问政治，也逃不脱成为浙东政治集团的重要一员了。

俞善麒感觉到山雨欲来的压力。他终于决定，急流勇退，辞官！他写下了入情入理的奏疏，希望圣明的君主能够理解他的一片苦心，他希望以一个布衣郎中的身份，深入民间开办药局，继续为大明的太平盛世服务。

其实，自太子朱标死后，朱元璋已经为这批功勋卓著，才能超群，又权势熏天的功臣们织好了一张铺天盖地的大网。为了将来传位于他宠爱的孙儿朱允炆，他即将大开杀戒。

然而，俞善麒对他是个例外。不仅是因为曾经的救命之恩与军医之功，他也想为他的孙儿，为大明的江山留下一位“药王”。朱元璋准了俞善麒的辞呈，让这条渴望自由的鱼回到他的江湖中去了。

不久，刘伯温果然不再得朱元璋的信任，被迫告老还乡。丞相胡惟庸又指出他占据了一块有王气的土地。刘伯温陷入了绝望，他出人意料地回到京城。他明白，胡惟庸对付他的根本原因在于朱元璋，只要自己回到京城，在朱元璋的眼皮底下，让他放心，自己可以无忧。然而，这次神机妙算的刘伯温错了。

洪武八年（1375年）正月，刘伯温病了，而此时的俞善麒已经远离庙堂，被胡惟庸阻止去给刘伯温医治。朱元璋又偏偏派胡惟庸去探视刘伯温，胡惟庸随身带去的大夫是新任的太医杜雄黄。

杜雄黄在淮西集团的授意之下，给刘伯温诊治、开方，刘伯温吃了药后，病情越来越重，不久即死。

刘伯温一生足智多谋，为明王朝的建立立下汗马功劳。他对形势判断准确，思维缜密，能预测事情的发展方向。虽然他本人并非真如民间传说那样，有呼风唤雨的本事，但他和诸葛亮一样，已经作为智慧的象征被人所铭记。

而此刻，刘伯温的老朋友俞涞，依旧在他的小村落中安度最后的时光。为他的同窗老友一声长叹，也为自己的儿子俞善麒惴惴不安。

四

俞善麒自从二十四岁为朱元璋治伤，从此随军行医，大明开国之后又身陷朝廷的明争暗斗。如此岁月，不觉已有十个春秋矣！夫人冯卿如也跟着他日夜操劳，多年来也未曾有孕。论年纪，卿如虽比俞善麒小得多，却也早当孕育了。

俞善麒给夫人开了一个简单的方子，让她用艾草叶煮鸡蛋。艾叶到处都有，鸡蛋也是平常之物，再配一点老家乌伤的红糖更好。两个鸡蛋与艾草加水加红糖煮一炷香的工夫，滗去艾叶，吃蛋喝汤。让她久服，暖宫散寒，无孕助孕，有孕安胎。终于，卿如在俞善麒辞官后的四年内先后为他生下两个儿子。

俞善麒与冯卿如自是喜不自禁，夫妻二人更是恩爱有加。俞善麒为长子取名俞冲之，取道家冲和之意。冲本是气之运行及规律，相抱、对流、圆转、混一、互涉、往复。《老子》云："冲气以为和"。人身中脉之类，不过道于人身之展现。冲也有中之意义，儒言中庸，佛言中道，道言阴阳中和。中者，道之性也。中为道之静，冲为道之动。

他为次子取名俞散之，取的是《黄帝内经》中的道理。《素问·离合真邪论》曰抑者散之。《素问·至真要大论》曰结者散之。这是他领悟到的医道，无论医药、性命，没有什么是不散的。气升而郁结，终究要靠散之才能重归于平静。这似乎也是俞善麒提前预料的人生离散与无常。

俞善麒至今还记得睡在师父朱丹溪草堂前那片梅林中那个夜晚的所思所想。如今他人到中年，得了二子，远离了朝野党争，感觉一身轻松又充满了创业的激情，正是一展才华、实现理想的时候了！

如今虽已成为一介布衣，但“药王”俞善麒的名气声震本朝，他要将平生所学以及追随朱元璋以来所积累的人脉与声望毫无保留地投入到创办药局的事业之中。

俞善麒先把根基扎回了婺州老家。婺州府的婺州药局其实早有局面，他继承了早先的人力物力，在冯家的鼎力支持下，置办了房舍田宅。创办药局之目的除了医疗、保健，还有慈善。当然，还有超越这一切的更高的精神需求。首先惠及身边的乡亲父老，这一点是向他那位不能相认的父亲学的。俞善麒在老家药局的基础上不断加以规划、改革，誓要做出一个天下药局的榜样。

这段岁月成为俞善麒一生真正全心投入、痴迷、执着的美好时光。他与几位弟子与同道，没日没夜地交谈、设计，讨论药局的建设。

深夜，冯卿如熬了一碗石斛汤送进俞善麒的书房。瓷碗放上桌，冯卿如随即剪了剪烧长了的烛芯，抖动的火苗顿时稳住了。

烛光下，是俞善麒反复修改的药局图纸。

“喝口汤，该休息了吧!”卿如温言提醒。

“谢谢夫人操心，我再看一会儿，就来。”

卿如也看着图纸，忽然问：“你给我们的药局取了个什么好名字?”

“药局的名字我想了很多年，也想过无数次。还记得当年我千辛万苦采到的铁皮石斛吗？你为我让它开了花!”

“这怎么会忘记呢？听你说后来拿它救了一个小和尚。”

“不错，没有这棵神奇的仙草，我也不会拜在师父丹溪先生的门下。也许也不会有我们俩的这番恩情……”他握住了妻子的手，两个人的剪影投在了白墙上。

善麒继续说道：“就在乌伤县那座孕育仙草的山上，我亲眼见到了奇迹，永难忘记。此后，我常常还梦见这个神奇的时刻。一位身着红黑锦袍的女神！当地人都朝拜这座山，他们叫它神山、圣山，只知读音而不知其字。我正是想以这座山来命名我们的药局!”

“神山……圣山……”卿如喃喃自语，若有所思。

“那山虽然不高，三山连绵，森然茂密，有一派孕育苍生的气度！正是我辈事业所应追求之境界呀!”俞善麒的心中又浮现出当年那雄奇的情景，仿佛再度回到了少年。

“那我不知当讲不当讲，我看这药局该叫作‘圣山’才好，才有适才你所言的气象!”

“有何说法?”俞善麒会心一笑，爱妻说中了他的心思，他故意要问一问。

卿如道：“神圣二字常常相提并论，实则大相径庭。神的指向往往在仙、在道，是对外力的崇拜，向外求。而圣的指向在儒家之精神，故孔子、孟子可以称圣，内圣外王，圣的力量是向内而生。麒哥哥与丹溪先生所提倡的王道医学，不正是秉承了儒家的精神吗?”

俞善麒双眼放光，“好一个王道医学！好一个向内而生的圣山！好啊！圣、山、药、局！正是此名，中了我多年的心意了呀!”他高兴地将卿如一把搂进怀里，险些把一碗石斛汤打翻在地。

明洪武二十二年（1389年），圣山药局正式诞生。那一年，“药王”俞善麒已经过了知天命的年龄了。

一日，药局里来了一位东瀛人士要见俞善麒，这个人汉语极佳，如果不是一身和服打扮，听口音与举止都分辨不出来自异国。只见那人面带微笑，充满生气，年纪与俞善麒相仿，开口就称其为“师兄”。俞善麒摸不着头脑，自己哪里来的一位日本师弟?

原来，来者名叫田代信纲，正是当年在丹溪草堂常常来拜访师父的医僧孤月大师的高徒，论辈分果然可以叫俞善麒一声师兄。

俞善麒见是同门到访，十分欢喜，忙引入正厅茶叙。两人都追忆起先师们的交情与医德，抚今追昔，感慨良多。

俞善麒问道:“田代师弟在大明年深日久，准备何时返回故土?”

“哦，师兄，我此行到访圣山药局，正是为了解惑与求书而来，希望解决心中未尽的疑惑，就将回日本去了。在下不才，准备在日本成立‘丹溪学社’，将我们这派的医学药理在敝国发扬光大，也好惠泽常民!”田代信纲说得十分恳切。

俞善麒与他心意相通，自然愿意支持同门的事业，慨然道:

“但有需求，俞某一定尽力而为!”

田代信纲道：“中医药最根本是阴阳二字，阴阳平衡则康健，阴阳失调则疾病。师父认为人的肾精不足，相火易亢，是人体发病之关键，在医治中需滋阴降火。师兄以为如何?”

“丹溪先生有‘阳常有余，阴常不足’之说，其论深矣。然而其中有一误区，师弟不可不察，滋阴并不等于降火。所谓‘火气’乃是脏器失调后无法驾驭的外来能量，师父的‘相火论’不是要一味降火。所谓滋阴，实则是通过调理，将这些能量吸收内化，将‘火气’通过肾水而成为人体能够吸收之能量，即‘精神’也!”俞善麒的一番话让田代信纲茅塞顿开，他原本内心还带着一丝试探师兄学养之心，如此一来，真是心悦诚服。

田代信纲又道：“师父依照滋阴降火法，行气祛痰解郁法，创制了大量新方，诸如大补阴丸、虎潜丸、左金丸、越鞠丸等。师父还认为体内之病患，皆由气、血、痰所致，故善用四君子汤和四物汤。气虚者，四物，有痰，用二陈。我想这些良方简便易行，药物又价廉，适于回国普及。不知师兄还有赐教否?”

“师弟仁心仁术，想得周到。这四君子、四物和二陈，确为良方。家师以‘气血痰郁’四伤为原理，把疾病分为气病、血病和痰症三种。其治术秘诀是‘病由气发，通气汤主之；由血发，补荣汤主之；由痰发，和中汤主之’三种处方，随病症轻重加减，共有五十七种方。比如气病痢下，则用人参、白术、陈皮、茯苓、甘草的通气汤加芍药、木香、槟榔、桔梗；气病水肿，通气汤加木通、槟榔、泽泻、猪苓、当归，减去甘草；气病呕逆，通气汤加半夏、良姜、丁香、柿蒂。总之，注重活用，不可拘于成方，依次加减，对症下药，想必师弟自可推演无穷。”

田代信纲拱手道："不愧是一代药王，医药之道，在于勤勉潜心，面对病人又需临症圆机活用，对祖传之方，也当随机应变。听师兄一席话，足见药王师古不泥古，执方不拘方，这恐怕也是中华医药学之精髓，师弟佩服啊!"

二人谈医论药，及至东方发白，浑然不觉。此后，田代信纲在圣山药局盘桓月余，他抄录医书，记录与师兄俞善麒的交流学习心得。临别时，俞善麒又慷慨赠予《丹溪心法》的抄本以及十锭黄金。田代信纲归日后首开滋阴派学说，穷尽一生推广朱丹溪与俞善麒的医理，也将圣山药局的许多成方与医理在日本推广运用，称为"汉方"。他的后人与传人还创立了"丹溪学社"。

五

圣山药局老号经营数载，在婺州妇孺皆知，在全国也颇有名气，就连东瀛的医家都要来学习。有了如此良好的基础之后，俞善麒带着长子俞冲之再次来到了京城筹办圣山药局总号。俞家想以南京药局为总号，婺州老家的药局为老号。老号是根基，种植草药、培育医才，总号在京城是为了定标准、制规则，将来或可在天下推开各处分号。

南京城里从平民百姓到达官显贵，甚至是皇亲国戚，听闻"药王"俞善麒重回南京，都像遇到了天大的喜事。谁个不想离这位神医近一点呢?

跟随父亲来到南京创办药局的俞冲之眼下已是二十岁弱冠之年，却是出奇的聪敏。也许是从小就看着父亲经营打理、治病开方，他已经表现出一种能够独当一面、主持大局的少东家气度。南京的药局基本成型后，俞善麒就交给冲之打理。

圣山药局的头等大事，就是打通药路。药局有皇帝的信任，州县府道各级官员没有不配合的。药局绕过所有哄抬物价、奇货可居的药贩子，直接从药农手上大量收购药材，既保证了药材的质量，又制定了合理的药价，提高了药农的收入。百姓们凡开方、买药、诊疗，只要认准了圣山药局，既便宜又高效。不仅如此，圣山药局还以“药王”的名气与信誉建立了一个认证体系，除圣山药局以外的各种药店、药铺出售之成药，凡由圣山药局的药师过眼认证的才有保障，那包药材的棉纸上就会盖上圣山药局的印章为凭证。京城与婺州的百姓有口皆碑。

然而，一种事业上升之时，总有人嫉妒，一个两个倒还好，人多了，就形成了一股力量。此刻，原本从元朝遗留下来的一众庸俗医官，更有各个地方上原本靠哄抬药价、垄断医疗甚至是坑蒙拐骗大发横财的各色人等，自然要大唱反调。特别是原本婺州府的大药商吴常山，把圣山药局恨得牙根痒痒，恨不能一把火烧了它。他们一个个交头接耳，议论纷纷，密谋策划，商议对策。

这些七七八八的龌龊勾当，最终都汇集到一个人的耳朵里。那就是已经成为洪武一朝太医院掌院的杜雄黄。

吴常山使了银子，带着几个所谓的地方药商代表，贿赂了原本就关系密切的几个太医院言论领袖，又拉帮结派贿赂了几个大太监，都聚集到杜雄黄的府上，纷纷控诉圣山药局如何不堪，俞善麒如何不通医理，藐视朝廷医疗之法，列举了无数条莫须有的罪名。

杜雄黄闭目听着，长长的指甲越发显得诡异，他一捻胡须，清了清喉咙。众人立即闭嘴，等着太医发话，看如何对付这个俞善麒。

杜雄黄厉声道：“统统给我出去！不要在此胡言乱语！善麒是

我的同门师弟，医理精深，所办的圣山药局对我洪武一朝的医疗是大大的补充。我们谢他还来不及，怎么要去害他！以后我不要再听到你们方才所言！各位请回！”

众人面面相觑，哑口无言。吴常山心想真是投错了娘胎了，只得逃出杜府。第二日，他咬咬牙给杜雄黄府上塞了一张一百两的银票。这在洪武年间可不是个小数目。银票很快就被杜府的人退了回来，还带回来一顿训斥。

吴常山两次碰壁，心里又急又恼，问太监王公公：“不是说，杜大人与这俞善麒师兄弟并不和睦，也从不往来吗？”

“是啊，还以为是对头呢！想不到，杜大人也不敢动他！”

“要不然，老子干脆找人做了他！”吴常山恶狠狠地说。

“滚！你们这些眼里只有银子女人的药贩子！现在这俞家的背后是谁？是皇上！连杜太医也要看他的脸色。我们有几条命非要往里搭进去？卵子硬得过石头吗？你们还是乖乖地哪儿凉快哪儿待着去，小心脖子上这颗猪脑袋！”王公公尖着嗓门大骂。

然而，猪脑袋毕竟还是猪脑袋，一个个着急赚钱，不顾洪武朝的法令。没过多久，俞冲之有勇有谋，明察暗访，搜集了各种罪证，报了官，一举将那吴常山几人拿下。因走私药材，勾结地方官员，行贿在前，逃税在后等罪名，判了个斩立决。府县里几位涉案官员也被朱元璋剥皮囊草。

那王公公倒抽一口凉气，看来这杜太医确实厉害，圣山药局真是碰不得的！

六

不久，朱元璋病逝，皇太孙朱允炆继位。

朱允炆是一个早熟的少年。当然，促使他早熟的并不只是父亲太子朱标的早逝，还有他的那些叔叔们。

朱允炆是一个好人，在他十五岁的时候，父亲朱标患重病，他尽心伺候。朱标去世后，朱允炆将他的三个年纪还小的弟弟接来和自己一起住，他知道他们需要亲情。

除此之外，他还护理晚年的朱元璋。由于朱元璋脾气暴躁，伺候他的人总是担心掉脑袋，朱允炆主动承担了责任，他亲自服侍朱元璋，直到朱元璋驾崩。

正是有这样一副心肠的朱允炆继大位成为建文帝，他一登基，就十分关心俞善麒和他的圣山药局。更让人意外的是建文帝亲自题写了“圣山药局”四个正楷大字，派他最亲近的大臣与老师方孝孺，将御匾送往圣山药局南京总号，以示对俞善麒泽被苍生的褒奖。

俞冲之在京城药局历练了几年，已出落得一表人才，尽得父亲的风范。他谈吐不俗，办事果决，医药之道与经营之术都不同凡响。短短几个月中，就把京城地界上的各色名流名士结交了个遍。父亲“药王”的名号毕竟家喻户晓，“药王”的儿子主政圣山药局总号，事半功倍。药局一开始，就门庭若市。

然而，近来却出了一桩小小的怪事。先是来了一个人，神情傲慢，拿出一张药方子指名要圣山药局的“药王”看看。药王并不在南京，他就要药王的儿子来看，看看用这个方子的病人得的是什么病。

俞冲之忙从后场走到大厅来，他穿着一身玉色布直裰，交领。然而，这一身款式时髦却又十分质朴的衣着里裹着的还是一个青年。年纪轻轻却要照应京城各色场面的俞冲之，不能不把自己打扮得老成一些。

他接过来人的药方，方子上写着一些药名：生地、元参、天冬、麦冬、当归、丹参、人参、茯苓、酸枣仁、柏子仁、五味子、远志，制成丸药，每次服一丸，每日三次。

“这方子治什么病？”来人是个中年男子，嗓子很尖，冷冷地问。

“按方子来看，是心病。”

来人“嗯”了一声，又问：“有何症状？”

“想必患者心悸不宁，心中烦热，失眠多梦，头晕耳鸣，面赤咽干，腰酸盗汗，小便短黄，舌质红，苔薄黄，脉细数。应是心阴亏虚、心失所养。”

来人听俞冲之说得头头是道，点了点头道：“看你年纪轻轻的还挺能。那你看这方子能治好吗？”

俞冲之皱了皱眉，心想这倒是新鲜，不看人光看药方能治病吗？但嘴上还是客气回话：“若果真是这样的症状，则宜滋阴降火、养心安神。从方子上看正是如此，可是治病还得看人，要不这位先生坐下来先号脉。”

“不是我，人没来。”

“这……那就只好照方子抓药？”

“不用了，我是来看看你们这个药局有没有实货。还成！明天你别走，我家主人明天上午过来。”说完背着手走了。

来的那人正是王公公，这位太监与太医院掌院杜雄黄关系密切，自然不大喜欢圣山药局。没奈何要替皇上探路，故而就有了这么一出。

七

第二日，建文帝五更上朝结束，就换了素服，坐一顶小轿出宫，过秦淮河夫子庙，停在圣山药局门口。

下轿入得药局，俞冲之在大厅相迎。只见眼前这位公子比自己还要小几岁。一身的象牙白直裰，盘领、窄袖，头戴乌纱折上巾。一张脸长得出奇，远胜常人，又细又长却透着俊俏。因为五官均是端正精致，白白净净，微有些软软的胡须，毛茸茸的。脸上的神情既谦和又透着威严，但那份谦和是与生俱来的，那份威严是后天培养的。而这谦和与威严都掩不住少许的憔悴之色。

昨天手里拿着药方的人，恭恭敬敬面带三分笑，垂手立在这白面书生的身后两步。俞冲之上前行了个礼，问道："这位先生是抓药还是瞧病？昨天的方子是您的吧？"

"嗯，瞧瞧病吧……"朱允炆轻声回答。

俞冲之心知在这京城之中贵胄豪门皇亲国戚多得是，这一位看来也不是凡人，又与自己年纪差不多，于是没有让进诊厅，而是请进了里面一间小小的茶室。

朱允炆让王太监在外面候着，自己与俞冲之进了茶室。一进这间茶室但觉一股异香入鼻，是沉檀混合着不知什么药香，丝丝缕缕直往心里钻，顿时觉得通窍而松快起来。再看这间茶室实在很小，一丈见方，一面是四扇门，一面是四扇窗，通透敞亮。一应的家具门窗都是竹子所制，质朴典雅，又显出气节，墙上横着一块小横匾，上写"一叶轩"。匾下只挂着一轴画，墨竹。画得气韵超凡，走近一看，难怪了，原来是元代画竹的名家柯九思的真迹。画下是一张琴桌，桌上横着一把仲尼式古琴，古琴一头设了一只色泽沉凝的紫铜压经炉，那使人神清气爽的香气正是从这炉中袅袅而出。

俞冲之请朱允炆入座，两人相对坐在长案前。这长案在茶室当中，比书案画案都低矮些，所坐的圈椅也就相应地低矮了。朱允炆贵为九五之尊，起居坐卧都是居庙堂之高。宫里一切的座椅案柜都是高大威严，他看人看物也就往往居高临下。这回坐得比平常人家的椅子还要矮一截，倒是觉得有一种难得的亲近与踏实。

朱允炆开口了："俞郎中是一位雅士呀!"

"哪里哪里。"

"我的方子昨天可看了？今日要请郎中看看那方子能不能治我的病，为何久服并不见好?"

"方子是好方子，却也是个平常的方子，可见尊驾的病实在不是什么大病。今日见了尊驾，从气色上看，这方子用着就足够了。然而心里若有忧惧恐怖之事积郁难去，非药物可以治的。倒不如把这个方子停了，我这里有一味药或许可以治一治。"

朱允炆听俞冲之这么一说，知道这个年轻人是个有修为的，被他看出自己心里忧惧忌惮着他那些拥兵自重的叔叔，尤其是燕王朱棣，如今的不臣之心已被朝廷察觉。总有些不祥之兆萦绕着他。听说有一味药可以治自己的心病，瞬间就生出了少年人的几分天真，忙问："是什么?"

俞冲之指了指身后的"一叶轩"匾额说："这一叶就是万药之药——茶。"

"茶?"

"正是，我这就给您沏茶!"俞冲之从茶柜子里取出一个锡罐子，把里头的茶叶倒了一些在一个竹片中。又取来一个竹编的长方茶盘，里面盛着一把提梁大紫砂壶，另有两只青白瓷的大茶盅。

他把盛了茶叶的竹片拿起来，轻轻嗅了嗅，递给朱允炆，右手一敬，意思是请他观赏茶叶。朱允炆接过竹片，只见里面的茶叶曲曲卷卷，满身绒毫，嗅之有一股高香，问道："这是什么茶？"

"此乃虎丘茶，产于姑苏虎丘，香气最是难得，充满了山野之气。"冲之说话间把茶放入那紫砂壶中，又提了红泥风炉上早就煮着水的砂铫来冲水。沸水入壶，立即有一层白气在壶身上氤氲。待白气消散，冲之提壶将茶水冲至茶盅。取过茶船，将茶盅放其上，敬了朱允炆。一套旋瀹旋啜的动作做得行云流水。二人对视一眼，相对无言，啜茶，暂时沉浸在茶汤的甘美之中。一盅热茶下去，朱允炆觉得浑身微微发汗，十分舒畅。

冲之问："这茶如何？"

"好，清新爽朗！"朱允炆称赞，"前朝的茶法都是末子茶，自唐而宋，无不是烹煎煮点，茶叶成了粉末，溶于水中一同饮下，故说吃茶。元朝也仿效宋朝的龙团凤饼，更有什么腊茶。却不知这制茶、品饮的手段实在太过靡费，弄得茶农民不聊生。江南不少地方的茶农甚至偷偷拿开水把自家的茶树烫死，也不愿生产加工贡茶而被无休止地盘剥。太祖皇帝最体恤百姓，洪武二十四年下旨罢黜前朝的团茶进贡，改进散茶。从此，本朝茶法为之一变，吃茶变为喝茶。散茶的加工与冲泡之法方便易行，口味清新自由，正如这茶，甘甜之味，乃苍生之心啊！"朱允炆说起来太祖爷爷的这番茶政改革是如数家珍，也是由衷地佩服。

俞冲之听着这番宏论，看着眼前之人的神情气度，仿佛那太祖皇帝与天下的百姓都是他的家事一般。心中一动，莫非？他存下这个心念，无论是谁，总之一见如故，何况无论什么人，医者也一视同仁。

于是冲之又去柜子里拿出几个锡罐取茶，桌案上排开又扁又平、形似碗钉的龙井茶；蜷曲成螺、遍身绒毫的洞庭茶；细直如索的松萝茶；乌黑油亮的武夷茶；还有紫笋茶、阳羡茶、六安茶等七八样茶叶。他来了兴致，“今天咱们就喝个茶宴，多试几样好茶。茶可以清心，尊驾的病说病是病，说不是病也算不得病，不必吃药，喝茶谈天，疏解心窍，清通心脉，谓之茶疗。”

当朝的好茶哪一样没有进贡给皇帝朱允炆呢？只是他也从没有时间，也没个朋友一起品尝。偶尔与老师方孝孺、黄子澄喝茶谈国家大事，也从不在意于茶。今日反倒在圣山药局的一间小茶室中才品出了茶的妙处，兴致也高涨起来：“适才你说茶是万药之药，这是为何？”

俞冲之解释道：“我们中医药的始祖乃上古神农氏，他为辨草药粮食，遍尝百草，一日遇七十二种毒，将死时偶得一叶，解了毒，遂命名为荼，即是茶。茶本就是万药中的一种，又是此物救了鼻祖的性命，岂不是万药之药了！”

二人一问一答，又一答一问，相谈甚欢。喝了三四道茶，日到中天了，朱允炆才想起来该回宫了，遂起身答谢。

王太监在药局柜上留了几两银子作为诊金，俞冲之执意不收，却也推辞不过。二人匆匆离了药局，入了轿，很快就消失在街市之中。俞冲之心里越想越觉得激动，或许自己是见了龙颜，并与天子成了品茗论道的朋友。然而，这是唯一的一次。

此后不几日，朱允炆又下了旨意，朝廷将把圣山药局的制度向全国推广，要让俞善麒这位“药王”成为大明王朝的一块招牌，通过民间的医疗休养来补充官医制度的不足与积弊。

已过天命之年的俞善麒，终于离他终生的愿望更近了。此刻，这位初登大宝的少年天子，不仅是君主，更是俞善麒以及儿子俞冲之的知音呢。

八

药王俞善麒受到两代君王的器重，虽然身不在朝廷，名望却是如日中天。婺州圣山药局老号，运作偌大一个药局，俞家里里外外很快成了一个大家族。每日进来出去的药材，就是车拉船载。俞家创业，一生勤精，没有那些豪门世家的闲情。圣山药局老号规模宏大，药房、药店、诊疗之所，连着五进的家宅，是婺州城中第一等的壮阔。坐堂中的大柜台后是整整齐齐、密密麻麻的药柜，两边的对联写着：

修合无人见，存心有天知

宁流千滴汗，不差半分毫

整整一条长街，两面房屋都是俞家的排场，远远望去，屋瓦连绵起伏，屋脊鳞次栉比。天井院子里夹着数不尽的大木架子，上面一张张圆台面大小的竹匾，晒满了各种药材。煎药的风炉砂罐，成千上万的熬煎不断。整条街每日都是浓浓的药香。婺州人都说，每天去那药局街上散一回步，闻一闻药香，百病都消了！

圣山药局老号中有专管医疗的，专管防疫的，专管药材的，专管教育的，专管经营的，专管宣传联络的，形成了庞大的机构。制成的丸药丹散，从后门河道码头运出去，辗转销往全国，乃至大漠、西域。药局中临柜的、坐诊的、抓药的、煎药的、收钱的，还有各色的掌事、差事、杂役、仆婢，又渐渐蓄养了一大帮研究诊疗医药学说的清客、门客、智囊。俞家也不论是否有真才实学，只要是有一点半点虚名或经人引荐，愿意进药局的门，一视同仁地供着吃住，去留随意。

如此之多的人口，每日三餐，不要说煮和烧，光是采买食材，就是一项巨大的工程。要十来个壮丁，分头到四乡八野去订购采办。每天天不亮，薄雾里刚刚看得见东西南北的河道开始行船，俞家的食材就已经运到了，东西多，吃水深，走不快，满船的鱼虾乱跳，鸡鸣羊叫，蔬笋瓜果，光是新鲜的豆腐都要上百斤。靠到后门码头，天也就大亮了。虽是如此，但俞善麒和冯卿如每日所吃的不过是青菜豆腐等二三个菜。但是整个药局屋大、人多，锅开鼎沸，餐具都是江西景德镇青花特制，不求样式新奇，瓷胎细腻，只是深、大、质朴、坚实，每个碗里都刻着一个“俞”字。

这还只是吃这一项，药材的采办进出那才是大宗。药材千千万万种，来自全国各省的出产，尤其是白术、白芍、浙贝母、杭白菊、元胡、玄参、笕麦冬、温郁金更是销量惊人，号称“浙八味”。光是浙贝母这一味，附近磐安县中数百户的药农每年出产的，十之八九都进了圣山药局。

建文二年（1400年），皇帝更是有感圣山药局对百姓的休养生息有极大贡献，真正应了太祖武皇帝留下的遗愿，特下旨圣山药局敕建三层楠木楼，以示表彰，并石牌坊一座，赐字。

不日，新楠木楼在婺州府圣山药局内建成，大门两侧的匾额上写着：

继往圣绝学纳百家之长集天下良方于一堂

承国粹精诚传丹溪医术疗苍生病痛泽万民

三重高阁，俞善麒在里面存放着自己收藏的历代医学典籍。石牌坊也在药局外树起，正面赐字：“博极医源”；反面赐字：“勤精不倦”。

这一年除夕祭祖，俞家办得极为隆重。所祭的先祖牌位都没有名讳，只是一种象征，倒是把老师朱丹溪以及历代医宗都做了祭拜的对象。

俞家有一对老仆，最是贴心跟随，膝下也无儿无女。男的名唤白术，女的名唤当归。祭祖的一应准备都由他二人指挥来做。从元旦午后起，到正月十八祭毕。

白术年年用自家上好的酒曲酿了一地窖的酒，酒窖就在灶屋和堂屋背墙之间的夹道里。这是家里吃用的家酒，药局各色的药酒又有专人专窖。祭酒开封开坛，酒香四溢，与药香混着，闻闻也醉了。

祭祖十六盘摆开：荔枝、桂圆、核桃、红枣、柿饼、金橘、荸荠、菱角、年糕、粽子、豆腐、羊血、盐、米、香菇、木耳。杀鱼、宰鸡，牛羊猪肉切成四角整方。三盖碗茶，四爵老酒，茶三酒四，左右各一束十双筷子，拦腰用红线束着。这都是常规。圣山药局祭祖，还要多设十个高脚大盘，上供的头一样就是盘起来鸡蛋大的铁皮枫斗，三两以上的人参，天山的雪莲、百二十年的首乌、花甲的茯苓、深山的野灵芝、深海里的珍珠、冬虫夏草、苁蓉以及久服可以成仙的黄精。

这才揭开供桌前的红帘子，一幅画像，并非穿着官帽官服的祖宗，而是中华医药的鼻祖，神农氏。这神农氏长着牛角，身披树叶，凸目大口，手拈草药。神农之旁是黄帝，一侧是俞家的始祖上古神医俞跗，另一侧是朱丹溪的像，再有历代医宗的牌位。

俞善麒带领全家以及圣山药局的众人，叩头三拜。他看着神农的画像出神。“神农尝百草，日遇七十二毒”，为药局者，要学先祖神农以及历代中医药宗师，他们是何其勇敢，又何其悲悯！

牌位前正中立着一具大香炉，两边各有小香炉、百斤的大红烛、小红烛。院子里的大缸早就挪走了，换上了三足铁架，搁上一具大圆炉盆，烧火。红烛都点燃，香炉中的沉香、檀香都熏起来，满堂满屋，融融红光，香雾弥漫。

金丝楠木楼焕发着异彩，“博极医源”的牌楼高耸。巍巍乎，峨峨乎，圣山药局达到鼎盛局面。

第十六章　中医药局来龙去脉

一

暮色四起，俞念草与叶嘉传才离开灵隐寺。华灯初上，出租车不觉已到吴山脚下，不远就能看到热闹的河坊街。

“胡庆余堂就在这河坊街上，都到这儿了，我们去看看那块‘戒欺’大牌匾。”俞念草起了兴致。

叶嘉传边走就边给俞念草说起了杭州的中医药：“杭州自古是一个中医药学很发达的地方。这要从北宋说起。苏东坡第二次到杭州来的时候，杭州先是旱后是涝，然后就是旱涝之后的瘟疫。苏东坡拨了专款，又自掏腰包，捐款筹钱，在今天的众安桥边，建了一座病坊，叫安乐坊。有专家说，这个安乐坊，就是中国最早的公立医院的雏形。后来，这个安乐坊搬到西湖边去了，改了一个名字，叫安济坊。苏东坡离杭之后，这个安济坊由懂医道的僧侣主持，开了很多年。

“苏东坡不但开医院，还亲自制药，试制了一种丸药，叫‘圣散子’。这种药很便宜，一帖只要一文钱，疗效很好。苏东坡自己也说：‘去年春，杭之民病，得此药全活者不可胜数。’与苏东坡同时代的大科学家、杭州人沈括，除了写《梦溪笔谈》，也会制药，救了许多人的性命。后人就把他和苏东坡的药方合在一起，编了一本书，叫《苏沈药方》。

“到南宋绍兴年间，杭州创建了一个医药机构，名叫太平惠民药局。清河坊有一座桥，名字非常奇怪，叫嵇接骨桥。原来南宋时这里有一个姓嵇的医生，专治跌打摔伤，他家门前就是中河，往来百姓找他看病多有不便。有一次他治好了皇帝的骨伤，皇帝要奖赏他，他不要金银财宝，只要求在门口建一座桥，让百姓看病方便，于是便有了这嵇接骨桥。”

俞念草突然异常兴奋地打断了叶嘉传的话说道：“慢着慢着，嘉传你这一番话对我的启发太大了。我一直想不好，这次公司的讲会我该讲什么。讲中医药学？讲我们的企业管理？讲热门国学？都不对劲。听你说起惠民药局，真是眼前一亮，这就是我要大讲一番的主题了，也似乎是企业未来要做的事！”

二

两人说着迈进了胡庆余堂的店门。

胡庆余堂创立于1874年，古建筑群气宇轩宏、金碧辉煌。积善之家，必有余庆。胡雪岩欲取名为余庆堂，后因秦桧用过余庆堂，故改之为庆余堂。这位红顶商人摹江南庭院风格，耗白银三十万两，修成这座建筑，犹如仙鹤停驻在吴山脚下。胡庆余堂承南宋太平惠民和剂局方，广纳名医传统良方，精心调制庆余丸、散、膏、丹。

如今里面已经是一座中医药博物馆了，两人饶有兴致地看了很久。

叶嘉传接着他前面的话头：“元代杭州名医不少，其中有家中药铺子，名叫寿安堂，就建在今天的官巷口一带，离今天的胡庆余堂也不远，这是史书上记载的杭州第一家药店。店主是个退休的官僚，名叫夏应祥。此人颇有救死扶伤的精神，因病离职之后，就把全部精力放到治病救人上。他省吃俭用，不惜千金到处采办药材，药剂也堪称精良，对穷苦人还无偿发放，所以百姓很信任他。当地的人生了病，往往非夏氏药不用。他的儿子叫夏仁寿，后来继承了他的事业，一辈子不当官，专心开药店，还把店名拿来做了自己的号，自称寿安居士。元朝时杭州城里还有一个名医，是皇宫里出来的御医，从前专门给理宗看病，元初时就隐居在杭州。他不是别人，就是罗知悌，后来成了朱丹溪的恩师。”

俞念草若有所思道：“不错，朱丹溪也是在杭州成的名。古为今用，是我们中医药人的使命。你知不知道这样一个故事，1972年百年老店胡庆余堂的一个制胶车间，独立为杭州第二中药厂。据说解放时只有十四岁的一名胡庆余堂末代药工，把清代的一味药剂拿出来，做成了一种风靡一时的保健品。并且从此开启了中医药保健商品的时代，一夜春雨般造就了胡庆余堂断代多年的新生！”

“你的铁皮枫斗晶配方也是独领风骚啊！”叶嘉传马上说。

“可是我们背后没有一个胡庆余堂。”俞念草叹了一口气。

“有！”叶嘉传突然很认真地几乎是吼了一字。

“有什么？”

“药局！”

“药局？什么药局？”

叶嘉传看到俞念草的双眸中射出的光芒。他知道俞念草早已在期待着他的答案呢，并且今天从西湖到吴山的这番散步本身就是一场看似清闲的期待。

于是他清清楚楚地说："圣、山、药、局！你们家传下来的那半块牌匾，圣山二字之后就是药局！圣山药局，正是你们俞家祖上被历史掩埋起来的无上荣耀！"

俞念草像被什么一下击中了心灵，又与她多年来的猜想有着内在的吻合，真是太出乎意料，又在情理之中了。

她强压内心的激动，突然话锋一转，对着叶嘉传说："嘉传，药局是大事业，这个以你的才智与心胸，不用我多说一句。今天我希望，你能正式加入圣山，来帮我。"说完，她伸出了手。

叶嘉传没说什么，把手递了过去，握在一起。

三

这番杭州西湖周遭的游历，对俞念草与叶嘉传二人，从大脑到心灵都有着极大的震动与启发。他们回到西子国宾馆，分头拉开架势，要把药局的历史文化弄个清楚。

这也成为俞念草这次主题演讲的主要内容。只是，她现在只能把与中国历史上药局的内容讲明白，还不能提"圣山药局"四字。她不愿意急着把自己还没有完全搞明白的东西公之于众。

为了药局之事，叶嘉传除了多次与冯老深谈之外，其实早就一头扎进了图书馆和互联网。这药局历史可是源远流长，文化深不可测呢！

讲会开始了。每次都是由俞念芯主持，俞念草做压轴演讲，每次也都会给企业一个全新的引领性的关键词，同时打开一片全新的视野和格局。

她换了一身倍儿精神的服装，深绿色的短裙装，中式的盘扣，搭配了一枚百合花的钻石胸针，透着干练、知性的美。虽然面带微笑，却双目如电，环视全场。或许一位领导者与她的团队成员始终是一场规模不小的博弈。她对企业的未来越明白，越自信，也就越强大，这种“强”是立刻会被在座的上千号聪明绝顶的各路人才觉察到的。同样地，如果内心稍有茫然，透出一丝一毫“弱”的信息，也一样会被众人捕捉。俞念草的成功，从气质上论，或许就与她的神秘感有关，这是她强大的源泉。叶嘉传是在配合俞念草破译这种神秘，破译的结果就是“圣山药局”。

俞念草并没有入座。她拿起麦克风，站到讲台中央，坐在前几排的高层都拿出笔记本准备记录，有的用手机开了录音。她鞠一个躬，一片礼节性的欢迎掌声终于安静下来。她开始说话了：“在正式开讲前，我要宣布一件事。我要为正在飞跃发展、转型疾变中的圣山选一位总裁。”

台下近千人的面面相觑与轻声交谈，已经成了轰隆隆的一片嘈杂。

俞念草继续说：“我以董事局主席兼总裁的身份直接聘请叶嘉传先生为公司的中医药文化高级顾问。我本人将让出这个总裁的位置，并正式向董事局建议聘任叶嘉传为总裁，一经通过，马上就任。”

最后几个字引得麦克风一阵叫嚣，巨大刺耳的音波让人耳鸣。之后，全场一片哗然。

此刻，不少公司高层都把目光直接投向了副总裁俞念芯，这位公司的二号人物，董事长的亲弟弟，即将被一个谁也不认识的人所取代，这不是开玩笑吗？

而俞念芯的表情平和淡定，波澜不惊，丝毫察觉不出他内心的想法。或者说他根本就没有表情。当然，他是早就知道姐姐的这个决定的。因为那半块残匾在他心中也是一个巨大的问号。在寻找“圣山”的命题上，他们三个人早已达成了默契。

俞念草突然抛出这个“绣球”，是猜到大家这种反应的。其实，为了这个决定她早就在公司高层中做好了铺垫。当然，这样的“休克疗法”也不错。所以，她干脆就顺理成章地接着说下去：“这次的课和以往不一样了，不是我一个人讲，我要拿出三分之一的时间给俞总，请他讲一讲中医药学的历史。还要拿出三分之一的时间给叶嘉传顾问，请他把中国历代的药局文化梳理一遍。我会与大家一起，坐在台下，细心听讲与记录。请大家务必重视我选择的这个命题。今年我们的关键词不是‘营销’‘市场’，也不是‘品牌’‘科技’。今年我们讲你们从来没听说过的、闻所未闻的，并非马上给你们的部门带来实际效益的‘药局’!”

大家都知道，在讲台上的时间，俞念草向来比黄金还要珍视，因为这个演讲关系到企业下一步重大发展的方向。给出三分之二的时间，变成三个人讲，这意味着什么?

四

首先是俞念芯为大家讲中医药学的历史——

远古时代有两位传奇人物，黄帝轩辕氏与炎帝神农氏。这两位祖先也被认为是中医药的始祖。

商代，商人行医的方式非常原始，往往将迷信、传说及治疗经验结合应用。据当时出土的甲骨文记载，已有数种疾病的描述和治疗方法，人们更以酒及热水做药物，利用针及青铜刀做手术用具。相传以汤液治病始自商。周朝医药当比商代更为进步，但皆集中在王宫，并已有制度。根据《周礼》的记载，东周时期已存在有系统的医疗组织，宫廷医师需接受不同的专科训练。医术已开始分门别类。《神农本草经》是汉代的重要著作，中国全面进入农业社会，产生治病的本草记录，并以植物为主。此书是后人托名“神农”之作，成书时间不详，估计约在公元前1或2世纪，是中国最早期的完整中药学文献。

王叔和是魏晋间的名医，所著的《脉经》集古代诊脉法的大成，并结合自己的临床经验。此书定脉象为二十四种，如浮、滑、沉、弱等，并有简明扼要的叙述。以动脉搏动的深浅、快慢、强度、节律及脉波形态等诊断病情及考察疗效。

隋朝的巢元方是一位太医博士。公元610年被朝廷指派编写《诸病源候论》，又称《巢氏病源》。这书论述了一千七百多种病症，反映了早在隋代就有对病源的探讨，对发病机理的分析。对症候的描述也有了相当深入、系统的探索。这是中国最早的病因症候学记录。

唐朝时期，朝廷组织编撰药典颁行全国。在公元657—659年间，朝廷命令苏敬等二十位同业专家集体编撰，同时又诏令在全国各地征集道地药材，绘成药图，终于完成了世界上第一部由国家政府颁行的药典《新修本草》。比欧洲最早的政府药典要早几个世纪。

宋代还专设“校正医书局”，集中了一批著名医学家及其他学者，有计划地对历代重要医籍进行搜集、整理、考证、校勘。很多医籍，如《素问》《神农本草经》《脉经》《甲乙经》，都是经此次校订、刊行后流传下来的。此外，对著名医籍又进行了大量研究工作，例如《黄帝内经》《伤寒论》等的注释也相继出版，对当时医学发展非常重要。

元代皇家厨师忽思慧，于1330年撰《饮膳正要》一书，图文并茂，为中国第一部完整的饮食卫生与食治疗法的专书，也是一部古代有价值的食谱。他特别提倡中庸之道，认为饮食要平均配合，不可过量。书中列出二百三十种五谷类、肉类、鱼类水产及生果蔬菜等食品，并标明其营养价值。

金元时期的中医学是重要的发展时期，我曾经讲过。明代继承金元时代医家们提出的医学主张，出现了不同的学术流派，各家互相激烈争论。主要分为滋阴、温补，以及明末出现的温病学派。这时期，外科及创伤科有新进展，医家们主张治疗外伤疾病应内外兼顾。同时对癌症有了较清晰的认识，例如认为致癌原因是情绪低落或是嗜吃油煎、辛辣、烧焦食物等。外科手术方面如止痛、消毒及止血的技术也提高了。

晚清时期，中医面对西方医学的严峻挑战，逐渐退出了几千年的主流医药系统，渐成西医的配角。

新中国成立后从1950年代开始，政府有计划有组织地加强中药的生产与供应，成立国家中药材总公司。鼓励各地查清本地中草药资源，有计划种植及采集中草药。此外，又对很多名贵中药进行人工试种试养，都取得良好成绩。传统医药作为第九大类共九个项目列入名录。在新时代，习近平主席指出：“坚持中西医并重，传承发展中医药事业。”

……

五

俞念芯每次开讲，底下总是鸦雀无声。其实他说话的嗓音很轻很徐，姿态总是温良恭俭让。越是这样，大家也越是屏息凝神地倾听。他说的内容总是严谨、深入、扎实，充满了营养。时间也卡得很准，不多不少。

接下去，还是俞念草讲，开门见山：“接着我们讲一讲‘药局’，但是我只讲一个开头，讲一个结尾，中间的主要内容请叶嘉传顾问来讲。我们要讲的东西，各位从来没听过，估计也从来没想过。药局，不是简单的药店，也不只是看病的诊所，其功能从官办到民间，是中国千年来医疗体系的中坚力量。药局，是中医药理论体系发展的关键，它是医、药、教育、医疗卫生体系集于一体的所在，是济世救民的庇护所。中国人的药局，是一部浩瀚的大书。那么，有请叶嘉传——”

叶嘉传从第一排的座位上站起来，身着一套改良款式的藏青对襟民国“学生装”，立领，比先前都更别致、更精神，似乎与俞念草的着装也十分相配。

叶嘉传拿着一沓讲稿疾步上台，笑着，一副笑对九九八十一难的样子，开口就说：“今天我的第一个任务就是讲课，至于就职演说，有缘咱们留着以后再说。先忘记此时此刻，咱们干脆从先秦两汉说起。”

中国人是怎么看待生病与健康这个问题的？疾病最深层的根源是恐惧，未知的事物则是恐惧的渊薮。我们的祖先最早认为鬼神是疾病的根源。对远古世界的中国人来说无论生哪种疾病，都暗示来自鬼神的处罚或警戒，因此鬼祟论是病因的根本。

史书上记载，齐桓公与管仲一起狩猎，独独桓公撞鬼，桓公饱受惊吓而生病，足不出户。可见鬼神祟人是先秦时代病因观的主流。而鬼神作祟导致人心神不宁，在当时被认为是失德的结果。古人甚至认为，气的循环无所不在。人体中的魂魄、精神或“德”都是一种精微之气，而“气”同时蕴含道德伦理的意涵。齐桓公见鬼，也可以理解为是不修德而使鬼由内生出来。

鬼神致病说这一脉，延续到东汉末年结合祖先崇拜，中国人的医疗与宗教难分难舍。宗教信仰可以说是广义的“医疗”。

唐代的医疗体系有了长足的发展。最值得称道的有两项，一是医学教育机构的设置，一是药方的颁布。国家开始越来越看重医疗的重要性。请注意，医疗制度和体系开始建立起来。

唐代的医事制度有三个系统：为皇帝服务的尚药局、为太子服务的药藏局、作为国家的医疗教育和医疗机构的太医署。唐代医事制度中和百姓较有关系的是太医署和各都督府、州的医学博士。

当时已经有人将药方刻在石碑上，以期传之久远。当时有阿拉伯人到中国的见闻，其中叙述在广场上竖立石碑，上面镌刻着疾病名和药方、药价，并且说明贫穷的人可以从国库中领到与所需药物等值的钱，以供他们买药之用。

唐代虽然两度颁布医方，但它的效果十分有限。官医仅到达州的层级，有些僻远的州并未设置医学教育机构。太医署掌疗民疾，但它的总部在京师，因此，唐朝的医疗资源以两京最多。至于偏远的州县，医疗资源就非常缺乏。

除了官医，私人开办的药肆也是唐人寻求医疗的处所之一。柳宗元就曾为长安西部卖药材的宋清写了一篇小传。此外，更多的百姓不是求助于巫医，就是转向僧人、寺院的医疗。唐代政府虽然意欲禁止僧人的医疗行为，但由于佛教僧人的医学知识和僧团的医药资源，政府也不得不睁一只眼闭一只眼。当时的贫病救济收容所叫作“悲田养病坊”，就是由官方供给一定的资金，而利用寺院的医疗资源和人力资源。

宋代是中国经济文化都发展到了顶峰的王朝，官办的“药局”制度也就全面铺开，那就是大名鼎鼎的“惠民药局”。

六

叶嘉传讲到这里，停顿了一下，清了清嗓子，喝了一口茶。

俞念草听到惠民药局，正在兴头上，大声说道：“嘉传，请好好给我们讲一讲这个‘惠民药局’是怎么回事!”

叶嘉传见大家的反应很积极，更提起了劲头，继续开讲：“好，那我就讲细致一些。先讲讲清楚，‘惠民药局’的性质。”

首先，宋代官方对百姓提供的成药，称为“熟药”（相对于“生药材”而言）。

神宗下令搜集天下名医有效验的医方，由太医局试验，再制作成药，在熙宁九年设置熟药所，出售太医局所制的成药。太医局的这些药方有印本流传，称之为“太医局方”，这是最早的官方成药。官方统一卖“熟药”的局，叫法很多，总之就是“惠民药局”。在宋徽宗以前，仅在都城汴京有“熟药局所”对百姓发售成药；三十余年之后，在都城以外一些重要军事镇所也开始有熟药所。至南宋时，在各州都有官方药局。但是，惠民药局并不是一个药店，它是一个国家的部门。

惠民药局的设置说明帝王注意到了平民医疗的具体困境，因此提供官方药方，由官方制成药，以低于市值的价格出售给需要的人，诚然是良法美意。出售的成药也保证药方的精确和药材的质量。“剂料必真，修合必精”一直都是官方对于惠民药局的要求。可见，惠民药局的出现为百姓带来了很大的福祉。

然而，官办的这个医疗体系很快就弊病重重。首先不是每个州县都有惠民药局。另外，有些地方的惠民药局是地方官自己出钱，或者利用官家名义谋求私利。惠民药局的官员常被视为是个闲差，多不尽心。渐渐地惠民药局就出现药材不佳、成药短缺、管理不良的情况，更有权贵高官易得好药，而一般平民所得仅是粗劣的药品。因此，南宋杭州人都将“惠民局”称作“惠官局”，将“和剂局”叫作“和吏局”。后来不少人主张废除惠民药局。

此时，和尚道士行医，再次成为平民百姓医疗生活强有力的补充。渐渐地，寺院中开始设立起非官方的“药局”！

禅寺中设立药局是从北宋的一辨禅师开始的。青州一辨禅师初到今江西仰山太平兴国寺，听说当地有一位擅长医术的人叫新公，就去度他为僧，目的就是要他来住持寺院的药局。新公果然来了，之后新公的儿子继续接掌寺院的药局。这药局的经费来自布施，不仅医治本寺禅僧，也为寺外俗家人服务。

所以佛门道院出了无数医术高超的人物，并且形成了补充官方医疗机构的药局。自唐代寺院出现的“悲田养病坊”，宋代又有了“福田院”“安济坊”等。

从唐宋，我们国家开始建立起了一套医疗体系，特别是宋代的“惠民药局”是一个里程碑。然而，对一个如此幅员辽阔、人口众多、文化多元、苦难深重的大国，官办的“惠民药局”也不过是头痛医头、脚痛医脚罢了！

七

叶嘉传看了看表，今天讲的时间已经大大地超出了，早就占去原本俞念草要讲的时间，赶紧刹车。

俞念草还是意犹未尽，追问道：“那么再往后呢？元、明，又怎么进一步发展的？”叶嘉传微微摇了摇头。

俞念草突然明白了叶嘉传的意思，或许牵涉到“圣山药局”很多没有厘清的秘密，这里是不能和盘托出的。不过对于她来说，今天这一讲的目的已经达到了。她不指望大家都像叶嘉传那样对医疗养生的体系有那么多的认识，但她要他们知道公司的根在哪儿，未来研究和发展的方向在哪儿。公司高层精英们的笔记本上不论记录了多少，只要他们都写下“药局”二字，那么，大局已定。

俞念草走上台总结道：“宋代的惠民药局以及各种方剂，到了末期确实产生了很多弊病。事物总是这样，一开始是进步的，时间久了，内在不发展，就成了落后的东西。我们也要引以为戒。圣山人对中医药的‘金元四大家’不会陌生，其中的朱丹溪可以说是我们的祖师爷。他们这代名医就是冲破了宋代以来的固有思维而为人类做出新贡献的。今天听了叶顾问的一番对药局历史的梳理，突然有了巨大的启发。按照这个逻辑往下走，短暂的元代作为一个积累和转折，接下来的几百年里，民间的医疗体系将得到辉煌发展！这也可以解释，到了清代，同仁堂、胡庆余堂、陈李济，这些今天我们仍耳熟能详的老字号药局、药店，为何如此群星璀璨！”

台下突然爆发出沸腾般的掌声，久久不息。其中饱含了对叶嘉传学识的认可。等俞念草的内心和大家的掌声都平静下来，叶嘉传突然定神，喃喃自语地说了一句谁也听不清的话：“其中有一颗被埋没的星星，原本是最亮的，就是‘圣山药局’。”

第十七章　楠楼魅影

一

俞散之已过了弱冠之年。与他的大哥俞冲之比起来，散之要内向得多。他更像母亲冯卿如，一双大眼睛，不动心思时也是含情脉脉。待人接物总是克己，奉着圣人之道，温良恭俭让，虽然内心也是个敏感通透的水晶般的人，可总是少言寡语，谨慎从事。他自七八岁时就由父亲亲自传授了圣山导引功法，近十年每天早上起来修习，从没有间断。

俞善麒在婺州圣山药局与这个小儿子住在一起，嘴上不说，心里很是喜欢。灯下常常对卿如说："冲之在京城把药局办得风生水起，散之在老家陪着我们多学多练，他们哥俩，一个是动，一个是静，一个是阳，一个是阴，我们家表里、升降、气血、阴阳倒是平衡了！"

次日，俞善麒特意安排散之黄昏时分独自上楠木楼的藏书阁中去整理抄录历代医书。这是要儿子开始一种严格的理论学习。

月上柳梢头，俞散之独自掌灯上楼，脚踏在楼板上，响声清脆，如击金石。二楼三间房子收藏的都是历代的药方，以及圣山药局开出的各种成方，还有俞善麒及药局各路名医遇到的无数疑难杂症病例。三楼藏书阁三间房子里就是历代医药学典籍，有各种版本，甚至有汉魏晋及唐人的绢帛文献，宋版的药书就有数百种。楼内弥漫着楠木的幽香，混合着古书的书香，还有一排排书架上及房间四角放置的药包，专防各类虫蚁。

俞散之第一天登上这座楠木楼，只觉得是一个奇妙、幽玄的新世界。书架一侧，有一个小桌案及一把官帽椅，置于床前，是专供查阅抄书之用。他先取了一册张仲景的《伤寒杂病论》，开始边研读边誊抄。不知不觉一根蜡烛燃尽，听到了远处的鸡鸣。一夜没睡的俞散之不仅不困，反而被这医书中的学问迷得起了精神。少年人血气方刚，又是散之的性格，坚韧不拔，一旦入迷，有的是时间和精力。

烛火不吹自灭，天色渐渐露了鱼肚白。散之靠在官帽椅上，闭了闭眼，他一闭眼就想起了月见那姣好的面容。

药局柜上掌管药材拼配的刘师傅，托了俞善麒、冯卿如贴身的老仆老婢白术公和当归婆两人一桩事。他荐了一个远房穷亲戚家的女儿，二十来岁的少女，想进圣山药局来谋个活计。当归婆陪着姑娘进了药局，让冯卿如看看，俞散之也站在母亲身后。

白术公看了一圈说："小姑娘，人长得倒漂亮，哦哟，老太婆你来看看，怎么长得有几分像我们家太太！"白术这么一说，散之望过去，还真是。这姑娘虽是旧衣粗服，浑身没有一点首饰与妆容，但一张鹅蛋脸，低眉顺目，真是美得不落俗套。脸型与眉眼真就跟冯卿如年轻时极像。

当归婆推了白术公一把："你这老东西，瞎说八道啥！"

刘师傅赔着笑脸说："这丫头对什么医啊药啊自然是一窍不通，

也不识字，当个晒药的帮工都没一点技术，可是这孩子心地质朴聪明，手头勤快，能洗能涮，也不会多嘴多舌。”

卿如见了喜欢，就说：“当归婆，我看就把这姑娘留在我身边，日常做些家里的事情。服侍我和少爷，你年纪大了，也帮衬你。”当归婆本来就吃了刘师傅的请，现在卿如喜欢，省下她的口舌，自然喜得她连连点头。

卿如又说：“乡下的姑娘淳朴，我是放心的。就是名字都村里村气，我给你这漂亮丫头起个漂亮的名字，就叫月见吧！月亮的月，见面的见。这月见既是一种花，又是一味药。从此我们大家就叫你月见，好吗？”

那姑娘听了冯卿如给她取了个名字，眼泪汪汪的，说了声：“谢谢太太！”一抬头水灵灵的眼光撞上了俞散之。

月见的年纪大过散之，年轻男女，常常见到，面红耳热。没有旁人时，月见那大眼睛肆无忌惮，能看到散之的心窝子底。而散之只敢偷偷从书页间或竹药匾的孔眼里欣赏月见渐趋成熟丰腴的美。

冯卿如是过来人，一眼就明白了，虽说论家世门第，一个婢女与儿子如何相配呢？顶多先收在房中，过两年做妾。可是俞家与旁人不同，是不看重这些东西的。俞善麒当年与老家断了往来，住在冯家，不是照样成就美满姻缘。此后夫妻恩爱，也从无纳妾之念。因此，只要散之愿意，他们要比翼双飞，共结连理，卿如也不会反对。想通了这一层，冯卿如对月见更是像待自己女儿一样，几乎没怎么把她当丫头，空了就教她刺绣、古琴，教她辨识草药。

二

楠木楼的规矩是绝不允许外姓人上楼的，连藏书阁的卫生都是冯卿如亲自上来打扫。即使是月见与卿如情同母女，也不能坏了俞善麒立下的家规。

半年来，俞散之夜夜登楼看书抄书，整理资料，虽然不再通宵达旦，也都要工作到子夜。中秋夜，冰轮升腾，幽静的楠木楼窗子里照进月光，亮了半间屋子。可是一会儿就有一片云彩浮过来遮了月亮，月光就忽而一丝不见了。

散之看着窗外天上，想起了张九龄《望月怀远》中的两句诗“灭烛怜光满，披衣觉露滋”，不觉就把诗句吟出了口，边吟边在一排排书架中走了走。

忽然就听见微弱的响动，有黑影一闪。他着实吓了一跳，那黑影情急之下，似乎是在藏什么东西，就往楼梯口跑。俞散之日日练圣山导引功，身法敏捷，一把就抓着那黑影的后襟。那黑影也慌了神，奋力向前一探，不料一脚踏空，两个人身子一歪竟成了一团，从窄窄的木楼梯上滚了下去。两个人都摔蒙了，还没等开口，一束月光正从云层里钻出来，透过窗子泼了楠木楼一地的水银。两个摔在一处的人的脸都被突然照亮了，四目相对，这个黑影怎么会是月见？

散之先不多问，自己滚下来时没有伤到分毫，赶紧扶月见，却扶不起来。他取了烛台来察看伤势，幸而没有大碍，只是擦伤了手臂，崴了脚踝。散之把月见抱起来，平放在书架边，就找来药酒，给她擦洗伤处，又让她喝了几口。自己也喝了一盅。陈年药酒可不是一般的酒浆，又辣又腥。月见竟一连喝了三杯，低声啜泣起来。

“月见，你为什么上楼？”散之是何等敏锐的人，就在月光照亮他们的一瞬间，他已经觉察到月见可能不是他认识的月见了。

月见抬起头，用楚楚动人的眼光看着散之，药酒让她的面色红润，更添妩媚，她柔声说：“是为了来看你。”

散之还要说一句什么，却被月见那成熟的爱欲笼罩了，两片湿润的嘴唇贴在了自己的唇上，狂热地探寻着他的舌头以及唇边那一层绒毛。散之整天练功养气，读书抄书，从未体验过这种令人欲罢不能的事情。比散之大了三四岁的月见，已经是一颗汁水饱满的果子，散发着撩人的香气。她帮散之宽衣解带，把散之的大氅铺在身下，就在这无人会上来的楠木楼的藏书阁地板上尽享鱼水之欢。一切都由月见引导，那盈盈的一握，穿插来回，颠鸾倒凤。肌肤相贴，时而疾风骤雨，时而如履薄冰。在月光的抚弄下，楠木上的丝丝金线，闪闪烁烁，连同男女的呼吸与汗水都交融在一处。

自此，散之更加倾心于月见，两人隔三岔五就在楠木楼上偷情。散之虽然心慌意乱，觉得坏了家规，却又难以自持。月见的那种成熟，那种勾魂夺魄的魅力让他无法抗拒。这个年纪的情欲与爱向来是难以分割的，俞散之对月见的爱更是一种本能的依赖。他甚至把对月见的怀疑都故意忘记了。

这一夜，两人又在楼上尽情欢愉了一番，云雨之后，月见在散之的怀里啜泣。散之安慰她，抚摸她，她却越哭越凶。散之慌了，就发誓说：“月见，我知道你怕什么，我俞散之一定会娶你为妻。我父母的为人你也知道，他们是不会反对的。”

月见停了哭腔，眼睛里射出两道冰冷的光，俞散之不寒而栗，他从未见过会从月见这样一个丫头的眼中露出这样的寒光。

“散之，你听着，你们圣山药局要大难临头了！”月见自从来到圣山药局，几乎是不怎么开口的，大家都觉得这个丫头不爱多嘴，或许是个笨嘴拙舌的。她只是在散之面前用眼睛说说话。如今她露出了真面目。她甚至知道了俞家人尚未觉察的危机，“我不是刘师傅的什么远房亲戚的女儿，我不是不识字的乡下姑娘，我也不是来圣山药局谋生路的。”

“月见，你说什么？你…… 你糊涂了吗？”俞散之感到惊慌，这个女人的感情从一开始就比他要“大”，向来是她驾驭他，他也愿意被她驾驭，可是他无法想象这个女人的“大”是到了这样不可控制的地步。

“散之，我没有糊涂，但我也是真糊涂了。我最大的糊涂就是我竟然爱上了你，我真的爱上了你。所以我必须告诉你。还有太太，她给我取了个名字月见，我爱这个名字，这让我有一种重新做一次人的感觉。我在圣山药局里一天一天过得简直要忘记了过去的所有，我爱这个地方，我爱这座楠木楼，我以为我真的可以是月见了！然而不是，我来这里是有目的的！”月见冷静地说着。

散之忽然明白了：“原来第一次我在楼里撞见你，你是来偷书的，那一定是为了我们家传的《丹溪心法》。”

“散之，你真聪明，其实你早该猜到了，是你喜欢我，或者说是被我成功地诱惑了，而不再去想这件事。”

“刘师傅是什么人？”

“刘师傅不算什么，他是被安插在圣山药局里的，他的背后是当朝的太医院掌院杜雄黄，你们的一举一动他都了如指掌。若非你的父亲药王行事光明磊落，只要稍有什么把柄，早就被他拿住了。他们，他们甚至还会逼我给你们家下毒，只要他们觉得时机成熟。而我是他们最厉害的一件杀人武器，是一剂毒药，随时可以要你们俞家性命的毒药！散之，你现在应该感到恐惧，不应该再爱我了！”月见神情冰冷，真是一副女杀手的脸。

散之倒吸了一口凉气：“那么你到底是谁？”

“我母亲姓朱，与当今皇家同姓。可惜她是叛将之后，如果不是马皇后，她根本活不成，也不会有我。我姓什么连我自己也不知道。我七岁那年，母亲就贫病而死，我是由一位前朝的老宫女养大的。再后来那老宫女，也就是我的养母病重，来了一位郎中，把她的病治好了，还送了药，那就是杜雄黄。养母视他为恩公，嘱咐我要知恩图报。从此杜雄黄提供我们母女一应的生活，我这才知道他是当朝的权医，太医院的掌院。他又不惜重金请了教坊司里的嬷嬷调教我，琴棋书画诗酒歌舞样样学会。我帮助他在一些权臣中应酬。然而，这不是他培养我的真正目的，他想要的是你们圣山药局。一年前，他给我下达了密令，要我深入药局，获取你们的信任，不惜色诱，借机盗取《丹溪心法》。甚至，他还给了我一包剧毒鹤顶红。此外，我最近听说，燕王朱棣已经起兵叛乱，号称靖难，来势汹汹。杜雄黄阴险毒辣，深不可测，是不会放过这样的机会的。散之，如果只是为了盗取一部《丹溪心法》，我会照做，你就当是被我这个坏女人色诱了一回罢了。可是，朱棣的铁骑已经杀过来了，杜雄黄从中勾连，一旦变了天，他一定会灭你们圣山药局满门！我实在没有办法不告诉你……”月见一吐实情，心里反而平静了下来。

散之听得如在梦中，一场噩梦，他一直注视着月见，一把抱在怀里，“不论你说的是真是假，我都要谢谢你。毕竟我们的感情是真的，你骗不了我，我们是相爱，不是什么色诱。你不要再过那种生活了，上代人的罪孽，不应该由你来承受。不要再为了那些虚伪的恩情被操控了，你付出的已经够多了。从此，你是月见，是我的月见，是圣山药局的月见。我们永远在一起，福也好，祸也好，我们都一起面对，你愿意吗？”

月见泪流满面，她捧着散之的面颊，吻了又吻，然后凄然地说：“散之，我爱你，我是你的，永远是你的。”她把散之的头搁在自己的腿上，搂着他，抚摸着他的头发，面颊依偎着他的额头，“散之，你累了，我们都累了，休息吧，睡一会儿吧，我不会离开你，永远不会……”

散之很快在月见的怀中沉沉地睡去，这一觉睡得无比深沉，因为月见给散之下了蒙汗药。直到第二天正午，俞散之才醒过来，头微微有点晕，他知道他是被下药了。他想起了昨夜的交欢与对话，赶紧冲出楠木楼，偌大一个圣山药局，里里外外再也找不到月见……

月见永远地离开了她深爱的人。她本来想说，但是始终没有说出口，更不愿给他留下笔迹。她说的永远不离开，是她的心，她的人必须离开，而且要远走他乡。不仅是因为她的养母还在杜雄黄的手中。还有她的心结——她长得很像年轻时的冯卿如是事实，杜雄黄早就看中了这一点，她十四岁那年就被杜雄黄奸污了。

更令她感到可耻的是，在后来的岁月中她对杜雄黄有了一种难以名状的情感，类似一个女儿对父亲的依恋，可是她从出生就没有父亲，她不知道父爱是一种什么东西。直到遇见散之，她才明白真正健康和谐的爱是怎样的。她过于沉醉了，可是当她想起杜雄黄这个人的时候，她是无法面对俞散之的，她能想到的最好的办法就是离开。一个人，离开过去和现在的一切。

这几日，圣山药局里的刘师傅不辞而别，婢女月见也消失了。这件事里里外外传得沸沸扬扬，可是并没有定论。俞散之不置一词，更加沉默了，日日夜夜只在楠木楼上刻苦用功。

第十八章　这个行业突然要垮了

一

叶嘉传这些日子虽然越来越忙，但隔三岔五还是不忘去拜会冯老。他对冯老已经崇拜得五体投地。然而他又感觉到，要解开关键的历史疑团，非俞念草这样的关键人物亲自出马不可。

“董事长，看来您该亲自去拜访一下冯志远老先生了。我总觉得他认识你，有些话会亲自对你说。”

俞念草其实早就想拜访这位历史老人，“嘉传，你快带上几盒我们公司的产品，我们今天就去拜会冯老！”

“好嘞！”叶嘉传搓手称快。

两人怕打扰冯老先生午休，等过了下午两点，方才上门。冯老毕竟是八十多岁高龄，开口散神气，更何况每次都讲上半日。没想到他早就在家中等着。

俞念草一进屋，冯老就说：“念草啊，你终于来了。你母亲秀莲，论岁数，要比老朽小几岁，对不对？她是个好人，可惜啊，已经不在了……”

俞念草心下一震，原来冯老竟和我家是老相识。她反应快，赶紧叫了一声“冯伯伯！”就主动取了餐桌上倒放的玻璃杯子到厨房的水龙头上去洗，然后找到热水瓶，麻利地给冯老冲了一杯铁皮枫斗晶，又取出了一小包铁皮石斛花，撒了上去。

叶嘉传在一旁观察。她动作干练，就像到了自己家中，虽是一位企业家，但一做起家务活来就透露出女性持家的风姿。杯子端到冯老面前时，那铁皮石斛的干花已经在袅袅的热气之中绽放了！既美且香。

“冯伯伯，其实我早该来拜望您了，只是公司的事情实在太多。您虽然足不出户，却知天下事，特别是我们婺州的事，您想必都知道。我们圣山药业目前正处在一个发展的转折点，要突破和超越，都需要我们全身心地投入。”俞念草边说边握住老人的手，“您尝尝我们的产品，还有这铁皮石斛花。您看我们如何向老祖宗找发展，从历史中找未来？您老德高望重，是我们婺州的耆宿，泰山北斗，您可一定要给我们圣山药业做做顾问，做做指路的仙人啊！”

叶嘉传在一边微笑着，心想好一个阿庆嫂啊，看来她出马和我出马确实不一样。

冯老世事洞明，但是仍十分受用，哈哈一笑说：“念草啊，你也不要拍我的马屁，我与你家很有些交情，你小毛头的时候，我还抱过你呢！我也当不得什么泰山北斗。你们做的事业，老朽知道，你们在做大健康。就说当年你把这千金难得的铁皮石斛做成了人工栽培，如今人人皆能受用，就这一点已是泽被苍生了！我年轻时抱着杀身成仁的决心向国家进言，也是为了人民。”

“冯伯伯过奖了，您以后常年吃我们的产品，我让嘉传给您送！”

冯道传摆了摆手，“如今，吃不吃都无所谓了。可我当年九死一生的时候，你的母亲给我吃过这珍贵无比的铁皮枫斗啊!”

俞念草惊道:“冯伯伯与我们家有很大的渊源吗?请告诉我!”

“你或许不知道，你有一位叔叔，大概是同族，叫俞水木!那是我当年在极‘左’时期关押在劳改农场时候的生死之交!”

二

历史真是出奇神秘。这个俞水木与冯志远有相同的遭遇，在十几年漫长的劳改生涯中，作为重罪犯人，被剥夺了一切应有的权利与精神生活。除吃饭睡眠以外，唯一的活动就是搬运沉重的建筑材料。劳动过的田野里，也只有些野花野草可以供他欣赏、采撷、品尝。

有着中医药家学的俞水木，没有被击垮，而是抓住这个唯一的机会，充分运用自己的经验，开始研究草药的疗效。他在劳动之余，像神农那样尝遍身边的百草，在自己和其他犯人身上试治感冒、咳嗽、皮肤病。他甚至还找到了几种《本草纲目》中未收录，却有奇效的草药。这就叫“单方一味，气死名医”。

他用自己采集的草药做成粉剂，只需要一小撮放在鼻子上，像吸鼻烟一样嗅一嗅，然后对病人大声数:一、二、三、四、五……数到六十，正好一分钟，那些咳嗽得很厉害的患者便立刻停止了咳嗽，气平心静下来。这时递一支香烟给病人，连吸烟都不会诱发咳嗽。

俞念草听得发了呆。这位俞水木叔叔的治病方法与祖母和母亲巫术般的治病方法倒有几分相似!她忙问:“那么我这位叔叔现在在哪里?”

冯志远摇了摇头："水木兄九死一生，也没有家室，平反后据说游走于浙中、浙西一带行医，居无定所，从此断了音信。我知道他是被折磨怕了。论年纪，他与我差不多，如今若是在世，也是风烛残年咯！"

叶嘉传迫不及待地问道："怎么才能联系上他？"

冯志远想了好大一会儿，才缓缓道："我来写几封信，托几个老关系，看看能不能联系上。能否找到，是不是还活着，都不好说了。"

俞念草与叶嘉传面面相觑，交换了一个眼神。一来是今天果真有了意外的收获；二来是天色已晚，似乎不能让老人太累，遂告辞而去。

三

几份来自北京、上海、香港、深圳的关于企业上市的计划书一字排开，放在俞念芯的办公桌上。下班时间过去三个多小时了，他还在看，一个数据一个数据地对照。

"俞总，是不是该吃点东西啦？"秘书小蔓敲门进来。

"噢！小蔓，你还在啊？几点了？"

"已经八点半了！俞总，您老是不吃不喝地工作。"小蔓边说边递上一杯铁皮枫斗晶，"两包一起泡了。我给您叫碗荷包蛋面吧？"

"不用了，我不饿……那好吧！"俞念芯觉得不应该拒绝陪自己加班的小蔓。

一会儿，餐厅送来了热气腾腾的面条。厨师们都知道，俞总加班每次就吃一碗光面加个荷包蛋。

小蔓是高才生，经济管理学硕士毕业三年了，在国企工作了两年，感觉缺乏活力，就辞职出来。到圣山药业跟着俞念芯工作还不到一年，终究算是初入职场。她被俞氏家族几乎不可理喻的工作狂式的节奏无数次击垮，但她不得不佩服，尤其是俞念芯那种从骨子里钻出来的对事业的痴迷与耐心。现在，连她都愿意放弃下班后的逛街购物、健身或者泡吧，她想看看这位俞总究竟为什么把事业做得如痴如醉。

小蔓坐在沙发上，托着腮帮子看着俞念芯吃面。俞念芯吃了没几口就停了筷子继续看材料。

"俞总，我能问一个一针见血的问题吗?"小蔓很有些俏皮，反正是下班时间。

"你说。"

"为了公司上市的事情，您已经忙了三个多月了，各路专业人士给出了各种诊断书、各种方案细节。以您和董事长的水平，当然还有叶总，上市不是难事。可是……可是您难道不知道，上市最大的障碍是什么吗?"小蔓说到这里欲言又止。

"小蔓，你说，没事。"俞念芯从办公桌前站起来，也坐到沙发上。

小蔓抽了一张餐巾纸递过去，"俞总，您也知道，是董事长不愿上市。可是董事长自己的事业，她有什么理由不愿意呢?也许，背后还有什么因素在起作用吧。比如……新来的叶总?"

"如果是别人在我面前说这个话，我可能会立即解雇他。但我知道你这个人没有坏心眼。从此不要再这么说了，也不要这样想。"俞念芯的口气温而厉。

小蔓顿了一下，"俞总，难道您不知道，公司上下都在谈论这件事吗？谁都不可能不拿你和叶总对比，把你们放在董事长的天平上衡量。这话从我这里说出来，已经是轻描淡写了，您也知道我这人没有坏心眼，可是公司里的议论可远远比我说的放大了一百倍！”她的天真和能力，以及小倔强的性格让她非继续这个话题不可。

俞念芯皱了皱眉，“老叶这人，有过人之处，不得不承认，他对董事长的影响力超过了我。但这不是一件坏事，虽然，我确实还不够了解他 …… 董事长了解他就够了，我们各自扮演好自己的角色吧！”

“俞总，我知道公司上市是您最大的心愿，我们都感觉到您的这个愿望比董事长、您姐姐本人还要强烈得多！这是为什么？您是一个隐忍的人，总觉得您藏着很多秘密。我是不是问得太多了？我只是 …… 不希望您太过透支自己的身体。”小蔓睁大了眼睛，大胆又心虚起来。俞念芯的人格打动了她。

“谢谢你，小蔓，不过你好像观察得太仔细了，你话里的信息也太多了。但是，观察仔细，有时候未必等于观察正确。我没那么复杂。我有点累了 …… ”俞念芯打开沙发后的音响，贝多芬第26号钢琴奏鸣曲《告别》流泻而出。

小蔓知道每次古典乐响起时，便是他唯一的休息时刻。期待的倾诉落空了，他依然保持沉默。他要在沙发上小坐一会儿，然后继续研究这些材料到深夜。她只好起身掩门而去。

“噢，小蔓 …… ”俞念芯觉得自己刚才的话似乎有点重，又把小蔓叫了回来说，“对不起，我刚才可能情绪不太好。你是知道我的为人的，我们圣山的每一个成员我都不拿你们当员工，我把你们当家人。”

小蔓走回到沙发前，轻叹了一口气："是啊，俞总，这个社会太浮躁了，发展得太快了，我们在职场的工作常常招架不住。"

钢琴曲开始变奏了，第二乐章，从忧伤进入了沉思。

"这不怪你们，企业是有责任的。现在的企业与过去不同了，计划经济时代的国有企业，人人进去都要认个师傅，师傅徒弟要维持一辈子的感情，哪怕是企业倒闭了，下岗了，师傅徒弟逢年过节还会串门。那个时候做一个工作，技术、能力、经验就靠师傅传徒弟。现在的企业呢？所谓的人力资源管理，几乎就是榨取。任何人大学毕业进了企业，就靠自己原来的一点知识和能力打拼，不行就换工作，辞职、跳槽，企业只管用，不管培养。这样的结果，一个人没有时间持续学习，原本的激情、体力、时间用尽了，往往不到四十岁就被榨干。这是很可悲的，我们不要这样！"俞念芯说得很激动，"但是，我有心培养团队、培养员工伙伴，又谈何容易呢？人员的流动性很大，就像你说的，社会被资本搞得过于浮躁了。"

"俞总！"小蔓看着他说，"我从没听我以前的任何一位上司说过这样的话，他们只知道让我们做事，您和董事长才算得上企业家。我愿意在圣山奉献，也愿意接受培养。"

音乐又一次变奏，仿佛进入了一种丰富的黑暗之中，又恐惧又迷人。

"不那么简单啊 …… 当然我相信小蔓你可以的。你还不知道吧，昨天我们收购丹溪酒业的谈判失败了。我为此准备了近半年的所有计划付诸东流。原本我们花五个亿就可以收购婺州这个濒临倒闭毫无效益的酒厂，为的就是'丹溪'这个名字，这是我们这方水土老祖宗的名号，是应该好好保护、悉心经营的。原本都已经设计好了，我们将推出几条养生药酒的生产线，把原来酒厂的职工都留住，慢慢做好。可是又来了外来的资本商开出了高价，公司不能因为赌气而追加预算，我只能放弃。资本会把这个品牌的利益在最短的时间内全部榨取，然后继续出售。这就是今天的商业界每天都在发生的事情。”俞念芯说完这番话，心里反而透了一口气，松快了一些，咳嗽了几声，闭上了眼睛。

“那俞总，您休息一会儿，晚上不要再熬夜了。”

“嗯，对了，明天帮我约一下叶总，我还是要跟他好好谈一次。再送杯温水来，吃药。”

四

第二天上午，小蔓冲进俞念芯的办公室，睁着她那双画着韩国眼线的大眼睛说：“俞总，叶总要跟您会面，我刚上班还没来得及约他的秘书，他那边反而先来约了，巧不巧。他过来，还是您过去？”

“我马上过去！”俞念芯依然面无表情。

俞念芯刚起身，叶嘉传已经走进来了。

“念芯，我来向你学习学习！”叶嘉传总是笑容可掬。

“老叶，我正要去你那儿呢，来，来，坐。小蔓泡一杯龙井茶给叶总，我喝白水。把门带上，上午不用安排其他接待了。”

“念芯，不对，你脸色很不好。要注意身体。”

俞念芯心里一动，说道：“昨晚又没睡好。老叶，我这里可以特许你抽烟！聊得久了，你不抽烟是受罪啊！”

叶嘉传开怀一笑道：“念芯，以咱俩的智商和熟悉程度，就不用客套半天，试探半天了。你我都知道公司上下对我们的想法，这也难免，人总有偏见，习惯性思维。他们不知道我们的水平，特别是不知道你的水平。所以我们直接就绕开这些旁人的杂念。我想听听你对上市的看法。再明确一点，上？还是不上？”

“上市，让圣山药业进入全新的时代，是我毕生的梦想，最大的心愿！”俞念芯见叶嘉传如此坦诚，也把话说到明处。

“好！”

“我也想听听你的想法，对上市有哪些顾虑？”俞念芯开始提问。

“我没有任何顾虑，无论从哪个角度看，公司都到了这一步！”叶嘉传的回答让俞念芯出乎意料。

“这么说，你也赞成尽快上市？”

“我当然赞成，并且极力推动，可是你姐，哦，董事长，一直咬着不同意。”叶嘉传边说边点着一支烟。

他边吸边说：“上市，是金融的问题，是个我们看不到的世界。但是对于一个实体企业来说，在看得见的世界里要有一个更大的体系，足以匹配其在那个无形世界带来的巨大的、全新的活力！”

俞念芯听得激动起来：“老叶，你的优点就在于你总是能跳出企业谈企业。你一开口就是生命、宇宙，就是整体论，有些人可能会烦你，但你的感觉一点也没错。我姐没有看错你！”

叶嘉传有些得意，继续说：“念芯，这个新的体系，就是圣山药局！”

俞念芯一震，随即摇了摇头：“这是圣山的灵魂，我却并不太懂……”

叶嘉传把自己对圣山药局的研究毫无保留地说了出来，就这么谈了整整一个上午，两个人所有的思路几乎都达成了共识。这更加坚定了俞念芯尽快上市的决心。

“可是，既然我们多了圣山药局这么重要的无形资本，更加有利于上市，我姐于情于理还有什么不同意呢？”

“这我要知道，就不用找你商量了。难道是需要勇气？”

“她最不缺的就是勇气了！”俞念芯的脸上微微露出一丝微笑，“也许是她觉得历史还没有被完全挖掘出来。她是个完美主义者。”

“也许吧！”

“老叶，我们是不是应该做点什么？”俞念芯的眼神突然亮了一下，一闪而过。

“我们能做什么呢？”叶嘉传拿起龙井茶杯来吹，吹散面上的浮叶，吸溜吸溜地喝着。

“一起帮助她尽快做出决策！公司的十几位高管已经写了联名信。我已经做了很多工作，否则重要人事岗位上的一些人恐怕要以辞职相要挟了！”

“何至于此呢？”

“因为上市后，他们都会有股份。他们会有他们新的世界、新的领地，当然也对企业有新的作为。”

五

俞念草知道自己的左膀右臂在互相接触，并且在上市的问题上迅速结盟，带给自己一种无形的压力。她也知道，现在公司上下的舆论一边倒，上市对每一个人都有好处，自己反倒成了最大的“绊脚石”。她唯一不太明白的是，这个永远对自己由衷信服的弟弟，在上市的问题上，为什么会表现出一种近乎病态的狂热？这是她以前从未见过的状态，作为一个领导者，她实在无法克制自己浮出一丝疑虑。

但是，过往的丰富经验和直觉告诉她，她必须搁置圣山小镇的建设，也必须叫停公司上市的步伐。目前能做的就是等待，等待一个能管一百年、上千年的故事讲完整！

很快，公司上下形成了这样一种观点，俞念草太沉迷于自己个人家族那些捕风捉影的历史叙述，失去了一个企业家的敏锐与理智。有人甚至说她已经不再适合领导这个企业，她应该去结婚！还有两位高管果真为此呈上了辞职信。

俞念草在公司的地位，还从未受到过如此严重的威胁。

山雨欲来风满楼。

就在董事局会议正为这些问题越闹越僵的时候，省里来了一个电话 —— 马上打开电视看央视新闻！

以揭露产业黑幕著称的央视《每周质量报道》栏目，正以“仙草之谜”为题，披露了某保健品有限公司生产的铁皮石斛保健品存在的以次充好等诸多问题。节目引用药贩、摊主和某些专家的话断言：市场上真正的铁皮石斛数量很少，不足以支撑铁皮枫斗产业规模，大多是假货！

这是一次突如其来的考试，这种考试带有灾难性质，是一锤定音的，不及格就是万劫不复。全体董事都知道这个事件性质的严重，炸开了锅，灭顶之灾？十多年努力创造的巨大价值也许会付诸东流。

俞念草看了看手机，2月26日，寒冷的早春。她冷冷地说了一句：“‘二二六’事件。”

俞念芯紧咬嘴唇，眼看着脸色越来越白，突然叹了一声，晕厥在会议桌上。俞念草大惊失色，大家七手八脚把他平放下来，打电话叫救护车。

救护车一阵撕心裂肺的呼叫声后，会议室空无一人，都去了医院。

在抢救室外，俞念草跟叶嘉传守着。医院内不能抽烟，叶嘉传搓着手来回踱步。

“念芯这是急火攻心，千万不要有什么事啊！”俞念草双手合十祷告着。

“我看念芯的脸色一直很差，他太拼了！”

俞念草听了，自觉对弟弟太不够关心和照顾，眼圈就红了。叶嘉传赶紧又谈“二二六”事件，刚爆出的新闻。铁皮石斛这一公司的核心产品又牵起了其他中草药的真假问题、质量问题，食品、药品、保健品、监管、养生等，整个行业出现了一系列连锁反应，已经是天下大乱了。

俞念草把一腔急火都撒在了叶嘉传的头上：“你们为什么要对上市的事情这么着急？我们圣山是做什么起家的？实业！是实业！你们懂企业的真正价值吗？一个企业如果能几十年上百年地存在下去，能够延续自己的生命力，这本身就是巨大的价值！我就不爱听人人都说的那句话，什么‘企业就是以盈利为目的’，把我们做企业的人都说成了小商小贩！为什么一定要赚大钱？为什么一定要资本运作？我不是不想上市，我也想，但是我们把该做扎实的地方都做好不是更好吗？看看现在，一把火烧起来，措手不及，连老本都可能赔进去！今天的社会，你们也都是懂经济的人，泡沫已经很大了。以钱套钱，玩着资本运作的人比我们做实业产业的人还要多，钱赚多少才算多？等我们这些做实业的人都死光了，我看这批投资商再往哪里去投！”俞念草说到最后，简直是带着哭腔的咆哮。

“念草，你知道不论是我还是念芯，我们本质上跟你的观点从来就是一致的。资本运作是方法，我们也可以运用，只是不要本末倒置。”

“现在好了，这些都不要谈了，麻烦大了！”俞念草定了定神说，“从我开始做铁皮枫斗，也就那么几年，铁皮枫斗产品在高端保健品领域里异军突起，产品市场年销售额超过五个亿，加上组培、栽培、加工等环节的产能，以及民间传统各类枫斗的种植和加工业，整个产业规模当时就达到三十亿了，远远地走在了全国前列。权威专家分析，如果经过一个阶段的良性培育，铁皮枫斗的市场潜力就有可能取代洋参，前几年洋参在国内有上百亿元的巨大市场。

“你看看这么大的利益诱惑，多少人心动啊！但是，像我们这样踏踏实实做铁皮枫斗，技术难度极高，投资巨大，生长周期漫长。所以真正形成一定规模，成活率、品质达到一定要求的铁皮枫斗种植基地，在全国都屈指可数。只有极少数科研机构和企业完整掌握了铁皮枫斗的人工栽培技术，具备了产业化规模发展的条件。而像我们这些企业种植的铁皮枫斗，目前也只能保障自身产品生产的原料供应。好了，有一些投机者就开始打起了急功近利、以假乱真的主意，两三年下来，光我们一省就冒出了近二十家铁皮枫斗生产企业，我心里感觉到这样下去要出事！个别企业的急功近利，可能会导致整个行业蒙受巨大损失甚至灭顶之灾。这种事情，翻翻书看，在中国现代区域经济发展史上多得是！这也是我不想把公司的步伐迈得太快的一层顾虑。好了，怕什么来什么，而且来势汹汹！”

叶嘉传见俞念草说到这里又急得几乎哽咽了，连忙安慰道：“总有办法化险为夷的，大浪淘沙，沧海横流，方显英雄本色！念芯也没事，他就是着急了，没事的，没事的！”自己心里却也是隐隐的不安。

俞念芯整整昏迷了二十个小时，俞念草寸步不离。而十多个小时前，医生已经告诉俞念草，俞念芯的免疫力不太好，淋巴系统可能有点问题……

第十九章　匾遗两断

一

朱元璋的眼睛还没闭多久，燕王朱棣就挥师南下，史称“靖难之役”。

俞善麒如何放得下南京城里的总号，携妻赶到南京镇守。他万万也想不到，这场靖难之役竟会惨烈无比。没有什么和谈与退位，在皇位与权力面前，没有人会顾忌天下苍生。正如月见所说，朱棣带来的是仁心仁术的俞善麒怎么也想象不到的暴虐残酷、血雨腥风……

建文四年（1402年），一个闷热的夏日，傍晚时分西北角的天空起了乌云，一霎时工夫弥漫过来，又是打雷又是闪电，豆大的雨点劈头盖脸地砸下来。滚烫的鹅卵石街面如同烧铁淬火，嗞嗞地冒着青烟。不过半个时辰，路上已是积水成河。

俞善麒看着这场大雨，叹了口气说：“卿如，这恐怕是最后一场大雨了。这场还魂雨，怕是这场血战中，南北明军牺牲将士的血泪！如今北军压城，攻陷京师，已成定局。将来的事，难以预料，不是我们的能力所能决定了。”

“药局怎么办?”冯卿如茫然地问。

“除了我们一家人，总号其余药师、佣工、仆役等，统统让他们散了吧!”

冯卿如紧紧挽住了俞善麒的手臂道:“只要你在就好。”

俞冲之忧心忡忡。他登上高楼四望，南京城下，重兵云集:东门有张玉、朱能的兵马;西门是燕王次子朱高煦的军队，南门是潭渊的军马，北门是张武、邱福的兵马。正中是燕王的大营，左是庞来兴、丁胜的禁军，右是邹禄、冯颧的骑兵营。北军营中，烛火之光相照不下百里。兵士刁斗画角之声，达于霄汉。冲之哀叹道:“北军势大如此，吾皇真的大势已去了。只怕这阵雨一停，就要攻进来!”

血战了四年，灵璧一役之后，朝廷的军队已经到了极限。朱棣在回绝了朱允炆的求和后，攻入了京城。此时的朱允炆呆坐宫中，他并非对这一天的到来毫无预料，但当它终于来临的时候，还是显得那么残酷，皇帝做不成了，连做个普通人的资格也没有。他决定，烧掉皇宫。

北军攻入南京，整个应天府陷入了兵燹与混乱之中。在这个火的海洋、杀戮与尖叫的地狱中，成立不久的圣山药局总号，瞬间化为灰烬。建文帝所题的匾额掉落在地，被北军的马蹄踏为两截。俞善麒拼死从火中救出了这两截残匾，连身上的衣服和头发都有几处被烧焦。他一手抱着冯卿如，一手扶着两块断匾，就此到了绝境。他仰天长啸，看来尽忠的时候到了，即刻就要丧身在这刀山火海之中!

突然，一队人马杀到，却又不是南军的衣着，儿子俞冲之正在这队人马之中。冲之把爹娘扶上预备好的马匹，俞善麒撕衣成条，将两截断匾缚在自己背上。这队人马中，为首的一员猛将，一路拼杀。虽然年纪看上去比俞善麒小不了多少，却悍勇无比，赤膊上阵，一身遒劲的肌肉上血与汗纵横交错，身披大小十几处创伤！眼看着就要出神策门，逃出这场灾难。又有一队北军发现了他们，从后面追了上来。那位猛将调转马头，对其他几个军士大喊，“尔等护着药王快走，我一人在神策门阻击！”

几个军士不肯，都要留下抵挡，被那人咆哮了一声，那威势真是不容分说。军士只好马不停蹄护着俞善麒一家出了南京城，往婺州老家的方向而去。

俞善麒喊着问：“这位英雄是谁？九泉之下，我好来找你！”

“哈哈哈……药王！你不认得老夫了吗？我乃一介武夫，婺州叶天罡！我的女儿叶珍惜，还是你取的名字！”

“天罡兄！原来是你啊！”

“老夫只剩下一个外孙女在老家，托付给药王了！药王，快走——”叶天罡使出最后的威力，声震数里，说罢提刀与来军肉搏，一夫当关，万夫莫开，身负数十伤，最终力竭而死。死时仍仗刀而立，敌兵不敢上前。

俞善麒的人马渐行渐远，一口气跑了几十里地，已无追兵，方下马喘息。药王身负断匾，对着应天府神策门的方向下跪行礼。

原来，俞冲之早就接到弟弟俞散之的提醒，比父亲对局势的估计要更为悲观，因此做了些准备。俞散之在婺州府圣山药局老号，听了月见的一番话后，更是寝食难安，早早地打点下关系，安排了撤回婺州的路线以及一应车马物品。然而，事到临头人人都保命要紧，有钱也没人愿往火坑里去救人。

此时来了一人，洪武初年也曾入过军籍，自己就召集起几位江湖上的兄弟，直奔南京救人。这个人就是当年那个莽莽撞撞，差点丧妻丧女，又拔拳要打俞善麒的壮汉叶天罡。

叶氏是武学世家，祖上原本是山东曲阜孔姓，是孔丘族中的一脉，乱世中避难南下，有一回途中遇险，藏身在乱叶丛中，因此改姓为叶，也是为了避开这过于耀眼的孔姓。

这叶天罡武艺超群，力能扛鼎，在太祖朝，随着大将军在南京任虎贲卫。明太祖驾崩后叶天罡告老还乡，回到婺州，每日练武、收徒、饮酒，过得逍遥自在。想不到大明朝突然来了这样一场腥风血雨，一是作为太祖的虎贲勇士，自己虽已还乡，也勤王有责；再就是救过妻女之命的俞善麒，既已危在旦夕，哪能不设法营救！当即心意已决，于国于家，于忠于义，必当赴死！

俞善麒、冯卿如和儿子俞冲之在叶天罡的舍命援救之下，总算回到了婺州，回到了圣山药局老号。而抢出来的这块残匾只有不到四年时间，已成为前朝旧物，无异于火中取栗。

二

应天府的大火随着朱允炆的消失，很快熄灭了。焦土之后，即可新生。赢家朱棣，如愿以偿，成王败寇的血酬定律在朱棣身上又一次得到验证。坐上龙椅，在短暂的兴奋后，高效的朱棣立刻意识到，篡位之后要尽快铲除异己，斩草除根，要控制舆论，制造新的舆论。然而，他从此开始活在篡位的阴影之中。既害怕有人指责他篡位，又畏惧自己会被别人篡位，尤其是那个失踪的、比他年轻的侄子朱允炆。有太多危险的因素缠绕着朱棣，也许，只有杀人能让他的心里暂时舒服些。

一直隐藏在朱棣身边，操纵着这场“靖难之役”的幕后推手，是大国师道衍，俗名姚广孝，被称为“黑衣宰相”。他早就对朱棣说过：“殿下攻下京城后，方孝孺一定不会投降，但你一定不能杀他！如果杀了他，天下的读书种子就绝了！”

姚广孝还提醒朱棣，要设法笼络住方孝孺，请此人为朱棣起草登基的诏书。只要方孝孺的心被降服了，动了笔，天下读书人的心也就得到了安抚，读书人安了心，天下的人心就安稳了。

朱棣连忙召见方孝孺。方孝孺大哭着进了大殿，根本不向朱棣行礼。朱棣走上前温言劝说：“先生不必如此，孤也是效仿周公辅政，也是为了国家社稷与黎民百姓嘛！”

方孝孺停了哭声，鼻腔里不屑地“哼”了一声：“效仿周公辅政？辅谁？成王在哪呢？”

“我那侄儿是误会了，不幸被自焚的大火烧死，可惜啊！”朱棣还哀叹了一声。

方孝孺的内心从来就看不起不读圣贤书的燕王朱棣，觉得朱棣的说法十分滑稽可笑，于是追问：“既然你要学周公辅成王，成王就算崩了，你可以辅佐他留下的儿子啊！”

朱棣有点不耐烦了：“这么大的国家要有年长的君主来担当！”

“那你就辅佐成王的弟弟如何？”方孝孺咄咄逼人。

朱棣没有耐心了：“这是老子的家事！”他大喊：“拿纸笔来！今天你必须在这把诏书写了！”

方孝孺大笔一挥，写了四个遒劲有力的大字：“燕贼篡位。”

朱棣怒不可遏。他从小行军打仗，强权和暴力是分等级的，谁的强权与暴力高一级就可以让下一级者屈服，可是他今天才知道有一帮文弱的读书人竟然是不在这个次序之中吗？他感觉到了比这四年来的“靖难”更为棘手的问题，他必须摧毁它。朱棣上去就是一记耳光，打下了方孝孺两颗牙齿，发狠道：“你今天不写，老子就灭你九族！”

方孝孺啐了一口血，狂笑起来，大声回道：“朱棣！你以为杀人就能解决一切吗？你以为谁都会怕你吗？你就是诛我十族又如何？你就是一个无耻的篡位者！谋逆者！背叛者！你掩不住天下人的悠悠众口！”

这话让朱棣浑身发抖，他不再咆哮，轻轻挥了挥手，让人把方孝孺拉了出去，嘴里淡淡地说了几个字：“凌迟，灭十族。”

可是，历史上从来只有九族，哪来的十族呢？朱棣为了凑数，也为趁机铲除更多的反对派，在屠杀的目录中加入了方孝孺的朋友和学生。方孝孺从此成为历代知识分子的人格楷模，而朱棣的嗜血屠杀也正式拉开了大幕。

朱棣叫人把铁铉的耳朵、鼻子割下来，煮熟，又塞入他本人口中。朱棣问：“好吃吗？”铁铉回答：“忠臣孝子的肉，怎么不好吃！”凌迟，杀其子。黄子澄，凌迟，灭三族。齐泰，凌迟，灭三族。练子宁，凌迟，灭族。卓敬，凌迟，灭族。陈迪，凌迟，杀其子……

但是，朝廷中照样有一批人生存了下来，而且掌握了权力，比如杜雄黄。

杜雄黄为博新皇帝的青睐，先是上了一个“食玉之方”，需从高丽采集黄、白玉的籽料，那籽料只有在长年的溪流之中才能淘得，价比黄金。把玉取来，洗涤干净，放在铁锅中煮着，放入一种产玉之处同生长的白蒚草，这种草与玉石调和后，那玉就能煮软，再把那草取出，玉已经和膏一般，蘸着香料、蜂蜜食用，不仅美味胜过一切，女人久食可以美如白玉而不老，男子久服可以坚润如玉而长生。

杜雄黄还从青城山道士张太素处访到一种脉法，称为太素脉，是命理脉法的一种，神乎其神。他能通过人体脉象变化来预言人的贵贱、吉凶、祸福。此外，杜雄黄又精研太乙针灸法，能根据子午流注经络针灸。他留着这一手，为的就是配合帝王之术，投其所好。

建文帝是个谦谦君子，习的是三皇五帝，读的是经史子集，不喜欢这些怪力乱神。而朱棣成了永乐大帝，其手段是雄霸之道，他从小跟着父亲四处征伐，攻城略地，从来就不是读书写字的料。初登大宝，听说太医院的杜雄黄有“食玉之方”，还有《太素秘诀》进献，能以脉象预测命运凶吉，能以针灸使他延年益寿，马上宣召。

杜雄黄知道自己的时机终于到了，一见那英气勃勃又杀气腾腾的朱棣，大呼万岁，扑通一声长跪不起。

“起来回话。”朱棣叫了两次，他就是跪着不起。

“陛下，微臣行医数十年，望闻问切之人达官贵人不可胜数，今见了我圣主的龙颜，果真是亿兆人中难得一见的气色，是个千秋万世、长生不灭的相呀！并非微臣不愿起来，实在是蛰伏在地，一时动弹不得！”杜雄黄从来是一个少言寡语、面色沉凝、心思深沉的人物，从不会巧言令色，因此这一番肉麻至极的话从他的嘴里说出来，竟也掷地有声。

朱棣听多了方孝孺这些硬骨头的辱骂，听了杜雄黄的一番猛夸，实在是大大地舒服受用。也许他的恭维之辞，真是出自真心呢？朱棣龙颜大悦，哈哈哈的大笑声响彻金銮殿，“起来吧，起来吧，杜太医过誉了，都想长命百岁，人哪有不死的。我大明要千秋万代，威加四海倒是不错！听说你会诊脉预知吉凶？”

杜雄黄还是跪伏不起，答道：“微臣精研太素脉多年，若非我雄主登基，是绝不会献技的。太素脉者，以轻清重浊为命论，轻清为阳，为富贵；重浊为阴，为贫贱。男子以肝木部为主，以决功名高下；女子以肺金兑位为主，以决福德。轻清之脉，如指摸玉，纯粹温润，应指分明，六脉不克，源之流长，不敢断续，纵有小疾，直清不浊，其人往往禀性冲和，智识明敏，禄位高擢。重浊之脉，应指不明，如撒干沙，满指皆论，前大后小，息数混杂，克归本身，其人往往禀性迟钝，庸庸碌碌。下指详审，万无一失。”

朱棣点点头道：“你说这么多，朕也听不懂，你过来，给朕把把脉，看看朕的吉凶！”

“微臣遵旨！”杜雄黄这才从地上爬起来，因为实在跪得久了，双膝麻木，站立不稳，险些摔倒。他小心翼翼走到龙椅前，感到能与皇上如此近距离接触，已经是一种极大的成功了。朱棣把左手朝上一摊，杜雄黄切上去。

“怎么样？”朱棣问。

杜雄黄收了手，侧立垂拱道：“脉象清轻以极，又刚强有力，如同金石掷地，是真正的龙脉。龙脉亦分为九种，陛下的龙脉乃是飞龙在天之脉。是旷古烁今的圣主，恐怕远在秦皇汉武之上，未来的功业煌煌赫赫，不仅在中华，还会远播化外、海外。只是——”

朱棣听得如痴如醉，虽然他心里明白，此人医术高超，却哪里真能预知一切？不过是拍新皇帝的马屁罢了。然而，他初登大位，要的就是这样大唱赞歌的态度，更何况，这太素脉象说起来有板有眼，大可以让百姓们津津乐道一番，宁可信其有，不可信其无。正高兴间，听到杜雄黄说了个“只是”，皱了皱眉问：“只是什么？”

杜雄黄终于要说想说的话了，他做出一副凛然的样子道：“微臣不敢说。”

“说，朕赦你无罪！”

杜雄黄环顾了一眼四周，小声说：“微臣不便说。”

朱棣有些着急，命殿上几位陪来的大臣退下，只剩下他们两个。杜雄黄又与皇帝的关系近了一层。他正色说道：“从脉象看，还有一股浊气犯着主脉。一个江山不能有二龙抢珠。”

“胡说，朕已经昭告天下，朱允炆已经殁了！”朱棣说这句话时是虚的，他心里明白，朱允炆正是他心中最大的心结。

“陛下，微臣一见陛下即知是终身所要尽心尽力追随服侍之人，为了陛下微臣是不怕杀头也要说真话的。脉理与山河帝业之理是一体的，要治于未病，要除恶务尽。另外一条龙还在不在，在哪里，非要找到不可，与那条龙有关的人、事、业都是龙的鳞毛爪牙，必须拔光除尽！微臣愿为我圣主皇帝效犬马之劳，愿做皇上的奴才！”杜雄黄此刻说得咬牙切齿，他心中就是想把圣山药局铲除。

这番话正说到了朱棣的心里，“除恶务尽”四个字他是喜欢的。朱棣的眼睛亮了起来，“杜太医，你有这颗忠心，朕知道了，你这么个人倒是可以做些大事，做个太医可惜了。朕准备建立东厂，权力更在锦衣卫之上，不过都要用太监!”

杜雄黄浑身一抖，长长的指甲又掐进了自己的肉里。他明白朱棣的用意，如果自己够狠，就可以达到权力的中心。

朱棣召见后不久，杜雄黄就亲手给自己上了宫刑。

与此同时，俞善麒等人的名字很快就出现在了诛灭方孝孺十族的名单之中——“抄没圣山药局，诛俞善麒满门”的字样赫然在目。

杜雄黄将自己反锁在屋里，忍着彻骨的疼痛，嘴里不断发出“嘶嘶”的吸气声，就像是身处严冬一般倒抽着凉气，却狂笑不止。

三

方孝孺的死讯传来，俞善麒在圣山药局老号的后厅中所设建文帝的灵位之侧，又放了一块方孝孺的牌位，终夜为他们守灵。

而命运的大网已经撒下，朝廷要“抄没圣山药局，诛俞善麒满门”的话已经带到婺州。婺州府的街面上一直实行宵禁，到处是一队队巡逻的兵士。但即便是白天，街市上也没有人走动，商铺统统关门，小贩也无一个，不仅是萧条，还透着一股风声鹤唳的恐怖气氛。

官府很快接到敕命，不得不来拘捕德高望重的药王俞善麒一家。药局被官兵包围，知府大人亲自来“请”俞善麒。给他留够时间处理家务。

消息传来，药局上下都陷入了恐慌之中。俞善麒在正厅把药局的人都招来道：“圣山药局要被朝廷查封了，我也要等待问斩的时间，天命难违。但这是俞某的家事，绝不能连累大家。我已让冲之把药局和家中的银两、贵重的药材都分派好了，分给大家，你们都是将来国家的良医，总要记住多为苍生着想，各自去了吧！从今往后你们都与圣山药局无关，也不要再提起，以免祸及自身！”

俞善麒夫妇平常就待大家极好，总是替人排忧解难，施舍银子也从没亏待过谁，如今药局突遭变故，上下一应的掌柜药师、仆从杂役都惊得如木石一般。谁都想不通这么好的人，这么好的事业为什么说败就败！

大家听了俞善麒这一番话，忍不住啜泣起来。也不知是哪个婢女控制不住带头放声大哭，于是圣山药局上上下下里里外外呼天抢地哭成一片。

俞善麒挥了挥手，让白术公和当归婆把该分的都分派好，带着大家赶快离开药局，时间不多了。除了俞善麒夫妻和两个儿子走不得，其他人统统遣散。等大家都散尽了，俞善麒一抬头，见一个貌美如花的少女独独站着不走。

“丫头，你还站着干吗，快走吧，回家去，是不是分到的盘缠不够？把我的首饰拿去吧！”冯卿如说着就摘下手臂上的一个翡翠镯子。

“不，老爷，夫人，我不走的，我死也死在这里！”丫头竟然说了这样的话，叫二人大吃一惊。

那丫头又道：“老爷，夫人，我的亲人都没了。这圣山药局就是我的家。我娘死得早，她临终前就嘱咐我如果有机会一定要找俞家报恩。我阿爷临走之前也是这么说的……”说到这里已经泣不成声，楚楚可怜。

丫头不过十七八岁的光景，长得娇小玲珑，椭圆形的脸蛋异常白净细嫩，一双含情脉脉的细长眼睛，远黛般的弯眉之下，流动着美妙动人的波光。光洁平整的前额，使她的面容显得高雅。

微微张开的鼻翼和紧闭的小巧嘴唇，又使她流露出一点武学世家独有的果决与桀骜不驯的神情。

俞善麒一生行医，救人无数，也不知这是救的哪一位，遂问："丫头你叫什么？你阿爷是谁？"

"我叫玉竹，我阿爷是叶天罡。他说，我娘原本要死在娘胎里的，已经入棺了，出殡的路上遇见了恩公，把我娘和外婆都救活了，还给我娘取了名字叫'珍惜'。可惜我爹娘死得早，一直与阿爷相依为命。前不久阿爷突然说他要去京城办件大事，恐怕回不来了……"这丫头说得真诚无比，眼泪滚落。

俞善麒听了"叶天罡"三个字，不禁"噢"地发出了声音。往事历历在目，却又恍如隔世。眼前的少女竟然是自己年轻时救活的一个婴儿的孩子了吗？蒙叶天罡的援救，不久前逃出了应天府的大劫，回到婺州又是噩耗连连，还顾不上找这孩子。

"孩子，你阿爷也是我们药局的恩人，他临死前把你托付于我，还未及寻你，谁知已入药局。只是，你既是叶家之后，我更加不能留你了！今日的圣山药局大难临头，我怎忍心让你赔上性命啊！快走快走！"俞善麒示意夫人快将这姑娘送出门去。

这玉竹无论如何也不挪步，半天才说了一句："我，我等少爷回来……"

原来，玉竹从小生在婺州，对圣山药局本就敬仰，长大后又得知药王对自己一家恩重如山。自己入了药局做事也已经年累月，一是报恩，再是为了少主人俞冲之。冲之早与玉竹暗生情愫，只是这一年之内他南京、婺州两地奔忙，局势又急转直下，哪里还顾得上与父母禀报这等儿女私情？

俞、冯二人对视一眼，随即问道："冲之哪里去了？"看来这丫头不单只是报恩，想必是与俞冲之早有了感情，不是老一辈能决定的了。俞善麒在这绝境之中，心里却泛起了一丝暖意，也就把玉竹看作自己的家人了。

俞善麒吩咐玉竹把所有的宫灯都灭掉，只点一支蜡烛，对身边的卿如缓缓开口道："卿如，你要跟我受苦了，我想再听听你的琴声。"

卿如莞尔一笑，仿佛抄家害命的事情并未发生："要听什么曲?"

"《渭城曲》。"

卿如取了古琴，照例焚了一炉香。琴音一动，一旁站着的儿子俞散之和不愿离去的玉竹、白术公、当归婆都不免落泪。

俞善麒随着琴音和唱起来：

……

渭城朝雨浥轻尘，客舍青青柳色新。劝君更尽一杯酒，西出阳关无故人。芳草遍如茵，旨酒，旨酒，未饮心已先醇。载驰骃，载驰骃，何日言旋轩辚。能酌几多巡。

千巡有尽，寸衷难泯。无穷的伤感，楚天湘水隔远滨，期早托鸿鳞。尺素申，尺素申，尺素频申，如相亲，如相亲。

噫，从今一别，两地相思入梦频，闻雁来宾。

一曲奏罢，几案上那一节茕茕独照的蜡烛已经燃去半截。冯卿如按着琴弦，既不抬头也不说话。良久，才把泪如泉涌的一张脸抬起来，透过微弱的烛光，看着沉默中的俞善麒。

突然，一个人推开了厅门，正是长子俞冲之匆匆赶到，开门时的一阵风把那微弱的烛火熄灭了。室内一片黑暗，只靠着门外官兵的火把才大致能分辨轮廓。

俞冲之也来不及看玉竹一眼，一个箭步跪在俞善麒的膝下。他带来了一个消息，但只能轻声地说——武义的俞源村中，俞善麒的生父俞涞逝世了！是寿终正寝还是忠君殉主不得而知，最终父亲也没有给最牵挂的儿子俞善麒留下只言片字……

刹那间，俞善麒全身如遭雷击，此刻的他终于明白当年父亲要将他从家谱中除名的苦心。不享儿子的福，也保住俞氏不受儿子的牵连。父亲俞涞是个真正洞悉历史的人呀！

黑暗之中只听俞善麒爆发出一声："吾君吾父——"

门外的官兵纷纷冲进厅堂。

第二十章　三驾马车少了两驾

一

城门失火，殃及池鱼。经历二十多年的艰难创业，刚刚开始收获成功，却遇上突如其来的横祸。俞念草好几个晚上都睡不着，不能眼睁睁看着自己花费了巨大心血的事业就这样受冤枉啊！

俞念芯总算醒过来了，刚输了半天液，无论如何要出院，天王老子也劝不住。俞念草命令他必须住院观察，他在电话里淡淡地说了一句："'二二六'事件是场灾难，与我们的百年事业比起来，我死不足惜。我们公司现在是三驾马车，你、我还有老叶，缺谁都不行，我们要精诚合作，分头行动。现在真不是生病的时候，我不能让你一个人扛这么大件事。你来掌控全局，我必须马上飞北京，去找一个人！"

俞念芯说完就挂了姐姐的电话。俞念草拦不住弟弟，空坐了两分钟，又打电话给叶嘉传，不料他关机了！这种节骨眼上，一个要跑北京，一个竟然还关机？简直岂有此理！

顾不了这么多了，俞念草马上召开核心团队的紧急会议。她的果敢、敏锐与不服输的天性让她迅速做出了本能的反应——她要力挽狂澜。

首先让公司秘书处通过电视、网络等手段全程监控“二二六”事件之后的情况，每半天向她汇报一次有没有新的情况：媒体是稳定了，还是进一步对行业推出负面的报道？如果恶化，恶化到什么程度？这个交由斗志昂扬的小蔓负责。

其次，一家一家联络同行企业，了解别家的情况，并迅速团结起来，结成联盟，互通有无。这项工作自然是让八面玲珑的晶晶负责。

俞念草亲自给省里写报告，打电话，很快引起了省领导的重视，省委书记、省长都批了字，农业厅、林业厅、科技厅、经信委、药监局等职能部门都开始重视，加强控制与引导。

俞念草又召集了企业所有的技术骨干，做了一次简短有效的演说：“要渡过这个劫难，不是躲过去，而是超越过去。超越过去，我们可能比过去更好。一是企业自身，我带头攻坚克难；二是政府各个部门的合力，已经在行动了；三就是我们科技人员的创新引领！”

演说完毕，她一个一个打电话，把手上积累了多年的学术资源调动起来。浙江农林大学的斯教授，省农科院的张教授和陈院士，又通过农业部、国家林业局，组成了一个庞大的院士、专家团队。他们都曾见证圣山药业的建立，也相信俞念草的为人。

仅仅筹备了三天时间，八位院士和几十位中医药领域的顶级专家汇聚杭城，俞念草在省人民大会堂成立了“中华铁皮石斛联盟”，这是一个全新的服务型机构。同时召开“全国首届铁皮枫斗研究与开发学术研讨会”，聚集了来自全国十多个省市的众多权威专家，以及国内主要铁皮枫斗产品研发、生产企业。针对当前面临的问题做深入研讨和提出对策。会上，俞念草亲自宣读了“铁皮石斛产业从业者规范自律倡议书”。

她让媒体把这个动作大量宣传，新闻铺天盖地，有效地阻挡了负面新闻的巨大影响力。但是合影中既没有俞念芯，也不见叶嘉传。

这还不够，“二二六”事件的第五天，俞念草又把圣山药业的基地管理团队抓来开会，一句话：“开放基地!”所有人都面面相觑，难道不要技术保密了?

“行业都要垮了，还保什么密！是时候了，要给大家看个明白，还我们一个清白!”圣山立即通过媒体发布公告，公开邀请一千名来自全国的消费者，只要报了名，来回路费报销！请大家实地考察基地，亲眼见证真正珍稀中草药的生长全过程。

第一批随机抽取来的消费者中就暗藏着省城日报、晚报等主流媒体的记者。看了基地，听了系统介绍，的确真金不怕火炼。很快一篇题为《铁皮枫斗究竟是怎样“炼”成的》的文章在省报重要版面全版刊发，无数媒体都争相转发，呼声越来越强烈。圣山佛堂基地很快成了一个旅游景点。

与此同时，俞念草又与董事局慎重研究决定，推出了一项看上去不可思议的举动——就是从即日起，分布全省各地的“圣山”系列产品全线提价!

提价本在计划当中的，是综合了这些年的整个种植、研发、生产、营销、市场布局状况，由专业机构进行了严谨的分析、核算、测评后做出的调整方案。董事局大部分人认为经过“二二六”事件的震荡，提价已绝不可能，而俞念草却反其道而行之。

“我希望通过我们的行动，为这个行业的规范、健康发展起到促进作用；另一方面，我也希望为自己也为同行们树立信心!”俞念草接受了大量电视媒体的采访。

经过她这一系列的举措，“二二六”事件的负面影响已经在掌控之中了。她觉得累，此刻她不仅仅要掌控全局，她想到的两个字是“超越”。她要把这次重大的危机变成超越。

二

俞念芯回来了。

他赶到北京是为了见陈香梅的秘书。他果然争取到了陈香梅来华的重要机会，说服这位叱咤国际政坛的女人，成为圣山药业的王牌代言人。香梅中药文化研究会将与俞念草发起的中华铁皮石斛产业联盟联手应对这个事件。整个产业的发展终于出现了重大转机。这意味着，圣山的行动受到了国际关注。

“二二六”事件之后的第七天，叶嘉传也出现了。

俞念草其实猜到，叶总的消失恐怕是在酝酿什么。但终于见到他时，还是忍不住要破口大骂：“叶嘉传！关键时刻你躲哪里去逍遥了？活不见人，死不见尸！”

“我买了一箱泡面，两条中华，躲银都大酒店里了！这个你看看。”叶嘉传黑着一张脸，一副疲惫不堪的样子，像一条被拧干了的毛巾。

俞念草接过一沓厚厚的稿纸，二十八页，还是手写的，再看着这个家伙，突然生起了一股怜爱。稿纸上的题目是《找回圣山之魂，重兴圣山药局：中医药企业如何实施农、科、工、贸、投与文化联动战略》。她心里一阵激动，像是触电一样，真是想什么就有什么。这份稿子上的内容不就是她希望“超越”的指南吗？

“念草，这篇稿子是我一直对我们事业方法论上的思考、酝酿的一次归纳、概括。这次事件对我的刺激不小，我算是闭关七天七夜，想明白了很多事情。在公司的重大决策上，你是对的。我希望召开一次全体会议，我们是时候在大会上对这次的事件和我们的应对做一次总结与提升。不过，我得先睡一会儿!”叶嘉传说完就倒在了俞念草办公室的沙发上。俞念草刚给他盖上一条毯子，已经鼾声大作了。

三

在圣山药业的全体会议上，俞念草、叶嘉传、俞念芯三人并排坐在主席台上，三驾马车的格局正式形成。

得到正式任命的总裁叶嘉传做了一个正式的报告：“危机中总是孕育着生机。这次危机的爆发，也许正是行业的一次洗牌，是由‘乱’而‘治’的一个关键契机。‘二二六’事件刺激了我们多方奔走，努力向同行、向政府部门建言献策，开展了行业的整顿，积极参与行业标准、产品标准的制定以及行业协会的筹建。

“很多人在困难来临的时候，劳燕分飞了，而我们这个产业反而是在困难来的时候，团结起来，企业家、科学家与政府职能部门走到一起。

“科研技术是第一生产力，工业化，现代农业板块，贸易，资本市场的运作，农、科、工、贸、投，特别还有中医药的文化产业要形成一个全产业链的合力。这个合力要作用于一个灵魂，这个灵魂是中医药行业的灵魂，是一种精神，这种精神是铁皮石斛这株仙草的精神，也是俞念草他们这个家族延续下来的一种精神!

“我跟念草是老乡，也是老同学。她一路走来，我都在一边看着，可以说，我很了解她。之前，在公司是否要尽快上市的问题上，我和俞总与她产生了分歧。不仅是我们，公司上下可能都与她的想法不同，这恐怕是我们所有人第一次对俞念草产生了怀疑。最近我闭关了七天，写了一个大思路，想了很多，明白过来了。我们错了，俞念草董事长，她想的问题不是她个人的问题，不是家族的问题，而是这个中医药事业的灵魂问题！

“在平息这场风波的过程中，我们也看在眼里，董事长恰恰是最积极、最活跃的一个力量，她付出最大的精力和心血，拯救这个行业，在如此短的时间里带领我们大家力挽狂澜。

“我今天多说几句，俞念草这个人具有跟铁皮石斛一样的精神，她凝聚着中医药的魂。首先一个就是勤奋。一般的职工八小时工作制，中层干部可能就要干十二小时，她自己是企业家，一天二十四小时没有的话，十六甚至十八个小时工作是有的。要比人家多一倍的时间在工作。特别是创业阶段，开拓的时候，那是非常艰苦的，方方面面的事情都要操心。等到做大了，王熙凤说大有大的难处，一个企业被她做到一定的平台上，很多新的问题就出来了。怎么转型升级，怎么创新引领，所以她永远在奋斗。

“再一点是念草这个人非常聪明！她真的悟性很高。或许她有祖宗给她的独特基因，但你看她从做保健品代理，转而做实业，其中的难度是不一样的。她从什么技术都不懂，摸索到现在，已经是中医药行业中货真价实的专家了！可能比一般这方面的科学家经验还要丰富。她有很强的求知欲，向专家学习，向实践学习，还要向国外学习先进的理念。她经常去哈佛、剑桥，去国外很多知名的大学听课。

“第三就是大气。我们这个产业我看基本上技术都是相互保密的，谁也不会公开。现在，她首先打破了这个围墙，技术都可以给大家看，只要对产业有好处，就透明，不怕人家学，是因为自信，我们已经进入了做文化的阶段，而不是技术层面。做行业的引领者，而不是垄断者，她帮助了下面很多的中小企业发展起来。

"第四个很重要，她是真正为我们这个民族产业的发展乐于奉献的。俞念草是穷苦的农家出身，她的奶奶、母亲从小就给了她穷而有志、穷而有善的品格。为什么圣山集团的产业板块中始终以农为本？因为圣山从来不会忘记努力让更多农民脱贫致富。我找出来一组数据，可能念草她自己也没有统计过。二十年来，圣山的中药材基地除了我们婺州以外，遍布于浙江的丽水、乐清，还有云南、贵州、江苏、湖北、广西、广东等地，那都是山区。累计受益的农户有一万五千六百多户，农民的人均收入在两万元以上。要知道，其中很多人都在贫困线以下。俞念草创造了'基地+公司+农户+科技'的圣山模式，不仅保证了产品质量，更是农民致富奔小康的重要依托。不仅如此，圣山为退伍军人、残疾人、下岗职工、农村富余劳动力安排的就业岗位有三万八千个以上。我们企业近三年来为农户提供了种苗五百万瓶，生物农药和有机化肥九十五万吨，这些全是免费的。原来企业小，可能只有几十个人为她打工，责任没那么重。现在企业有三千人、五千人、几万人，影响到的产业链可能有几十万、几百万人，影响的消费者更不计其数。她这个老板反过来要为这些员工去打工了。她要为国家解决多少就业机会？要为多少人的发展操心？而且要让员工的福利越来越好。这里面有很重的责任，必须讲奉献。假如这么大的企业破产的话，不光是她自己的员工几千人没有饭碗。还会牵一发而动全身。比如，卖基质。这铁皮石斛不是长在土壤中，它的人工种植需要大量的枯树皮一类的‘基质’。光是这个枯树皮就形成了新的产业，树皮卖不出去，物流运货的卡车要少掉多少？做包装的厂也要损失巨大的订单。再往大了说，很多人吃了圣山的产品，身体更好，精力旺盛，可以做更多的工作，为社会创造更多的价值。所以我们圣山一个企业要带动的产业链是无法估计的。为了这一切，她自己就算再累，也只能把企业不断做好做强。我们如果说，我们累死了，反正有钱了，不做了行不行？俞念草第一个不行，俞念芯第二个不行，我看他们不只是奉献，简直是在牺牲！

“在我的这份思考规划中，俞念草要带着我们，找回圣山的魂，把圣山药局这一中华民族的健康品牌赋予更高层次的追求和系统规划。那将是一个以传统珍稀中药研发与中医药文化研究传播为核心，以现代高新科学技术为支撑，以现代企业发展理念为构建的产业体系。

“我们花了巨大的时间精力和心血，已经逐渐找回我们一块失落了几百年的金字招牌，今天我可以说了，那就是‘圣山药局’！这个药局不只是铁皮枫斗一味，而是千千万万的中医药，不只是一个药店，而是医疗、保健、养生、教育的中医药大健康产业体系。

“我今天为什么要在这里大夸特夸俞念草？是不是我太肉麻了？是不是我以前从来不拍董事长的马屁，今天要集中拍一拍？你们不要笑嘛！这些话要是放在平时说，你们嘴上不敢笑，心里一定笑死了。但是你们今天嘴上都在笑，心里却没有笑。因为你们都明白了，俞念草就是圣山药局的命脉。她有使命，她是天命所系，她带着我们，我们也就有了使命。有使命的人生才是神圣的，有意义的人生！”

说完这番话，叶嘉传深深地鞠了一躬，全场鸦雀无声。俞念草一个人开始了孤零零的掌声，她是为一种深深的被理解和被认同而鼓掌的，她感觉到叶嘉传和俞念芯，还有所有人重新回到了她的身边。

她还在出神的时候，潮水般的掌声才向她涌来。

第二十一章　药王尽忠

一

靖难之役后的天下陷入了一片白色恐怖之中，婺州府的大牢里是一幅地狱般的图景，阴森恐怖。券门巷道上挂着防水的油绢灯笼，光芒摇曳不定，远远看去，倒像是旷野上飘浮的鬼火。从高墙外头到拘禁犯人的牢房，里三层外三层布满岗哨。平时这里就是禁区，自从药王俞善麒一家被抓进来之后，更是重兵把守。

凡是进了这座牢门的人犯，一进门就是一顿“杀威棒”，往往就丢了半条命，不少就直接一命呜呼，或致残疾。所以都要抢着孝敬锁头禁子。若是空手而入，无人打点照应，禁子们随便找个由头，就是大刑伺候，什么“倒挂金钩”“猴子上树”“窝心馒头”，花样百出的土刑。任你骨头再硬，也不成人样了。

而俞善麒一家进来倒是没有吃一点苦头。一来是知府亲自签发拘票抓的人，人还没进来，便有刑名师爷前来打招呼：“谁敢碰俞善麒全家一根指头，巡抚大人就剁了他一只手！”二来，这大牢里无论是看牢的差人还是坐牢的犯人，个个都知道这位俞善麒是当今的“药王”落了难。他一来，差人们都点头哈腰的，倒成了迎接贵客，还专门安排打扫了一间牢房让他们一家同住，无人打扰。

如此在牢中三日，素来仰慕药王俞善麒，又是圣山药局常客的知府、同知、通判等几位大人悉数赶来探望，还设了一桌薄酒。

“善麒先生，乃一代药王，心系苍生，又忠君爱国，是我等敬重之人。可惜时局如此，我等不过是些奉命行事的傀儡罢了。”婺州严知府先敬了一杯。

严知府长叹一声，又道：“善麒先生，我等无能，只能在有限的能力之内做一点微不足道的事。先生可知先生的师兄、太医院的掌院杜雄黄，竟然入了东厂。圣山药局这场浩劫，正是他一手精心策划。他督促我婺州府严办此事的催命手谕，一日一趟，欲置您于死地而后快！天下竟会有这样的同门！”

俞善麒对这位师兄的为人处世，其实早有耳闻，但他实在想不到杜雄黄为什么恨自己到这种地步。他饮了一口酒，缓缓地说：“几位先生是有情有义之人，俞某心领了。我这位师兄，论医术，实不在我之下，论心胸，却难比常人。我师父丹溪先生生前曾告诉过我，杜雄黄的母亲曾遭元兵侮辱，怀孕生下他后就自尽了。他也算是历尽了人间的欺凌，本是个可怜之人。学医以后，呕心沥血，甚至连旁门左道之术也要学习，一心要改变命运，要得到想得到的东西。我不怪他，他不是恶，他是一种病，而且无药可治。”

“是啊，世道人心在治乱之中，从来都是如此，确实并非一人之恶、一人之病就能造成。圣山药局的悲剧，也是时代的挽歌呀！”严知府说了一番心里话，又觉得应该宽慰俞善麒，“不过，我等尽量拖延时间，药王一生治病救人无数，一定会有转机的！”

“时也命也，我并不后悔，只可惜了先师丹溪先生所传授的绝学，还有我一生心血所系的圣山药局。我死不足惜，倒是可怜了冲之、散之。可是，医者父母，治病救人为业，哪有不惜命的？只是这个死字有泰山鸿毛之别。为官者如齐泰、黄子澄，虽是书生练兵，毕竟宁死不屈。我大明连中三元的状元郎黄观，以蝼蚁之力赴京勤王，走到安庆时，即知京城沦陷，新皇帝已经登基。便坐船沿江而下，到罗刹矶时，他穿戴整齐，向东而拜，投江自尽。与齐泰一同在广德募兵的翰林修撰黄岩、王叔英在听到齐泰被抓的消息后，知道大势已去，便沐浴更衣，双双自尽而死。更有平民百姓，如台州一位樵夫，也不识字，不知姓名，只是砍柴卖钱。听说京城陷落后，即投东湖而死，表达自己的愤怒和抗议。更有我们乌伤的王徐，师从方孝孺，孝孺遇难，别人避之唯恐不及，他冒死收其骸骨，如此之举却也没见他被列入十族之列！相比而言，我俞善麒曾得太祖皇帝与先帝的知遇之恩，更与先帝及方孝孺先生有知遇之情。这一家人的命，不能不舍，唯愿圣山药局的事业，异代之后能有后人替我完成了！”俞善麒痛饮了一口烈酒。

众人听了无不动容，无不敬佩，也都满饮一杯。

二

然而，奇迹真的发生了。狱中半个月后，京城传旨——

圣山药局查禁抄没，俞善麒斩监候，其余家属尽数释放。

这个消息令所有人又惊又喜。在这场异常恐怖的全国捕杀之中，俞善麒一家如何得以幸免？还有谁会愿意并有能力挽回这样的局面？

与此同时，俞善麒又收到了一封避开东厂耳目的绝密信函：

> 药王别来无恙。时局如此，皇帝不得不杀人，药王积善之家却不可不救。贫僧已尽力，只能护药王之血脉，而万难护药王矣。贫僧可保二子无虞，以续药王之绝学。见信后即焚之。
>
> 道衍

俞善麒看到“道衍”二字，想了半夜，才恍然大悟！不错，这个能力挽狂澜，也愿意救俞善麒家人的就是道衍，当年在乌伤双林寺、俞善麒用那株圣山上的仙草铁皮石斛救活，之后不告而别亦不知所终的小和尚！

这位道衍并没有一天上阵打过仗，但却是朱棣夺位成功的第一功臣，从策划造反到出谋划策，他都是最主要的谋士。可以说，正是他把朱棣扶上了皇位。但当他劳心劳力地做成了这件天下第一大事之后，却谢绝了所有的赏赐。永乐二年（1404年），朱棣授官给道衍，任命他为资善大夫，太子少师正二品，并且正式恢复他原先的名字——姚广孝。

此后，姚广孝的行为开始变得怪异起来。朱棣让他留头发还俗，他不愿意，分给他房子，还送给他两个女人，他不要。这位天下第一谋士每天住在和尚庙里，白天换上官服上朝，晚上回庙里就换上僧袍。

他不但不要官，也不要钱，在回家探亲时，他把朱棣赏赐给他的金银财宝都送给自己的同族。他到底为什么要这样做？

早在朱棣攻入京城时，北军就接到了朱棣发出的一条奇怪命令，不得入皇城，而是退守龙江驿。姚广孝告诉朱棣，如若直入皇城，必然背上杀掉自己侄子的弑君篡位之名。如果围困皇城，就可以给朱允炆自绝或者让位的时间。

但朱允炆的选择却出乎朱棣的意料，烧毁宫殿说明朱允炆并不想让位，但这位有几分骨气的侄子却也没有自杀，因为在入宫后，朱棣并没有找到朱允炆的尸体。既不退位，也不自杀，那就只剩下逃跑了。可是朱棣追捕搜查，把皇城翻过来，也没有朱允炆的下落。他消失了。

朱棣虽然成了永乐大帝，却从此寝食难安，他始终觉得消失的朱允炆总有一天会冒出来，会拿回本属于他的东西，或者在暗处谋害自己。

于是朱棣秘密找来两位心腹大臣，命他们分别沿海路与陆路暗中寻访朱允炆的下落。穷尽一生，也要找到建文帝，活要见人，死要见尸。陆路他派出了一向行事稳重隐秘的大臣胡濙，而海路则是大名鼎鼎、家喻户晓的三宝太监郑和。

这两件差使机密至极，连东厂的档头们都不知底细。只有一向行事诡秘莫测的黑衣宰相知道皇帝的这个布局。他准备亲自出马，将俞散之安排进郑和南下的庞大舰队之内，而将俞冲之安排进了胡濙北上的秘密队伍之中，各自随军行医。

三

时间不多了，俞善麒与冯卿如把儿子冲之、散之招到身边。

两个儿子各有所长，冲之早就是可以独当一面的人物了，而散之虽然性格内敛，也饱读药典。俞善麒一生心血都放在药局的事业上，作为父亲与两个儿子相处的时间实在太少。只记得两个儿子小时候，他日日教他们背诵《药性赋》《汤头歌》，“诸药赋性，此类最寒，犀角解乎心热，羚羊清乎肺肝……”

俞善麒把断成两截的圣山药局牌匾交到两个儿子手里，大儿子冲之拿着“圣山”二字，小儿子散之则拿着“药局”二字。

“冲之、散之，这两截残匾是先帝所题，你们一定要守护好，永远秘不示人，这算是我们这一脉留下的一个信物，也是我们做过事业的印记。《丹溪心法》背熟了吗？”

“日日背诵，已经烂熟于心！”两个儿子齐声回答。

“好！背熟了就好，一定要传之后代。原本父亲可以身体力行，陪着你们领悟其中的要旨，没有实践，空记口诀也是枉然。可惜，父亲没有时间了，以后的路你们要自己走，其中的医理你们也只有自己去悟，或许你们又会有各自的机缘。圣山药局的事业，父亲绝不勉强你们要如何光复，但是我们俞家为苍生计的信念永不可废。父亲本就是经历改朝换代之人，无论是哪一世、哪一代，只要还有人，就要活；活，就要活得好，活得健康，活得有尊严。即使现在我们尚不可得，你们也未必可见，但终有一天会实现的。”俞善麒说完，走上去抚摸着两个儿子的头，低头泪落，无声无息。

跪在地上的冲之和散之，知道这是父亲在与他们诀别，早已泣不成声，他们看到父亲的眼泪也掉在了地上。

知府接到朝廷的驾帖，必须在七日内将俞家人秘密护送到京城的一处古刹。兄弟二人只在分离时匆匆一别，从此严守着各自的秘密与使命，永远地天各一方了。

冯卿如为两个儿子收拾好行囊，母子诀别之后，梳妆打扮了一场，就回到俞善麒身边。回来的不只是卿如，还有白术公和当归婆，这一对仆婢日日斗嘴，恩爱白头，无儿无女，跟着冯卿如嫁过来，把圣山药局当作一辈子的归宿。如今药局蒙难，主人赴死，他们也不愿再晚年飘零，双双上吊殉主。

善麒自知赶不走爱妻，他们是非死在一处不可的。于是，亲手为自己和他的爱妻煎了一碗汤药，这也是救人无数的他，生平唯一一次配出的毒药。君药乃断肠草，臣药可以安神助眠，一个时辰之后即可安然而逝，面目如生。

“卿如，我妄称药王，不但不能救你，竟要亲手杀你！”

卿如面露微笑，如同当年在冯宅庭院中初见时一般无二，“麒哥哥，还有一句要紧的话，我要同你说了，都没来得及跟散之说。昨日，我回来的中途遇见了在暗地里守着我的月见！就是我们药局失踪的婢女，她特来告诉我，她怀上了散之的孩子！原本要你取名字，也不可能了，月见说无论男女，就叫俞忍冬，严冬再长，总会熬过去的，你我已经有了第三代！”

俞善麒又惊又喜，却已没有时间高兴了，他欣慰又悲凉，抓着卿如冰凉的手。

卿如道：“能与麒哥哥同生共死，正是我的心愿。心愿已足，我们是幸福之人。”

俞善麒与冯卿如向着北方三拜，又向着俞源村的方向三拜，然后平静地躺在床上。最后吟唱了一段呜呜咽咽、缠绵悱恻的歌：

今夕何夕兮，雪满关山，
今夕何夕兮，药香冉冉，
黄精酒，石斛草，
别故园，走千山。
悲莫悲兮生别离，
悲莫悲兮眼欲穿，
终好在——
执子之手，与子偕老，
痛饮一碗愁肠断……

第二十二章　原来我们还能爱

一

天越来越冷，眼看就要下雪了。

这次董事局会议的议题，把问题聚焦到了圣山小镇的项目上。过了“二二六”事件这个坎儿，企业的威望又上了一个台阶，该是定下小镇方案，尽快动工的时候了。大家要一起劝说俞念草批准圣山小镇项目立即实施，意大利设计师的全套方案有什么不好？还要等什么？时间就是金钱！效率就是生命！这不都是你董事长一直教育我们的吗？如今你到底要干吗？自从叶嘉传的那次统一思想的讲话之后，董事局已经真心认可要把圣山小镇与圣山药局的文化脉络放到一起来梳理整合，也认识到圣山在哪儿这个问题的重要性，但就这个问题本身，今天也该有个定论了！

叶嘉传作为总裁，心里是向着俞念草的，因为他从头到尾参与到对圣山药局文化历史的深度发掘之中。他能感觉到，老祖宗的精神宝藏可能就差一点点，就差“一刨花”那么点距离，要被挖到了！可是……可是如果就是差这么一点永远也挖不到了呢？

就在他焦虑不已的时候，大家发现董事长俞念草迟迟不到。参会人员都到齐了，只有董事长的位置上空着。电话不通，秘书晶晶找遍了公司，甚至连厕所也找了，就是没人。这下好了，俞念草不见了，董事会干脆开不成了。

叶嘉传安慰了一下大家，总结安排了一下公司的常规工作，把这个没有董事长的董事会对付过去。然后马上开车，赶到蒋姆塘村。他的判断是十分准确的，村里人都说，念草今天来过了。俞念草果然是回到了自己出生的地方散心，可是她已经先行一步了。

“还会去哪儿呢?”叶嘉传的心里转了一圈，决定去碰碰运气。

他把车开到了乌伤赤岸“二乔故里”那块石头边上，走进去，出现了一座城楼，那原本是早年的一个景点“戚家军基地”，如今早就被圣山药业收购了，一直保持着原貌，从不对外开放。

二

叶嘉传用力拍“城门”，不一会儿来了一位看门的师傅，把门开了一条缝，让叶嘉传进去，门又被关上了。门里门外，是两个世界。

里面既有“戚家军”的城墙城楼，又有亭台楼阁。都是二十世纪八十年代的建筑，当中挖了一个人工湖。偌大的景区，一个游人也没有，水泥地上满是枯朽的落叶。

叶嘉传对这个地方并不陌生，自从上次冯志远老先生说过这块文化宝地之后就来勘察过多次，对图纸也是烂熟于心。他踩着落叶，往右侧山林中走去，一进林子，越发感觉寒气逼人。那里面是一片明代的冯氏古墓。

这座明代冯氏墓，是罕见的螃蟹形山。明墓群是乌伤赤岸镇乔亭村冯氏家族墓葬群，共有墓葬十六座，是省级文保单位。这座古墓群以冯伯达墓为祖墓，左昭右穆，尊卑有序。按行字浩、济、淇、汰、溢顺序，共葬五世，历经正德初年至崇祯年间近一百四十年的历史。

墓周围古树参天，环境清幽，至今还存活两棵一百五十年树龄的马尾松。因两侧又有形似巨蟹钳形小山向前延伸，故名螃蟹山。墓地安葬在巨蟹的门腔部位，前面开敞，背枕靠山，山势来脉不尖不硬不险不峻，穴星左右龙虎山，脚下圆净，风水形胜极佳，是块宝地。

就在这一片苍松古木之间，一个人远远地站着，双手插在裤袋里，望着墓碑沉思。

叶嘉传并不出声，他不想打断俞念草难得的清静。他远远地看着，守护着。两人在那片古墓前站了足有半小时，阴郁了一日的天空，终于绷不住开始飘雪了。

雪无声无息地下起来，越来越密，两个人的头上很快就落下了薄薄的一层。

“下雪了！……嘉传，你怎么知道我在这里?”

“你以前说过，我们做中医药的人要学会与古人对话。再说，还有什么地方会比这里更安静呢?”

“这么多年了，我有点累。”

“特别是经过了这次的‘二二六’事件，是吗?”

俞念草轻轻笑了一声，“这倒不算什么。”

“念草，站久了，冷，我陪你走一走吧!”

两个人走到一起。

“嘉传，你看这片古墓，冯家的。多么肃穆。明代到现在，世界沧海桑田，时代风云变幻，可是有些东西始终未变。”

俞念草的这句话其实并没有刻意暗喻什么，叶嘉传却升起一股莫名的巨大的感动。

三

其实，这几日叶嘉传在“圣山”这个问题上已经与冯志远老人有了突破性的进展。这次恰在这明代古墓之中，为了消解俞念草的郁闷，解开她纠结半生的疑团，推动圣山小镇的选址与动工，甚至集团的最终上市，他决定就在这里一吐为快。

叶嘉传点了一支烟：“念草，我们已经破解了疑团！”

俞念草转头盯着叶嘉传，一言不发。

叶嘉传说道：“要解圣山，就要解一解乌伤二字。”

俞念草忙回答：“这个可难不倒我，毕竟是自己的家乡。千年以前，这座城市原本是因孝道而闻名天下的。秦始皇二十五年建县，得名乌伤，属会稽郡。传说秦时有个人名叫颜乌，事亲至孝，父亲死后负土筑坟，感动了生灵，于是飞来一群乌鸦衔土相助，结果乌鸦嘴喙皆伤，故称乌伤县。东晋时道教著名的神仙黄大仙黄初平，道场虽在婺州金华，但其人据说就出生于这里的乌伤赤岸。又出了傅大士这样的禅门大德。唐代有初唐四杰之一的骆宾王。元代更不用说了，有旷世名医朱丹溪。明代抗倭名将戚继光在此募兵，才编练出了一支威名赫赫的戚家军。近现代更是风起云涌，人才辈出，出了语言学家兼革命家陈望道，他就是在这里第一次翻译出《共产党宣言》——‘一个幽灵，共产主义的幽灵在欧洲徘徊’，这是何等的热血澎湃，酝酿于这片土地。而著名的历史学家吴晗也是乌伤人。我们这片土地多么深邃，多么复杂。”

“说得好，但是所有人都只知其一，不知其二。”叶嘉传正式开篇,“有一个问题，从根上就错了。乌伤，其实应该是‘乌上’才对！河姆渡、跨湖桥等遗址的出现，证明江浙之地，原始文化源远流长。早在大禹以前就有文明出现。远古的古越国又称‘於越’,‘於’现代人简化为‘于’，是错误的。‘於’有二音，这里应该与‘乌’同音。吴越同源,‘於越’可能就是‘吴越’。而於越之‘於’本指太阳，今天本地人仍称傍晚为‘乌阴’，就是太阳阴掉了，所谓‘金乌载日’也是这个意思，而‘吴’也是‘於’的通假，本义也是太阳。”

叶嘉传从口袋里拿出几张从冯志远老人那里得来的油印纸，等俞念草看了一会儿，猜她仍是一知半解，于是继续说:“关于其中的考据，冯老写得十分翔实，你就记住，我们这个乌伤，在先秦的时候，真正的名字叫作‘乌上’，也就是太阳上升的地方，因为，这个地方正是越国的旧都。秦始皇统一六国之后，发现此地的王气还很盛，为了维护自己的中央王权，就把乌上作为古越国都城的地位解除了，同时改名为‘乌殇’。这个‘殇’是消逝与灭亡的意思，后又化作‘伤’。从此，偷梁换柱，太阳升起之地就成为太阳陨落之地了。两千多年下来，再无人知道。就用这孝子感动乌鸦的故事，维护着中央王朝以孝治天下的思路，而掩盖了自身曾经耀眼夺目的王气!”

“我今天真的是洗耳恭听了。原来咱们一直生活在这样神奇的一片土地上啊!”俞念草欢欣起来,“可是，嘉传，这与圣山又有什么关联呢?”

“有，一定是有的。正是因为这个地方自古隐藏着一股非凡的王气，也许你的先祖们才会因为某种原因而定居在此。你出生在蒋姆塘村吧，上次我们就谈过，这地名正与古越国的文化源头，母性崇拜大有关系呢！还有更关键的问题。”叶嘉传深吸了一口烟，此刻，他想起几天前冯志远老先生用他那干枯的手指在他那幅挂在中堂的手绘地图上指指点点，最终找到的那个地方。

“还不快说？你找到圣山了？”俞念草心明眼亮，迫不及待。

“义亭，地图上有个叫义亭的地方，那里的山恐怕就是你小时候常常进去捡柴、采药的那座山。三山连绵，主峰平缓，就像，就像女人的胸乳！那就是古越国诸夷朝拜的母性崇拜的象征，圣山！”

“这可真是踏破铁鞋！我曾经就说过，建圣山小镇，为什么非要找一马平川的土地，我就非要找到圣山不可！”俞念草此刻就像是被打开了心锁，如释重负。

叶嘉传见她这样高兴，也微笑着说：“冯老认真，查遍了史料，才弄明白，这个乌伤人人都知道的义亭镇，古时候根本不叫义亭，它真正的名字叫作王亭！”

俞念草应道：“那就是说，乌伤应该叫乌上，义亭应该叫王亭！”

“完全正确！乌上是古越国真正的都城，而王亭之所以叫王亭，那就因为这个圣山所在的地方，是古越国国都王气最集中的中心所在！这个意义我就不用再多说了！”叶嘉传说完，得意地又抽了一支烟，用之前的烟头续着。

俞念草激动得一时说不出话。

“怎么样，女王陛下，这回咱们的圣山小镇可以名副其实定下选址，准备开工了吧！”叶嘉传打趣道。

四

走出古墓，是一条九十年代铺就的水泥路，联通着整个衰败的景区，这个幽闭的世界的尽头。远处有一片池塘，假山堆叠如屏障，然后是一座七层八角的塔，以及黑瓦黄墙的塔院。那是代表二乔的故里吗？东风不与周郎便，铜雀春深锁二乔。

“嘉传，去塔上看看！”

“难得你会有这样的兴致，这座塔刚修建时我们来过，那还是中学时代的春游了！那个时候，真是春和景明，风和日丽。大家都穷开心的年代！”叶嘉传的话把两个人带回过去的岁月。

一路上的那些从深秋就落下的枯叶已经在缓慢地腐烂，混合着尚未积起来的雪水。两人走到塔前，叶嘉传走在前面抖落了蛛网，拾阶而上。爬到顶层的时候，俞念草有些微微喘气。他们站着眺望下去，山、水、树木、路和隐藏在树木中的古墓，人造的“明城墙”，戚家军的城门，城门外的田地、房屋、远山，远山外的厂房、商业区，还有远远的一列高铁飞过。他们简直分不清自己是身在古代、现代还是未来？

“嘉传，当年这片景区刚刚开发的时候，能上这座塔玩玩，那真是最时髦的。几十年了，想不到这里会被我们买下来。重新站在这里，有些事情又想起来了。改革开放、市场经济、做生意、下海，我们那些老同学，悲欢离合，有的出国，有的成功又破产，有的坐牢，有的生病早早地就走了，有的平平凡凡……我们两个还能站在这里，应该庆幸。”俞念草边说边搓手。

叶嘉传突然把俞念草的手捧在自己的手心里揉搓，“念草，何止是庆幸，到了这个年纪，我们能在一起，是一种奢侈。”叶嘉传的话是在向俞念草宣告感情。

俞念草沉默了，热泪盈眶。

天色越发暗下来了，大雪已经把眼前的一切渐渐覆盖。走下塔，路上有了一层积雪，踩上去吱吱作响。

看门的师傅老傅远远地招手，让他们到他的值房里去。

老傅是个退伍军人，年轻的时候参加过对越自卫反击战，回老家之后就痴迷于研究戚家军的历史，从此就留在这个戚家军的基地，曾经还办过只有他一个人的戚家军文化研究所。后来景区改制、转卖之后，圣山药业依旧聘用他来管理一切，把他也当作这块文化宝藏的一部分。

两人往值房走去，身后是两行脚印。

值房是两开间翘角飞檐的古建筑，因为老傅常年住在这里，所以被拾掇得干净利索。屋里的火盆早就烤上了火，一股暖意瞬间就把两人一头一身的雪片融化了。一粒一粒细腻的水珠沾满了男人大衣的绒毛和女人的发丝与睫毛。

老傅在火盆上预备着的水壶，吱吱响着，烧滚的水正冒着热气。这幅景象让俞念草的心松快多了。一会儿就送上来两杯滚烫的茶水。

“这茶就是此地的炒青，香酽，煞渴。我还给你们烫上了一壶土作酒，自家酿的！绿蚁新醅酒，红泥小火炉。晚来天欲雪，能饮一杯无？还有几只小菜，白切山羊肉糕、葱烧毛芋艿、一大碗炒青菜，还炖了一只土鸡！”老傅是个有心人。

“老傅啊，谢谢你呀，给你添麻烦了！”俞念草说。

“俞董，叶总，你们能想到这里，我就谢天谢地咯！平时哪里见得着，这里冷冷清清十几年了，就这点土东西，你们将就将就。大雪封山了，出去不安全，这里什么都齐备。我就住在这个池塘对面的屋子里，有什么需要就让叶总出来喊一声！”老傅说完，点点头就兀自走了。

小方桌上果然是热腾腾的三菜一汤，酒在火炉上烫着。两个人中饭都顾不上吃，这会儿早就饥肠辘辘了。叶嘉传拿了两只瓷碗，各倒了半碗："莫笑农家腊酒浑，丰年留客足鸡豚！念草，今天我们不谈工作，不谈圣山小镇，放松片刻，为了庆祝我们找到了我们的圣山，来，干一碗！"

叶嘉传一饮而尽，俞念草喝了一大口，土作酒，甜甜酸酸，对胃口。

"这只鸡的味道，是小时候过年杀鸡的味道，什么山珍海味都比不上！"叶嘉传吃得起劲。

"还有这碗青菜，是矮脚青，打过霜，自己种出来的菜，魂灵心还在，又糯又甜，哪家素食馆都做不出来的。吃这样的酒菜，真是恍如隔世。"俞念草又抿了一口酒。

慢慢地，叶嘉传问了一个问题："念草，为什么一直不结婚？"

俞念草喝了半碗酒，说："我的过去。几乎没人知道……"

"不想说就不说，反正我都会陪着你。"

俞念草看着叶嘉传，然后淡淡地说："我有一个女儿，一直在美国念书。"

空气凝固了，沉默了下来。叶嘉传一个劲地啃鸡腿，等把一只鸡腿都仔仔细细嚼完了，干了一碗酒，认认真真地问："为什么要告诉我？"

"我想让你知道……"

此刻，两个人又无声了，只有炭火的声音，还有屋外肆意妄为的鹅毛大雪的沙沙之声。

叶嘉传端起酒碗，站到窗前，看着窗外最后昏黄微弱的天光下飞舞的白雪。

“念草，谢谢你告诉我你的秘密，这样很好，我能接受你的一切。甚至，我早已接受你爱自己的事业胜过一切!”

俞念草不曾想过，这个男人竟会这样爱她。

“念草，我的过去你是知道的。你的故事呢?”酒劲上来了，叶嘉传真的有些动情了。

“我？我没有故事，也许女人总会遇到不该爱的人，也许本质上，他接受不了我爱我的事业，爱我所苦苦追寻的东西，胜过爱他。我知道，嘉传，即便是我们俩，可能也都分不清，我们是因为我们共同的事业而爱对方，还是因为爱着对方而深爱着我们的事业!”

“来，我们再干一碗。”叶嘉传酒酣耳热，“难得敞开心扉，开怀畅饮，这一顿饭是这几十年来吃得最好的一顿，这浑酒比得上三十年陈的茅台！我要朗诵一首唐诗：北风卷地百草折，胡天八月即飞雪。忽如一夜春风来，千树万树梨花开……”

“后面呢?”

“后面，忘了!”

两人放声大笑起来，他们的笑声无论多响亮，多放肆，在这场无边无际的大雪之中，也与沉默无异，这是他们两个人的白雪世界。

就在这被大雪覆盖的世界里，在这座明代的古墓边，在这个寂静如同永恒的夜晚，俞念草与叶嘉传，彻底结合在了一起。

俞念草从来没有睡得如此自然，如此香甜，不论是噩梦还是美梦，连一个梦也没有。

第二天醒来，两人还沉醉在甜蜜之中。窗外的大雪也如他们纷纷的情欲，毫不止歇地下了一晚，还没有停下来。

上午九点十分，俞念草的手机响了："姐！后天下午三点，陈院士来我们基地验收国家级项目！"

"我知道，不是都准备好了吗？我今天下午就会赶回公司。"

手机那头传来俞念芯的声音简直在颤抖："问题是，雪灾！示范基地几千亩的大棚眼看就要垮塌了！"

第二十三章　流放天涯

一

永乐三年（1405年）六月十五日，在福建五虎门，站在船头的郑和身形魁伟，面庞黝黑透红，神情坚毅。中国古代历史上最伟大的远航征程即将被他开启。他看着自己庞大舰队和眼前的茫茫大海，仿佛能望到万里以外的世界，他的心胸比海洋还要辽阔。郑和带领的船队，将、士、卒共有二万七千八百余人，其中有一个名不见经传的小人物——俞散之。

这些年，俞散之变得越发沉默寡言。他也望着眼前的大海，然而一幕幕浮现出的却不是一个清朗的世界，而是一个燃烧的炼狱。圣山药局面临那场灭顶之灾后，他曾独自潜回婺州，原是想寻访月见的下落。然而他却亲眼见到了那场惊天动地的大火，父亲一生的心血被付之一炬。

散之先闻到了浓浓的药香味，越来越熏，然后是乱糟糟的呼救，“走水啦——走水啦——”他立即就明白了，但他没有前去施救，只是远远看着。楠木楼正从楼内向外吐着火焰，楠木的金丝焕发出梦幻般美妙的纹理。一条条蛇芯子一闪一闪地舔着梁柱。楼内的草药与药书、药典已成燃料，烧得整条街、整座城都是浓浓的药香。

那是奉旨查抄圣山药局的杜雄黄精心点燃的火的艺术，他专为来欣赏这百年不遇的盛况，火的盛宴，药的盛宴，楠木的盛宴。火终于开始包裹了密实的楠木的表层，一丝一缕，火与木融为一体，这样密密地刺绣一般燃烧，三天三夜，分不清是地狱还是天堂。

散之一直站在火楼某侧的角落里，楠木楼的焚烧仿佛也是在焚烧着他对月见最后的希望。热浪向他滚滚袭来，就像此刻眼前的海浪，但他的心是冰凉的——离开明朝，他已经迫不及待了。

郑和的船队向南航行，首先到达了占城，然后到达爪哇，此地是马六甲海峡的重要据点。船队本想继续南下，但一场悲剧突然发生了，航程被迫停止。

爪哇国的“东王”和“西王”互相开战，“西王”战胜了“东王”。“东王”战败后，国家也被灭了，“西王”准备赶尽杀绝，正好此时，郑和船队经过“东王”的领地，“西王”手下的人杀红了眼，竟然一口气杀伤了大明船队上岸船员一百七十多人。

郑和大惊，第一时间下令救护伤员，在所有人手忙脚乱之中，俞散之展现出了惊人的医护才能。郑和的舰队物料充足，带上了各种药物，但水手船员们大都只知皮毛，面对一百多人的伤亡时束手无策。

而此刻正是俞散之一展所学的机会。在俞散之的指挥和高明的医疗护理之下，救回了不少原本伤重不治的同伴。郑和为他大大地记上了一功，从此记住了舰队中有这样一位如此年轻却医道高明的人，并将他留在了自己的主舰上。

然而此事远远没有了结。手下的士兵听说这里的蛮族敢杀大明的人，愤怒之极，跪在郑和面前，声泪俱下，要立即杀了“西王”，一雪前耻。

那些受害的船员中有很多人郑和都见过，大家辛辛苦苦跟随他下西洋，是为了完成使命，并不是来送命的，他们无辜被杀，郑和也一样气愤。他几乎已经把手挥动了，就差发出攻打的号令。

俞散之却突然大着胆子在边上说了一句：“不可！”

郑和很惊讶一个普通船医怎么胆敢喝止自己的号令。但郑和毕竟是郑和，稍一冷静下来他就清楚自己下令攻打西王是一时冲动，是一个错误的决定。但他还是想知道这医生是怎么想的。

“你叫什么名字？”

“散之。”

“散之，你有什么要说的吗？”

俞散之此刻其实也紧张得背上冒汗。他背负着家破人亡、重振父业的决心，因此，从他上船的第一天起，就希望能找到机会在郑和面前展现自己。他要施展所有的才华，甚至已经做好了违背一些为人处世信条的准备，去迎合这位位高权重、深得永乐皇帝信赖的重臣。因此，斗胆喝止郑和的号令也是他的一次计划。现在他要取得郑和的青睐了：“请问大人？如果我们与西王开战，胜数几何？”

郑和大笑道：“此一战毫无悬念，我大明军队装备了火炮、火枪，又带了经过训练，有战斗经验的士兵。而对手不过是当地的一些土著而已，如若交兵我方手到擒来，即刻能为死难的船员报仇雪恨！”

此言一出，群情激愤的兵士们都骚动起来，恨不得立即出发。

俞散之又问：“大人明鉴，再斗胆请问大人，我们此行不远万里下西洋所为何事？”郑和自然不会把秘密寻找建文帝的使命说出来，只说道：“自然是威加四海，友通八方，为永乐皇帝，为我大明的江山开创和平的大业。”

“大人说得太好了，我们此行历经千里万里，所到之处，无不对我大明的实力、威仪、友善、和平仰慕有加。许许多多原本我们闻所未闻的国家，都愿意成为大明的属国，向我朝进贡。这是和平的力量。我只不过是一介小小的船医，本不足以在大人面前多嘴，只是这医理上讲，只有面临重症顽疾之时才不得不用猛药甚至开膛破肚，如果只是偶感风寒之类的小毛小病，却用了猛药，岂不是适得其反。虽然这次我大明死伤实多，然原因并非对方蓄意向我大明挑衅。我们灭他如扫蝼蚁，可是一旦动了刀兵，西洋诸国将从此对大明的舰队心存疑虑，不再赤诚相待。对大人整个下西洋的大业来说，将是一个难以挽回的损失！”俞散之慷慨陈词。

郑和面无表情，心中却暗暗佩服此人，看年纪比自己还要小几岁，竟然有这样着眼大局的胸怀，所思所虑正说到了郑和的心坎里。

郑和随即下令，决不开战，因为舰队负有更大的和平使命。他力排众议，制止了部下的鲁莽行为，命令派出使者前往西王驻地交涉此事。

那位西王早吓得魂不附体，立刻派出使者去郑和处反复解释误会，他又怕这样做不奏效，便派人连夜坐船赶到大明去谢罪。朱棣得知此事后，称赞郑和顾全大局，并狠狠地教训了西王的使者。自此之后爪哇自觉年年向中国进贡。

二

这个事件之后，俞散之成为郑和最信赖的幕僚，说是幕僚，更像是无话不谈的兄弟。

俞散之告诉郑和自己是一个孤儿，父亲是一个普通的郎中，父母都是病故的，医者难自医。他自己是从小跟着父亲学了几手，此后又颠沛流离，所以比同龄人要成熟坚强得多。其中，除了父母的身世被隐瞒，其余都是实情，而孤儿的伤感之情，更是没有半点虚假。

郑和感同身受，于是也就常常在茫茫大海上说起自己的身世，以勉励俞散之。

郑和原名马三保，是一名虔诚的伊斯兰教徒。洪武十四年（1381年），明军平定云南，只有十一岁的马三保成了战俘，惨遭阉割。从此，他开始随明军征战四方，度过五年颠沛流离的生活后，他遇到了朱棣，并被挑选为燕王的贴身侍卫，从此跟随朱棣左右，成为亲信。就是这个俞散之的仇人朱棣，却成了郑和的恩人，如今郑和又成了俞散之的恩人，恩恩怨怨，历史真是会开玩笑。

靖难之役，马三保跟随朱棣出生入死，立下大功。朱棣登基后，立刻封其为内官监太监，这已经是内官的最高官职。永乐二年（1404年），朱棣又给予他更大的荣耀，赐姓“郑”，之后，他便改名为郑和。

“散之啊，我们的身世可谓同病相怜，但切记要坚持住，要发现自己的价值与才能，更要找到一个为之报效终生的事业！如果没有皇上的赏识，我郑和不会有今天，更不会开创下西洋的壮举。我还有个愿望，也是我们所有穆斯林心底最大的愿望，就是去圣城麦加朝圣。麦加对我们大明来说，无疑遥不可及。但我的祖父和父亲都曾经去过麦加。有生之年，我也想去麦加朝圣一次。你也一样，我看得出你在医药之学上是有家学的，也是有抱负的，尽自己的所能吧，我会尽量给你创造条件。”郑和虽说是一位太监，但他忠君爱国，其为人处世光明坦荡，实在是一位令人钦佩的大丈夫。

俞散之的内心十分复杂，一方面他听到永乐皇帝的名字，心中就充满了仇恨与憎恶，他义无反顾地随船出海，从某种意义上就是为了躲避大明王朝的疆土，他不想生活在朱棣意志笼罩的世界里；另一方面，他又对郑和忠心耿耿，倾慕无比，虽然郑和对他最为仇恨的人无限效忠。对于这个突然失去双亲与深爱的女人，以及自己都不知道的骨肉，又离开唯一的亲兄长，失去了一切的人来说，能够跟随郑和，成为他生命的全部。他对郑和寄托了自己对这世上唯一亲人的思念——他的大哥俞冲之。他常常能在郑和的脸上找到冲之当年向他描绘药局蓝图时的表情。在长年累月漂泊海上的生涯中，郑和对他已是如父如兄一般的深厚感情。

之后一路南下，先后经过苏门答腊、锡兰山等地，一路上与西洋各国交流联系并开展贸易活动，这些国家也纷纷派出使者，跟随郑和船队航行，准备去大明向永乐皇帝朝贡。带着贸易得来的物品和各国的使者，郑和到达了此次航行的终点——古里。

三

古里物产丰富，风景优美，百姓友好热情，这一切都给郑和及俞散之留下了极其深刻的印象。

船队到古里拜访，恰巧古里王的爱妃为他诞下了一位公主，古里王大宴了三天，将郑和、俞散之等请为贵宾。席间，一定要郑和为小公主取个中国名字，郑和见襁褓中的小公主长得标致，将来必定是个美人，就取了“芙蓉”二字。古里人欢呼他们的公主有了中国名字，就“阿芙蓉、阿芙蓉”地叫个不停。俞冲之听着好笑，对郑和说：“芙蓉是花名，他们所唤的阿芙蓉，却成了药名。阿芙蓉乃是罂粟的别称，可提炼毒物，少量服用，可解除疼痛，稍一用多，即刻成瘾。”

郑和饮一口酒道：“世上的药，大多如此，多用就成了毒物。这公主长大了，美得像罂粟，叫人上瘾，岂不是好，哈哈哈……”

主宾高兴，痛饮了一宵。

在古里完成使命之后，郑和回航。在朱棣的全力支持下，郑和此后又分别于永乐五年九月、永乐七年九月、永乐十一年冬、永乐十五年冬、永乐十九年春，率领船队下西洋。每一次，俞散之都不离左右。

宣德五年（1430年）十二月，郑和的船队最后一次出航了。俞散之把跟随郑和二十余年的那些属下和老船工纷纷召回来。看着激动的手直颤抖的郑和，如今是满头华发，不禁感慨万千。然而年龄似乎在俞散之的身上被冻结了，已过知天命之年的散之也许是日日练习导引功，又习惯于修身养性的缘故，看上去竟还是当年出航时的容貌。他与大不了他多少的郑和在一起时已经像是两代人了。

船队越过马六甲海峡，穿越曼德海峡，沿红海北上，终于驶往郑和几十年来日思夜想的地方——麦加。俞散之陪着郑和了却了一生的心愿。可是长期的航海生活几乎燃尽了郑和所有的精力，在归航途中，他终于病倒了。俞散之调理照料不离左右，使得郑和的生命得以延续，没有结束在麦加。

船只到达第一次远航的终点，古里。俞散之最清楚郑和的病情，提出必须登陆静养一段时间，并要在当地寻找合适的药材。

四

古里国王给了老朋友最高的欢迎仪式，献上了宝石、金腰带、珊瑚珠、胡椒、木香等物作为厚礼馈赠。并大摆筵席，席上的酒是水果酿成，多是鲜葡萄美酒。所设的菜肴，均有奇味，或香或臭，那钳与腿巨大的霸王螃蟹与咖喱同煮。还有果子剖开，肉质绵密，毫无果味，却如同吃猪牛的油脂与奶酥。更有一种特别的果子，大如牛头，浑身尖刺，布有鬃毛。古里人操起长刀劈开，立时将人熏倒，一股气味，犹如腐肉，当地人却无不垂涎。

郑和带病，不能久坐，古里王就把俞散之这个老朋友拉来上座。身边一位棕色肤发的少女，用手从那果壳中掏出果肉，一定要让俞散之尝尝。散之推辞不过，只好跟着吃一口，那东西如蒜头般一瓤瓤地吃，口感黏稠稀烂，却是香美异常。俞散之跟着郑和七下西洋，各地的俚语也略会一二，手画表情，连蒙带猜，从那美人的口中得知，此物名叫“流连”。

俞散之想，这样的丑物，却有个如此诗意的名字，流连岂不是要忘返？正想着，古里国王一阵高呼，不知说些什么。原来，他身边坐着喂他吃“流连”的美人竟然就是当年古里国王要郑和取名字的小公主阿芙蓉。国王是要阿芙蓉公主献舞。

此时的阿芙蓉，已是个娇艳欲滴的成熟美人，何况那古里的风土人情所育，更比中土女子成熟妩媚得多。她头饰繁花，舞姿曼妙绝伦，腰肢纤细灵动，手形变幻，手腕与脚踝的灵巧变化，犹如敦煌壁画中的菩萨与飞天。俞散之漂泊多年，从没有看过这样绮丽多姿的身体，也从没有过这样的精神享受。这个异域的姑娘真的成了迷人的罂粟了吗？

他不由得想起了在圣山药局楠木楼上与月见的那个初夜。时隔三十多年，那时的一切早已化为尘烟，今夕何夕？我俞散之身在何处？海外古里，去国去家万里。家又在何处？国又在何方？眼前的舞蹈美得太不真实了……

正在恍恍惚惚之中，那阿芙蓉公主竟然就跑来拉俞散之的手，要他从座中走出与她同舞。众人都大笑，欢呼，要他相从，他也只好陪公主起舞，可他并不会舞蹈，就拿家传的圣山导引功的身形步法走了起来，引得古里人大加称赞。

郑和的病日渐沉重。俞散之早就知道，这病不是什么疑难杂症，不过就是伤寒。先是七日不用药，只是少食静养，七日后用大柴胡汤一方，再静养，然后继用一方轻清配剂，日夜服用。但这伤寒是百病之长，表症里症，阴阳皆病，所以用药极难。以厥阴论治而进桂附，是火上浇油；以少阳论治用苦寒，则助其冰搁之势。郑和年事已高，积劳成疾，体质尤为虚弱，只能无为而治，以清为主，亦是以守代攻，然而到底正不压邪，热与寒均已固结，万药难攻，至今已不敢用任何方子，只好仰赖造化了。

屋漏偏逢连夜雨。数日之后，古里竟突然暴发疫病，可怜的当地百姓死去不少，一幅哀鸿遍野的景象。

安顿好郑和，俞散之立即组织人马投入到防控疫病的战斗之中。所有因瘟疫而死之人不能土葬，都必须火化，病人接触过的衣物都要焚烧。未死的病人要隔离，每天都要以草药蒸煮以及焚烧烟熏的方法消毒。

俞散之从没有一个人应对过这样举国规模的大瘟疫。他一遍一遍地默念父亲传给他的《丹溪心法》，又想起父亲在世时常常说的一番道理——

> 鸟之溯风，鱼之溯流，皆是逆行。唯其逆行，可得生气。人处逆境，必能自强不息。所谓置之死地而后生，说的就是逆处取顺的道理。阴阳家看风水，用沙水取逆，为的是迎生气。《易经》六十四卦中最吉利的卦是泰卦，这泰卦的卦象是乾在下而坤在上，阳下阴上，这是大逆，但大逆就是大顺。养生家取坎填离，坎为水，离为火，外坎内离是济卦。济就是调养，取坎填离就是返老还童。《易经》云“生生之谓易”，这生生之道，就是采逆之道。

他仔细研究了当地人的生活习性，特别是饮食和饮水的渠道。将污染的水源填埋。他让船员们支起十几口大锅，将精心采配调治的药物在大锅中煎煮，日夜不息。除了直接给病患服用外，还倾倒入几处尚未受到污染的重要水源之中。

阿芙蓉跟着散之做着各种救治护理的工作。一日，她哭着来找俞散之，说父亲古里王也得了病。

俞散之赶去一看，发现这个地方多是热症，易起痈疽，古里王得的正是此病，已经十分严重，只是服清热解毒、活血化瘀之药难以解除，非要一刀切开，放血引脓不可。这痈疽偏偏长在颈椎之上，动刀割开，痛入骨髓，必然要动弹，稍一闪失，若施刀不慎，有性命之忧。俞散之想起了华佗发明的麻沸散，去采了草药延胡索，和着酒让古里王服下，过一小会儿便不觉那么疼，于是速速操刀，救了国王的命。

散之想到当年他随郑和到过一个无名小岛，岛上的人生得矮小。那岛主送了他们一种奇香，名叫“返魂香”。这种香一定要产在海边，咸水之地，其性不能近淡水，所以携带十分困难。如果携带在身上或船上，离了大海，进了内陆淡水，那香就如千斤之重，连人带船都要沉入水中，所以不能多带。而这奇异之香据说能治百病，如暑热患了急痧，或昏厥，把香点燃，放一碗井水在病人枕边，那香气就如长虹般射入水碗中久久不散。病人闻到香打几个喷嚏就好了。那岛主说，无论什么重病，经那香烟一熏，立时可以起死回生。即使产妇难产，一闻此香，婴儿应声而落地，故称“返魂香”。因这香不能离开咸水，所以明朝船队返航时都留给了散之。散之取来，尽数入药在各地熏染。

五

古里王感激俞散之救了他和百姓们的命，当众把公主阿芙蓉许配给他。

自从当年与月见一别，散之的心门就关上了，再没有过女人。跟着郑和长年在海上，也把欲望压制着，烦乱时就苦练圣山导引功。终于，有个女人代替了月见，却是个小他二十多岁的少女阿芙蓉。

异族的女子不同凡响，开朗、奔放、热烈，像热带的花朵，尽情绽放，就如她的名字一样，易上瘾。如果悲伤起来，阿芙蓉就会大哭。她看到瘟疫的蔓延虽然减缓，但是已经有太多古里人就这样大量死去，来不及祷告就草草地加以焚烧。那些熟悉的亲人朋友，一转眼就化为呛人的滚滚黑烟。如果不是有这群中国来的人，如果没有俞散之，这里真的会沦为人间地狱，她自己或许也会成为一股黑烟吧。

暮色降临，四下里升起了另外一股黄白的烟雾，是浓浓的药味。那是俞散之配成的方子，族人们早晚烧来熏。一望无际，连绵不绝的棕榈树叶和树皮茅草筑成的吊脚楼里都升腾起这种对抗死神的烟雾，成为古里岛最为壮观的景象。

阿芙蓉紧紧地搂抱住俞散之，把头埋在他的胸口号啕大哭，眼泪把俞散之的衣服湿了一大片——阿芙蓉的母亲也死于这场疫病。散之不知道该把双手放在哪里，最后抚摸着阿芙蓉的头。她哭了一阵，感觉胸口没有那么憋闷了，抬起头，眨巴着美丽纯净的大眼睛，说："散之，你是我们的神！"

散之的心里有一种不可名状的狂喜，因为他知道他的父亲、他的家族的使命，然而这种使命和光荣早已结束了。他从一个文弱的少年，漂泊半生，常常怀疑自己于家于国的绝望，竟然在这样一个海外的岛国之上达成了他的家族所希望做的事情。并且，他在这个女人的心目中，竟然成了神！可他只是淡淡地说："阿芙蓉，我不是神，我是人。"

"好多年前，你们来过我们古里国后，又来了几条小船，来了几个外国人，白脸蓝眼睛，其中一个戴着小黑圆帽子，他说他叫'父亲'，我们所有人都叫他父亲。他很好，给我们看病，教我们认字，读一本很厚的经书，叫《圣经》。每隔七天就带着我们一起唱歌。我们小孩子都喜欢他，可是大人们都不喜欢他，我们信奉诸神，每一种东西都有一个神掌管，可是‘父亲’说所有的一切只有一个神主宰，我们只要信奉他、爱他就够了。大家不信，一个神怎么管得过来呢？后来岛上出现了麻风病，所有得病的人都被集中到一个封闭的叫麻风谷的地方等死，谁都不敢进去，大家说，得了麻风病的人是受到了湿婆神的惩罚。只有‘父亲’愿意进去，他说他们也需要医治和安慰，上帝不会抛弃任何人。他把《圣经》和一个十字架留给我，然后就微笑着走进了麻风谷，我看着他离开的背影，发着金光。他这一去，再也没有出来。”

“这个‘父亲’真勇敢。”俞散之被阿芙蓉的话打动了，想不到这是一位有信仰的女子。

“我最后问过‘父亲’，如果你不在了，又有疫病来了，或者别的灾难，我们要死了，怎么办？神还会来救我们吗？”

“‘父亲’怎么说？”

“他说，只要你们信，只要你们爱，神就会来，他一直都在。他还说，没有仇恨，没有恩怨，只有爱。所以我的祷告没有错，你来了，你就是我的神。”阿芙蓉说完就吻了她的神，没有再让俞散之开口，她的柔软的舌头探进了他的嘴里，他们缠绕在了一起。

阿芙蓉像凌霄花一样缠在散之的身上，在暮色和白烟里，他们一丝不挂地进入了伊甸园。远处传来了潮汐的声音，海浪一阵比一阵汹涌、急促。阿芙蓉翻身坐到散之的腰上，把散落的棕色长发一把绾在脑后。她喘着粗气喃喃地说：“《路得记》中有个摩押女人，与族人结亲，生下儿子，儿子生孙子，孙子生曾孙，成为以色列王大卫。我也要为你生下大卫……”

海浪在月光下撞击着礁石，浪花喷涌四射。他们融为一体。

六

经过一个多月的努力，疫情终于控制住了，而郑和的病情却一天不如一天。俞散之日日把脉，脉搏一天天微弱。郑和眼窝深陷，面色焦黑，往日那伟岸的身躯，躺在宽大的病床上，像是漂浮在水上的一根芦苇。

俞散之忍不住眼泪夺眶而出，把脉时使劲按下去，才感到寸脉似有似无，关脉浮滑，尺脉如檐前滴水。这已是残灯之象。

郑和用最后的力气说："我半生戎马，半生航海，人生如此，无憾啊！散之，难为你跟了我这些年，我知道你是钦犯俞善麒的儿子，你传承了你父亲的绝学与理想，你想要为你的父亲平反，在大明的国土上怕是办不到了。但这又何妨呢？你跟着我也看到了，世界何其之大，人心可以何其辽阔呀！把你的绝学传下去吧，为人类，为所有的人……"

郑和说到这里已经气喘吁吁，只见他凸出的喉结滑动了几下，实在快要断气了。俞散之迅捷无比地拿出银针，往他的命门、涌泉、合谷等几处穴位扎下去。郑和得到最后的刺激，他示意俞散之将他扶起，用尽最后的力气向着北方大明王朝统治下的中国拜了三拜，就再也起不来了。

伟大的航海家郑和就此结束了一生。造化弄人，俞散之可以说半生追随郑和下西洋，出生入死。虽然他内心始终存着不能完全透露给郑和的秘密，正如郑和始终也不能把寻找建文帝的秘密使命告诉他一样。彼此不能互相吐露，但却是心照不宣，谁也离不开谁了。

这次郑和在古里病重，俞散之知道已经回天无力，郑和也不愿再治。因为对他来说，永乐大帝朱棣已经驾崩，这最后的航行也是宣德皇帝继位后的强弩之末罢了。属于他的时代终将过去，他虽帮朱棣威加四海，却始终没有在茫茫的海上找到建文帝的蛛丝马迹。他甘愿就此把生命留在海外，留在他实现梦想的地方。

俞散之与大家安葬了郑和。舰队要回航了，七下西洋的壮举已经画上了句号。此刻，散之却做出了一个惊人的决定——他要留下来，从此留在这个地方。

站在郑和的墓前，俞散之悲从中来，吟诗一首：

英雄落冢沧海头，
幽人结庐伴春秋。
一片药心悬天外，
片帆风影挂江流。
圣山有梦寄玄鹤，
广陵一曲惊白鸥。
归去不堪万里道，
暮光如雪满孤舟。

诗中充满了一股凄恻之意，流露出与故国故乡的永别之情。当地的百姓还需要他治病，更重要的是他不愿再回明朝。他想守着郑和，以免他长埋异乡，过于孤独。

从此俞散之留在了古里，他再也见不到他朝思暮想的月见了，她在哪里？她活得还好吗？阿芙蓉将为俞家在海外传宗接代，把中华的医药之学在这个万里之外的国家流传下去。阿芙蓉为俞散之生下了第一个孩子，一个女儿，他们给她取名为“沫药”。《圣经》中耶稣降生时，向他进献的礼物是黄金、乳香和沫药。黄金是尊贵荣耀，乳香是复活的馨香，唯有这沫药象征了受死的苦。也是因为这一味甘愿献出自己的一切而救苦救难的沫药，让俞散之也信奉了神。

夕阳下的海岸边，俞散之看着远去的舰队，抚摸着建文帝亲笔写的“药局”二字。他想，他这样做是对得起先父俞善麒的吧！

此时，俞散之不知道，在遥远的中国，他曾经深爱的月见，早已为他生下了一个儿子。因为在寒冷潮湿的南方的深冬出生，取名“忍冬”。月见终其一生抚养这个孩子长大，孤儿寡母，一无所有。幸运的是，那个楠木楼的夜晚，月见其实已经“偷”到了《丹溪心法》。

俞散之青年时代，还在圣山药局的楠木楼上抄书的时候，就有了一个心愿，希望有朝一日编写一部《本草集》。到海外各地游历时，都不忘搜集草药标本，加以分类研究，日日记录，以此为乐。可惜，这件事他并没有来得及完成。

而他的儿子俞忍冬一脉的后人，将会在万历年间结识一个名叫李时珍的郎中，由他完成了明代中草药的巨著《本草纲目》。也就是晚明万历年间，忍冬一脉的俞家后辈又努力复兴过一次圣山药局，但那仅是作为地方上的一个药局。虽也办得有声有色，在末世之中不知有多少爱恨情仇的故事最终还是让它淹没了……

俞散之哪里会知道这一切呢？他永远也不会知道。

第二十四章 药是一种血缘

一

浪漫的雪成了肆虐的雪，一直在下，棉絮一样，城市乡村到处都盖上了厚厚的“棉被”。

俞念草和叶嘉传赶到圣山珍稀中草药栽培基地的时候，俞念芯和全体基地的工作人员都在与雪灾对抗，公司各部门的员工、主管陆续赶到。大家要把大棚顶部厚厚的积雪扒下来，可是这几千亩连片的大棚实在不是几百个人力所能为的。边缘的积雪还好清除，中心大面积的积雪就很难收拾了。

俞念草想到弟弟刚出院不久，实在不应该在这种恶劣的天气中拼命，但也知道以他的性格，谁也劝不住。于是就给他安排了后勤任务：“念芯，你马上带几个女同事到基地大楼里给大家准备好夜餐，一定要多煮点红糖姜茶，让大家轮班去暖暖身子，驱驱寒气，不然都要垮的!”俞念芯早就精疲力竭了，终于领命进楼去了。

俞念草亲自带领所有人，把大棚遮阳网上的积雪往下扒。大家众志成城，甩开膀子拼了！这样玩命干了一天，绝望的是天越来越黑，雪却越下越大，简直永无止境。

“这样不是办法，女同事都回去，男同事跟我继续抗雪!”俞念草大喊。

所有的女同事没人回答，继续战斗着。大家一直在大棚里守到深夜两点钟，俞念草第一个听到大棚开始发出咔、咔、咔的声响，知道是钢架实在支撑不住了，大喊：“快！大家赶快逃出去!”

所有人都往外跑。大家刚出来，就是轰隆一声！连片的大棚全塌下来了，掀起了一片巨大的雪浪。俞念草看呆了，她这辈子都没有看到过这样壮丽的美景，这样空前的雪的浪潮，只是这个美景所付出的代价实在太过高昂。千亩刚刚育苗完成的珍贵中草药“黄精”，恐怕大部分保不住了。

这个时候，所有人都呆呆地站在雪地里，欲哭无泪！仅仅是一刹那的停顿，她马上反应过来，大喊：“大家清点人数，看有没有没逃出来的，最要紧就是人不能有事!”

大家点了人头，突然有人大喊：“叶总！叶总没有出来!”

俞念草跟所有人又毫不犹豫地箭一般冲进已经垮塌的大棚去找叶嘉传。幸好大棚的钢架并没有压到叶嘉传，只是积雪和遮阳膜压在他身上，并没有受伤，有一点缺氧而已，被大家抬出来后就恢复了神志。叶嘉传还不忘做了个“V”的手势，喊一句：“我死不了，我们垮不了!”

这句话，把大家失落到极点的情绪又拉回来不少。俞念草汗水、泪水、雪水不分的脸上出现了笑容。她觉得圣山的这群同伴真是生死与共，他们都是“圣山人”啊!

二

俞念草一个通宵没睡，回了趟家洗了个热水澡，换了身衣服，化了个妆，直奔酒店会议室。此时，叶嘉传、俞念芯也都已经西装革履地赶到了。

秘书晶晶给他们一人撕开五袋铁皮枫斗晶冲成一杯，一口气灌下去。然后，俞念草马上让晶晶打开PPT，复习验收材料。

“几点了?”俞念草目不转睛地问。

“上午七点。”

“我们还有时间，马上补充调整，已经不能让院士专家在基地实地验收了，就要有足够的图片、数据把基地的真实情况展示出来。”俞念草说。

俞念芯脸色发白，用微弱而坚定的声音说：“这次的项目验收是决定我们的各类珍贵药材的药用水平能否达到国际水平的关键时刻，也可以说是我们企业上市画龙点睛的一笔。这场雪灾弄得我们措手不及，如果验收出现问题，这将是比压塌一大片基地大棚严重千百倍的损失!”

“这个新建立的基地是我们这个领域的标志性成果，现在已经是这副样子，一时也没有办法。但其实论基地的种植面积、生态程度，我们在云南、广西、贵州，还有浙江其他地区都有更大面积的基地。而且，我们所有的数据都是真实可信的。我认为今天的论证，我们的项目会成功的!”叶嘉传始终在为大家打气。

两个小时之后，陈院士以及来自全国各地的专家学者如期赶到婺州，经过一番解释，直接把院士们接到了酒店会议室。

论证会准点开始了，俞念草亲自做项目的总结报告。足足讲了一个半小时，内容丰富，数据翔实，图片精美，博得了一片掌声。

论证会上各路专家也陆续发言，基本都对圣山珍稀药材的种植及药用国际化水平的程度给以肯定，论证会的气氛非常热烈。

俞念芯暗暗松了一口气。

他虽然并不需要发言，却始终盯着一言不发的陈院士阴晴不定的脸。

论证会几乎是圆满了，最后要陈院士一锤定音，总结发言。陈院士清了清嗓子，会场瞬间鸦雀无声。向来都是和颜悦色的陈院士，表情严肃，他一开口就是带着浓浓浙江口音的普通话："大家都谈得很好，念草的总结也做得好，但我们这次似乎是在纸上谈兵。我们做科学研究，纸上得来终觉浅，绝知此事要躬行！我记得，早半年前就说过，今天的验收应该在基地，在大棚，在活生生的中草药种苗的边上！而现在我只看到了一堆数据和图片，这恐怕是不够的。"

俞念芯额头上渗出了一层汗珠，手有些发抖。

俞念草不得不站起来，把昨夜通宵抗雪，却还是大棚垮塌的情况如实做了汇报。

"那我们也要去看一看，不管看到的是什么样子。"陈院士不疾不徐地说了一句。

"积雪太厚，进去基地的那一段路，车怕是开不进去！"叶嘉传说。

"不要紧，我们到了开不了车的地方就走一走，难得踏踏雪，不是也很浪漫吗？今天上午的论证会就到此结束，我看我们简单吃个午饭，就出发去你们的基地！"陈院士笑着说，打破了有些紧张的局面，看来他是决心已定。

下午倒是晴空万里，一枚暖融融的大太阳挂在头顶，但厚厚的积雪一周也未必能融尽。去基地的路上，最深的地方，一脚踩下去能没到膝盖。大家在前面开路，专家团被众人搀扶着往里走。这样深一脚、浅一脚，原本只需几分钟的路程硬是走了半个多小时。

与远处的山峦上下一片白的基地，奇美无比，大家首先被这种肃穆安宁的美感打动了。门口的朱丹溪雕像上也披上了一条厚厚的“雪斗篷”。工作人员正在一点一点地清理大棚，一片一片的铁皮石斛、黄精、灵芝已经露出来了。面对这幅雪后大劫的景象，陈院士和专家们都很震惊。这么大的规模，这么大的投入，这么重的灾难！

陈院士叹了口气，走到被清理过的一小片区域，看基质、看种苗，看那些寄生在活树上的石斛，还有黄精等名贵的中草药的培养集群。这样考察了一个多小时，大家走进基地的大楼继续开论证会。

陈院士继续他上午的发言：“各位，在我的坚持下，我们终于看到这个基地了。我知道念草他们很不容易，昨晚通宵在保护这个地方，可惜没有保住。他们是希望给我们看到最好的一面。但我想说，这个基地依然是个好基地，里面的铁皮石斛、黄精、灵芝，包括‘浙八味’等中草药的培育、种植，无疑达到了国际一流的水平。我的小小的建议就是，接下去重建大棚的时候要把连片的大棚改造成不连片的小棚了，把原来一百亩一个的棚改成七八亩最多十来亩一个的棚。把容易积雪的平顶改成波浪形的顶，这样就再也不怕山区的大雪天气了，这些都是吃亏以后要长起来的经验啊！不过，更令我感动的是，你们圣山的这群人，有了跟这个中草药一样的精神，众志成城干一件事，明知不可为而为之！

我衷心地希望圣山越来越好，这个项目，无论如何是做得过硬的，我看，验收没有问题！”

陈院士声音洪亮，真不敢相信这是从一位八十多岁老人的身体里传出来的。

听完这番话，俞念草、叶嘉传一直悬着的心终于放下了。

俞念芯喃喃地说了一句：“这真的是真诚大于智慧啊！”说完这句话后只觉得眼皮沉重，身体就往下倒，耳朵里满是俞念草和大家纷乱的呼喊声。被大家抬出去的时候，他拼命睁开眼睛又看了一眼基地的朱丹溪像，再后来有救护车的声音，能闻到医院里消毒水的味道……

三

这是俞念芯第二次送进重症监护室，他又进入了昏迷不醒的状态。而这次医生给出的回答带有了悲剧性质。俞念芯在神志不清的状态下对姐姐说的最后一句话是：“没有哪一种神圣的事业是不需要牺牲的，甚至是生命，我有准备，不要难过。”之后，就陷入了长期昏迷状态。

医生给出的诊断结果是：插着各种管子，可以维持生命，但醒过来的概率很小，如果没有进口药物的支撑，恐怕难以维持……

“嘉传，你还记得我曾经跟你说过我小时候的故事吗？那个上山挖野菜、捡柴火的我吗？”俞念草在长久的悲痛稍稍平静下来之后，突然问了叶嘉传这么一个问题。

“记得，那是在你的圣山呀，一大片神秘的松树林，你还因为爬树受过伤！至今胸口还有一个伤疤！那漫山遍野一大片的绿，那是你无边无际的快乐海洋，你从此一直就爱大自然。那片松林，不只是风景好，还是你家部分的生活来源。你母亲在那采种草药。”叶嘉传是有心的，把她说过的话，尽量复述详细。

俞念草流着眼泪继续说：“不错，不错，但是这片树林，这座圣山对我还有一个秘密！”

“秘密？”

“我还是个孩子的时候，有一次挖野菜，一走忘记了时间，就会走到一些幽深的地方，山谷里有高大茂密的松林，边上是清凉的山泉，掬起来就可以喝，多甘甜哦！为了采一种野果，我爬进荆棘丛里，手臂被划得伤痕累累好像也不觉得疼。我一个人坐在山顶的岩石上，周围树木层峦叠嶂。看过去，在一个谷地里有一个很大的水库，安静明亮，在太阳底下就好像一面镜子，映着蓝天白云，好像世外桃源。我闭上眼睛不去看眼前的那片松林。而我的血液里依然有松针的清香，还有那泥土的芬芳。春天的阳光投射在林间，加上松风阵阵，还有清脆的鸟声。而那一刻，除了泉水声、鸟鸣声、松涛声之外，我清楚地听到了一个细小尖锐的婴儿的啼哭声！我循声而去，在泉水边的一块石头上发现了一个男婴。我抱着他，他就不哭了，还对着我笑，小脸红红的，也不知是花映射的，还是夕阳的缘故。天可怜见。我一直等到天黑，没有任何人来，就这样，我把一个小小的男婴抱回家里。我妈妈，开了门正要数落我为什么这么晚回家，看见我手里抱着个孩子，吓了一跳。可她顿时就明白了，二话没说就接下了篮子，赶紧熬米汤来喂。从此，我们这个贫穷的家庭视如己出地对待这个孩子。我对这个孩子的感情，除了姐姐，还是母亲。”

叶嘉传叹了一口气：“这就是念芯？原来如此，那块‘圣山’

残匾，你的母亲才会秘密地传给你而不是他！”

“嘉传，这不重要，我从小就能从念芯的身上感觉到他对这份事业，有一种比我更炽热更真纯的东西。我后来明白，他可能真的是上苍赐给我的，赐给圣山的！”此刻的俞念草已经泣不成声。

“他真是圣山的儿子啊！”

俞念芯是为了这座圣山而生，也愿意为这座圣山舍生忘死，奉献一切。他是圣山之子，摘取了用生命日夜守护的“金枝”——英国人类学家弗雷泽的“金枝”缘起于一个古罗马作家叙述的古老习俗，一座神庙的祭司被称为“森林之王”，头戴用斛类植物编织成的头冠，那就是神圣的“金枝”，但他一定会被牺牲。而此刻用石斛的“金枝”编制而成的中医药的桂冠，戴在了“圣山之子”的头上，然而，他也因此成为伟大的“牺牲”。

每一次，药汤入口，那股强烈的苦涩，带着一点酸味和腥气，但就是这口苦药，喝多了、喝久了，觉得踏实。苦药从喉咙里流淌下去，熄灭病灶，浇灌痛苦，滋养生命，成为中国人的血缘。人间无药驻流光，六百三十年圣山药局，白云苍狗，所有认识的亲人与爱人，还有那些被时空阻隔的人，甚至无法证明而真实存在过的人啊，这服中医药的苦汤，正是你们的血缘！

第二十五章　密使寻踪

一

剩下的时间不多了。

在乌伤圣山的一座供奉地母娘娘的破庙里，黑夜降临。俞冲之不说话，只是弯下腰，把楚楚动人的玉竹抱起。玉竹娇弱地叹了一声：“少爷！”冲之抱着她走到破庙的里间，然后把她轻轻地放下。玉竹闻到了一股柏木混合着桐油的香味。她被放进了一口棺材里。

借着油灯微弱的光，她才看清楚，这是一口新寿材，四五指宽的柏木，刚刚油过几遍，木纹还没被盖住，在浅浅的桐油下，如水波荡漾。棺材里铺上了厚厚的一层稻草，而且是刚从田里收下来的新草。一定是哪个大户人家废弃了的新棺材。

此刻，天地都很安静，圣山静默如谜。俞冲之默默地俯看着身下的女人，棺材里只有两个活人的呼吸。

玉竹感到冲之的手把她抱得越来越紧，他的下颌抵着她的额头，呼吸滚烫，有一股温热的东西，滚落到她的面颊上，她一尝，咸咸的，是眼泪，这个男人在哭。此刻一股强烈的怜爱之情在玉竹的心里生出来，她喃喃地说：“少爷，我的人，我的心，什么都是你的……”

“玉竹，再也没有比你更好的姑娘了，我真的不愿让你受苦，可是我不能不为我们俞家留下一个希望!”

玉竹什么也没说，她伸手解开了衣裙，把俞冲之拥进自己的怀里。她开始感觉到一种强烈的痛楚，一股生命的力量在冲破她的宿命，进入她的身体。她想，我家是受了俞家的大恩，我的母亲在棺材里出生，现在我把我的爱，我的命，也在棺材里报答俞家，或许我的孩子也将在这棺材里孕育……

二

建文帝的生死谜团笼罩着整个永乐一朝。朱棣思考这个问题二十二年，从建文四年（1402年）靖难成功开始，到永乐二十一年（1423年）这个谜团才算结束。郑和并没有在海外找到建文帝。而在朱棣的秘密使者胡濙的半生努力之下，他最终找到了这个问题的答案，仅仅在朱棣临死前一年。而同时在思考、追寻这个秘密的人还有一位，那就是药王俞善麒的长子俞冲之。

回溯到建文四年的夏天，六月十三日那个关键的时刻。李景隆叛变，打开金川门，放朱棣的北军入城。朱棣等待建文帝自杀或者投降，如果他死了，大不了背一个逼死主君的罪名，反正历史是由胜利者写的。活着的话就软禁起来，形式上逼他禅位，这是最好的结果。但最可怕的事情就是失踪。朱允炆毕竟是太祖钦定的皇帝，自己不过是占据了京城，全国大部分地方还在效忠于他，万一他脱身出去，号召天下兵马勤王，胜负就又成未知之数了。

经过清查，真的没有找到朱允炆的尸体。要稳固政权，就不能公开派人大规模寻找，因为这样无异于告诉所有的人，建文帝还活着。朝廷只能向外界宣布，建文帝已经于宫内自焚，并找到了尸体。其次，在“黑衣宰相”姚广孝的安排下，派人暗中查访着建文帝的下落。

道衍为报俞善麒当年的救命之恩，秘密安排了俞冲之和俞散之进入这两支秘密的队伍。其实他还有另一层考虑，他知道俞善麒一家与建文帝的关系，他这一步棋，既是为大明的天下留下两个药王的后代，又是为建文帝留下两个衷心护主的种子。道衍深知，阴阳之理，阳鱼中必须有一点阴，阴鱼中又必须有一点阳。

却说那胡濙，江苏常州人，既不是靖难嫡系，也不是重臣之后，这个人喜怒不形于色，时任给事中，没有任何靠山，人微言轻，在朝中是个不起眼的人物。正是这样的一个人，才适合去执行这样秘密的任务。

永乐五年（1407年），胡濙带着绝密使命出发，俞冲之跟随在胡濙身边，开始遍行天下州郡乡邑。他们名义上是去寻找仙人，求医问道，为皇帝寻找不死的仙药。

三

出了南京城，郊野一片开阔。俞冲之驾着马车，望着茫茫的前路。他在担心着他的玉竹和腹中的孩子能不能平安降生。在走之前，他把玉竹安顿在了乌伤圣山。他自己的未来已经交给了命运，交给了一个父母都已为之尽忠的生死未卜的知音——建文帝。他自己也不能主导自己的未来，又怎么能带着妻儿受苦？想到这里，他一声叹息。

“想家人了吧？”一个轻而远的声音突然从俞冲之的身后传出

来，是胡濙。

俞冲之没想到，一向沉默寡言的胡濙会同他说话，忙回道：“胡大人，冲之无父无母，了无牵挂。”

“好，没有牵挂最好，我们这种人，为皇上办特殊的差使，往往就风里来雨里去，活着就在路上。冲之你懂医药之学，为我们寻访仙人仙药大有用处。你可知道那太医院掌院杜雄黄吗？”

俞冲之一听这个名字就感到恶心，却忙说：“小人不知。”

“这个人是个太医，却说曾经见过仙人，仙人传授了他什么太素脉法，可以未卜先知，在皇上跟前露了脸、得了势。此后，居然净了身入了东厂成了大档头，翻云覆雨。”胡濙说得兴起，觑了一眼俞冲之，又说，“可是最近突然死了！锦衣卫的人最讨厌东厂这帮阉党，都在传，据说杜雄黄死状可怖！”

“如何死的？”

“下毒，说杜雄黄常常骨痛，自己开了方子要用月见草煎汤服用，后来在他服的月见汤中发现了剧毒。死后七孔流血，脸部扭曲，想必是死前要多痛有多痛。一代太医，入了东厂，竟然被莫名毒死，真是奇闻。”

俞冲之听到这个消息，脑中闪过一念，是谁除了这个大恶人呢？难道是散之？他并不知道世上还有一个杜雄黄一手调教出来的月见的存在。他冷笑一声道：“多行不义必自毙，听他的死法，是被人下了剧毒鹤顶红。这种毒本来是一味中药，是由砷华、雄黄、毒砂等含砷矿物煅烧得来的砒霜，因为含硫而呈红色，俗称‘红砒’。用药的药量向来控制极严，也很难得到。”

胡濙只是把这事拿来做旅途的谈资，毫不挂心，却不承想，这个冲之对医药竟然如数家珍，连毒药都说得头头是道，于是大大夸奖了一番。

“大人过奖了，我们眼下从何处开始寻访?”俞冲之问。

胡濙不答，把马车的帘布放下，闭目养神。是啊，中国何其大，如何寻访建文帝呢?

胡濙听到一种说法。话说太祖朱元璋一天夜里做梦，看到内廷左右楹柱，有黑白二龙缠绕相斗，左边楹柱上的黑龙战胜。天亮后，太祖发现儿子朱棣与皇太孙朱允炆各抱一根柱子在嬉戏，朱棣在左而朱允炆在右，心中就起了疑心，除了做好一切为皇太孙清除隐患的措施之外，还为皇孙朱允炆留了最后一手。

建文帝在城破之日万念俱灰，想要自杀，此时，一个老太监突然站出来说道：“高祖驾崩时，留下了一个箱子，说遇到大难之时才可打开，现在是时候了，请皇上开箱吧!”打开箱子，发现里面的东西一应俱全，包括和尚的度牒、袈裟、僧帽、剃刀和十两白金。更让人称奇的是，里面还有朱元璋的亲笔批示，指明了逃跑的密道和路线。于是，建文帝等一干人就此出逃，从此隐姓埋名做了和尚。

然而，传闻只到此为止，至于出逃的路线再也没有蛛丝马迹。试想当年，朱棣是从北方袭来，朱允炆如果出逃，没有理由往北方而去。北方也并非他的嫡系势力所在，显然十分危险。而且朱棣登基之后，又迁都北京。所以建文帝的踪迹应该在——南方!

想到这里，胡濙睁开了眼睛。

车帘外的俞冲之突然说道：“胡大人，我们还是一路南下寻访吧！永乐四年皇上敕封一百六十九岁的张三丰为武当真人，听说有人在南方见过张真人的踪迹!”

胡濙心中一动，好聪敏的人，跟他想的一样啊！遂淡淡说了一个“好”。

四

然而，南方也是一个巨大的概念，是江南？西南？东南？还是闽南？

胡濙的足迹很快深入到云贵川等地。在云南的瘴气之地，多赖俞冲之有家传的医术，否则恐怕个个都有性命之虞。胡濙也深感俞冲之的价值，有一次他提到了周王朱橚：“冲之，你可知道我朝的一位王爷，周王朱橚吗？”

“在下只是知道王爷的名讳，并不了解。”俞冲之遭遇圣山药局的重大变故，哪里还有机会知道皇族的事情。

“这位王爷是个名医，一辈子就痴迷于医药之学，著书立说，救死扶伤。他青年时期就对医药很感兴趣。后来他利用自己特殊的政治地位，在开封组织了一批学有专长的医药学者，召集了一些技法高明的画工和辅助人员，组成一个集体，大量收集图书资料，设立专门的植物园，种植从民间调查得来的各种野生可食植物，进行观察实验，最终编写成了《普剂方》。永乐四年又在本草学上别开生面地刊行了《救荒本草》一书。咱们现在所在的云南蛮荒之地，他就深入考察过，对这里民间的疾苦了解甚多。看到当地居民生活环境不好，得病的人很多，又缺医少药，于是又组织本府的良医李佰等编写了方便实用，又可以家传的《袖珍方》一书。可谓功德无量啊！”胡濙赞道。

“确实是了不起，真是我朝医药学的栋梁！身在帝王家，毕竟还能做成一点自己想做的事情……可是既然是一位王爷，又是周王，应该封地在中原开封，怎么会到这样的地方？”俞冲之问。

“这朱橚是明太祖第五子，封周王。明太祖建立我大明以后，为了保持朱姓皇室江山永固，分封其九子为王，建藩于各战略要地，让他们夹辅王室，震慑四方。太祖对几个封王的儿子向来苛刻，朱橚因为擅自离开封地到凤阳而获罪，被太祖下令迁往云南。就是在云南这段时间，他了解了民间缺医少药的情况。两年后才获准返回封地。此后，建文帝继位。朱允炆做皇太孙时，就已感到诸王以叔父之尊多有不逊，又都拥重兵，一继位，就开始削藩。朱橚是燕王朱棣的同母弟弟。朱允炆害怕他支持朱棣，特意提防他。朱橚诈作发狂而离职，可他的次子汝南王朱有爋却向朝廷举报父亲图谋不轨。朝廷遣李景隆突袭开封逮捕朱橚，把他贬为庶人，再度流放到云南，后来又被押到京城打入天牢。但他从未间断有关方剂学和救荒植物的研究。”

“皇家的事情从来都是血雨腥风。”俞冲之感叹道。

“是啊！如今建文帝败了，吾皇双手沾满鲜血，如果是吾皇败了呢？建文帝也是血淋淋的。吾皇即位后，恢复了朱橚的爵位，加禄五千石，诏他返回原来的封地。如果没有靖难之役，这位泽被苍生的医学家朱橚，恐怕早就死在天牢中了。”胡濙说这番话的时候冷冷地望着俞冲之，似乎在提醒着什么。

胡濙与俞冲之离开云南，来到贵州的山野之间，但见到处是奇峰怪石，仿佛行到山穷水尽之处。

此时的俞冲之几乎成为胡濙这位大密探、大特务最得力的助手。已经成长为肤色黝黑、筋骨强健的壮年，脸上尽是岁月历练雕刻出来的冷峻与深刻。他的双眸总是笼罩着一层浓雾，显得苍茫、安然又无神，而一有他要寻找的蛛丝马迹，有希望和时机出现的时候，他的眼神中立刻就会射出两道能够洞悉一切的光芒。

在一个叫金竺的地方，俞冲之发现了一座小庙，破匾上写着“罗永庵”，庵中壁上题着两首诗：

阅罢楞严磬懒敲，
笑看黄屋寄团瓢。
南来瘴岭千层回，
北望天门万里遥。
款段久忘飞凤辇，
袈裟新换衮龙袍。
百官此日知何处，
唯有群乌早晚朝。

牢落西南四十秋，
归来花发已盈头。
乾坤有梦家何在？
江汉无情水自流。
长乐宫前云气暗，
朝元阁上雨声愁。
新蒲细柳年年绿，
野老吞声哭未休。

念完之后，俞冲之像是被一支箭射中一般，顿时泪如雨下。这墙上的诗句不正是建文帝的苦闷寄托吗？字迹虽然略显苍老，但与他始终带在身边的那块“圣山”残匾上的字迹可以吻合！建文帝果真尚在人间！

俞冲之忙问了庵中人关于壁上题诗的情况，只知道有一天来了一位老和尚，在庵内歇脚，住了一晚，在墙壁上题了这两首诗。题完诗第二天就走了，不知去向。

他并未将这个重要的发现告知胡濙，西南之行再一次一无所获。

苦苦寻找了十年的胡濙，甚至连母亲去世都没有回去奔丧。胡濙回到朝廷，加官晋爵。而俞冲之却没有跟胡濙回朝，他继续自己的寻找。

经过十年的追寻，他一直在缩小包围圈。他有一种感觉，建文帝在江南！种种迹象都让俞冲之感觉，他苦苦寻访的人，也许就在他的故土——浙江。

五

又是一阵剧痛。玉竹知道，孩子就要出世了。

而此刻，靠着进圣山采集一些常用的草药勉强度日的玉竹正在山中，没有人能帮她。她痛得叫出了声，那不是一般的皮肉之痛，是一种锥心刺骨的疼。她咬着牙把自己笨重的身体挨到了一个山洞里。还好，这个山洞很干燥，没有风。

她把自己的棉衣垫在下面，疼痛让她的感官都发生了错乱，所以也丝毫感觉不到冷。此刻，除了疼痛以外，她能感觉到下身又湿又黏，羊水破了，棉袄已经被血污浸透。三个时辰过去了，她觉得漫长得像是过了一世。孩子还没有出来，她已经有些支持不住了，她甚至都已经闻到了死亡的味道。疼痛正在一步一步把她往鬼门关拖去，她一下子泄了气。

这时，她突然产生了一种幻觉，俞冲之就在她的身边。她想起冲之临行前的嘱托，保住这个孩子，若是男孩，取名“森山”；若是女孩，取名“森珊”。这是在纪念圣山药局，也是希望这个孩子的生命力能够像这座神山一般，森然充沛，给养无穷！

她呼唤着“森山”的名字，爆发出了一个母性全部的体能和毅力。她独自在这座圣山的山洞里，赤身裸体，像一头母兽般呻吟着，把棉衣的袖子撕咬得粉碎。

她忍不住想起了初入圣山药局时，在院子里晒药材，少东家俞冲之第一眼见到自己的目光，温柔地、生涩地，看到了她的心底。她从一开始就对这个男人有一种深深的崇拜。

还没容她把身子松懈下来，她那道越来越大的裂缝发出了只有她自己的身体才听得到的一声，一阵温热突然从她的两腿间流了出来。那小生命如山洪暴发一般扯着她的五脏六腑，哗的一声冲出了身体。此刻她只听到自己粗重的喘息，发丝上的汗滴不断打在脸上的触觉又回来了。过了一会儿，她才感到自己的身体空了。

玉竹感觉到自己的两腿间有一个东西在蠕动。“森山，我的森山！”她呼唤着欠身去看，这个小东西在肚子里时大得难以行动，生出来却如此的瘦小。整个小身子还裹在一层黏糊糊的包衣里，手掌脚掌都是褶皱，通体粉红，那小眼睛还睁不开，却已经有了一头浓密的黑发。她发现这小东西跟自己还连着，一根青紫色的脐带。她没有任何工具，只有牙齿，她也顾不上一嘴的腥味，生生地咬断了她跟孩子之间的这根绳索。

玉竹爬起来，把孩子抱在怀里，用手清理了孩子身上的那层肉膜和黄色的液体。她无比怜惜地看着这个小生命，猛然想到，她忘了做一件事。

她分开孩子交叉着的双腿。是个男孩。

第二十六章　从南洋来了个妹妹

一

俞念草、叶嘉传带着公司的几位要员，早早地来到义乌机场候机大厅的出口处等待。几天前的一个电话，令他们几年来甚至半生以来抽丝剥茧，总是不能明白的问题，突然有一种拨云见日的感觉——陈香梅从美国赶来了！

陈香梅何许人也？

那是俞念芯病倒之前用最后的精力找到的一位神通广大的女人。这还得从头说起。

1943年，陈纳德的美国志愿航空队协助组建中国空军，对日作战，还协助飞越喜马拉雅山，从印度接运战略物资到中国，以突破日本的封锁，用生命护航，人称“驼峰航线”。日本投降后，陈纳德重返中国，1947年与比他小三十多岁的陈香梅结婚。当时的陈香梅是“中央通讯社”的一位战地女记者，美丽清纯的东方少女。陈纳德说“她无所不懂，无所不能”。邓小平评价陈香梅：“美国有一百个参议员，但只有一个陈香梅。”她曾为尼克松、约翰逊、里根、布什等美国总统助选，足迹遍及美国各州。她曾被评选为全美七十位最有影响力的人物之一。为了中美及海峡两岸的合作交流，陈香梅曾向蒋经国建议开放探亲政策，1989年她毅然率领第一个庞大的台湾工商投资考察团到大陆访问，成就了台商把大陆作为投资热土的开拓之举。

晚年的陈香梅非常关注祖国中医药事业的发展，促进中医药界人士的交流。这次她是带着什么目的来到圣山的呢？

二

俞念草等了一个多小时，也思考了一个多小时。她惊讶于本应渺茫、遥远的历史，突然变得切近、实在，可以触摸。比如这位接通中美历史不输宋美龄的陈香梅女士，怎么就会马上出现在我的面前？又是以什么姿态出现呢？

突然，一位耄耋之年的女士身着一身淡紫色，一块繁花丝绸大披肩，雍容华贵地走了出来，显得神清气爽，精力充沛。俞念草立刻被香梅女士高贵而优雅的气质征服了，情不自禁地冲口而出："您一定是香梅女士吧？您真漂亮！"

陈香梅一下子大笑起来，高兴地拉过俞念草的手说："早就听说你是人间仙草，你也很漂亮。你笑起来很像我，牙齿宽宽的。"

陈香梅就是陈香梅，这么一句亲切的家常话，让两个女人之间原本的陌生感消弭于无形。

俞念草还注意到，在陈香梅的身后，除了黑色西服的秘书以外，还跟着一位与自己年纪差不多的女人，也是气质非凡，穿着一袭黄色的锦缎旗袍，缎面上是孔雀翎的花纹，一股民国风韵扑面而来。她身材出众，气质高雅，一双眼睛会说话，又始终保持着沉默的神秘感。

“这位是？您的……”俞念草示意陈香梅介绍另一位贵客，她本想说是不是您的女儿，她们的气质实在很像。

陈香梅一回头，看了看“黄旗袍”，又从头打量了一遍俞念草。她神秘地一笑说：“念草，你是想问她是不是我的女儿。哈哈，你们都是我的女儿！这是位重要人物，我是受念芯之托，找一件东西，竟然让我给找到了！现在我要卖个关子。等我们到了你的圣山再好好介绍吧！”陈香梅爽朗健谈，思路敏捷，八面玲珑。

俞念草随即与“黄旗袍”颔首微笑，有礼貌地握了握手。她感觉到“黄旗袍”与她握手时非常激动，非常用力，与她高冷的气质不太符合。

大家陪同着陈香梅一行驱车参观圣山药业。俞念草与陈香梅虽然年龄相差悬殊，却很快结为忘年之交。

“念芯怎么样了？好些了吗？”陈香梅问起了俞念芯。

俞念草黯然地摇了摇头。

陈香梅把俞念草搂过来，安慰着说：“我们要有信心，给念芯多用用中医药的法子，会好起来的！”

俞念草很感谢这份安慰，用力地点了点头。

到了公司的贵宾室里，大家入座喝茶。俞念草礼节性地准备了两套精装四册本的《本草纲目》送给陈香梅与“黄旗袍”。她打开其中一册，恰好是一幅铁皮石斛的彩图。

陈香梅让“黄旗袍”看看，“黄旗袍”缓缓说道：“中国是中草药大国，使用中草药治病有着悠久的历史。目前已知可用的中草药有一万两千八百种之多，还有上万的中药处方。早在两千多年前，《黄帝内经》就奠定了中国中医文化的理论体系。《神农本草经》《华佗食经》《本草纲目》的陆续完成，逐步完善了中医药理论的长河。特别是这部《本草纲目》，是李时珍在明朝中期最为黑暗混乱的阶段写就的最伟大著作，是历代本草的集大成者！”

这位“黄旗袍”女士出口成章，竟然极精通中医药文化，令俞念草更加心生敬意。俞念草接过话头道：“中医药的发展在元代是一个里程碑，金元四大家之一的朱丹溪就是乌伤人，这位先贤可以说是我们圣山药业的药学之祖。他的《丹溪心法》中提出‘阴常不足，阳常有余’的中医理论，打开了中医药思想的新局面。”

陈香梅见两人谈得投缘，现在轮到她说话了：“我是1925年出生在北平，姐妹六人，我排行第二。战争爆发后，我们跟母亲住在香港，我不断地见到母亲从保险箱中取出首饰，靠典卖来维持一家的生计。后来我们看到母亲身患癌症，因缺乏良好的治疗而痛苦地死去。那年我十三岁，和我十七岁的姐姐两个人料理了母亲的后事。之后姐姐去住读护士学校，我十三岁就成了一家之主，不仅自己要学习，还要照顾四个妹妹。有一次日军轰炸，我们姐妹五人在上了锁的圣保罗女书院围墙内度过了六个月，忍饥挨饿，除了豆子没东西可吃。

“我曾流亡到广西的茂林，途中患了流亡难民的通病——疟疾。抱病赶了两天路，又患了痢疾。身体虚脱，躺在路边等死。是我学过护理的姐姐陈静宜精心照料，我才奇迹般地康复了。在那种缺医少药的情况下，我的病是致命的，但是只要稍有护理的常识，也可以化险为夷。你们以为我是中美顶层人物圈子里的人，其实我最知道苦难和病痛的滋味啊！所以我的晚年就是想做中医药这件大事业。”

陈香梅说话时，总是微微地仰着头，一副不向命运屈服的样子。俞念草看着她，对这位母亲一样的人，充满了真挚的敬意。

陈香梅伸出右手再次拉起俞念草的手，接着说："我这次来有两个目的，一是上次你弟弟念芯希望我把香梅中药文化研究会办到你们正在建设的圣山小镇，我同意了。二是我听了念芯跟我说起你们俞家的一段往事，他还说自己十几年默默钻研《丹溪心法》，总觉得传世的版本有缺，请我用海外的学术关系代为寻访。没想到我辗转就结识了这位女教授！"

陈香梅说着又用左手抓起了"黄旗袍"的手，对俞念草说："现在我要郑重地向你介绍啦！这位女士呀，是新加坡南洋大学东亚文化研究院的教授，她也姓俞，叫作——俞念苓！"

俞念草听到"俞念苓"三个字，心中一震，为何名字这么相近？还都是念字辈的。

陈香梅把俞念草和俞念苓的手放在一起，俞念草感到一阵莫名的亲切，忙说："念苓，我们实在是太有缘分了，我们是姐妹吗？我们一定是姐妹啊！"

两人一比生肖，俞念草大了两岁，遂以姐妹相称。

俞念苓说："念草姐，我知道你的弟弟俞念芯，现在也是我的弟弟了，一直病重昏迷不醒，我今天给他带来了他念念不忘的东西。"说着从随身带的小手提箱中，取出一个文件袋，打开是一本崭新的线装书，封面上是明代人的隶书："丹溪心法"。她把书递给俞念草。

三

俞念草和一旁的叶嘉传都看过无数遍的《丹溪心法》。这部书传世版本不一，有分三卷，有分五卷。是朱丹溪口授，由他的弟子根据其学术经验和平素所述纂辑而成。明朝初年有两种刻本，其一是景泰年间杨林玉收集本书流行之遗稿予以刊行；其二是成化初王季献增加一些附方，重刊于西蜀。这两种均有后世医家增附的一些内容，之后程氏为了尽可能恢复原著面貌，予以删订校正，亦即当前的流传本。卷首有《十二经见证》《不治已病治未病》等六篇医论。全书分列各科病证一百篇，以内科杂病为主，兼及其他各科。论述病证，先引朱氏原论，次则记述朱氏门人有关辨证等方面的论述，并介绍治疗方剂。其中各病症的附录部分，对于病名解释病因、证候、治疗等方面有相当深入的分析。全书比较集中和全面地反映了朱氏“阳常有余，阴常不足”的学说以及气、血、痰、郁诸病治疗见解和丰富经验，其临床治疗虽重视补阳，但不拘泥专方，治法也灵活机变，集先贤之大成，是一部研究内科杂病和朱氏学说的重要著作。该书问世后流行颇广、影响较大，现有多种明、清刻本。这其中多赖明初俞氏的功劳，却因历史原因，无法记载。

俞念草翻到心法的最后部分，眼睛一亮，许多内容果然是未曾见过。她连忙请教俞念苓：“好妹妹，这本《丹溪心法》是哪里来的？”

“这是我们俞家的呀！我家这一支俞姓，是郑和下西洋的时候出的国，在海外漂泊了不知多少代。这本《丹溪心法》就是我们家族的魂！我的祖父曾辗转将我们家族增订过的晚明1634年的刻本送给英国皇室的白金汉公爵，此后这位公爵将所有藏书捐赠给了剑桥大学图书馆。这一册，是我这几年以南洋大学教授的身份，与伦敦方面联合申报了一个关于中医药学的课题，从剑桥终于找到此书，影印装订而成的。”俞念苓说到此书，自己都激动得发抖。

“念苓！你真的是我们俞家失散在海外的亲人啊！”俞念草怜爱地拥住她的双肩。

俞念苓激动地说：“我的祖上原是从遥远的印度古里回迁，却是汉人的血脉，也许原本是想回到中国，却还是在新加坡一带定居下来。”

念草见念苓的脖子上戴着一条精致的铂金链子，坠着一枚小小的镶着碎钻的十字架。就问了一句：“你是信耶稣教的吗？”

“我们祖上追随郑和下西洋，却没有跟随郑和信伊斯兰教，与古里人结合，也无关印度教。但葡萄牙人征服过古里，想必是当时有传教士传去了天主教，祖上就信奉天主。虽然如此，但我们俞家一直还是有子曰诗云、三纲五常的家学。我在大学里常常想把我这个家族的历史写成传记，苦于没有时间，而且毕竟过去的历史只是一鳞半爪，很难写得清楚了。”俞念苓叹了口气。

念草越发感到激动。她清楚地看见，另外一个俞念草就在她面前：“念苓妹妹，我们一起努力，让家族重回当年的梦想与光荣。”

念苓感慨万千道：“我小时候一到过年，除夕守岁的时候，我的父母就会给我讲一样的家族故事。其实他们也说不清楚了，大概是从古里到爪哇再到马来，四五百年的辛酸。家族多少次兴旺，又多少次几乎就消亡了，有天灾又有人祸。兄弟俩逃难，说好不分开的，月黑风高，走到岔路上，立着一棵老树，一根树枝指向东，一根树枝指向西。哥哥对弟弟说，这是老天爷指路，看来非要分道扬镳，才能保全俞家的根脉。两家抱头痛哭，挥泪作别，哥哥向北，弟弟向南。越过千山万水、寒冬酷暑，老弱的都死在了路途……”

俞念苓说得喉头哽咽。

听了这番话，姐妹俩都凄然了。漫长的历史阻不断家族的使命，或许今日就是这两支的重逢。

“到了新加坡后呢?”念草问。

念苓缓了缓，喝了一口茶说:“我们俞家在新加坡一直是中医药世家。新加坡的南洋大学是历史上第一所海外的华人大学。继陈嘉庚先生创办厦门大学后，陈六使在新加坡倡议办南洋大学。当时许多华人纷纷资助，我的祖父也为南洋大学的创立出了不少力，是校董之一。当时的捐资者不仅有富商，更有无数的工人、市民，甚至三轮车夫和妓女。可见华侨的爱国之心。对于我们俞家的人，牢记中医药的使命，就是寄托爱国之心。我知道，我们俞氏在大陆有根，可是几百年都没有人找得到蛛丝马迹啊！今天，终于轮到我俞念苓达成祖宗的愿望了!”

一对姐妹垂泪相对。这一刻，流淌在两代女人心中的，是一种绵长而厚重的珍贵情义。

从明成祖时期开始分支的俞氏血脉，俞冲之、俞散之的后代，几百年后，竟以另一种形式再次重逢，令人唏嘘不已。

第二十七章　重归圣山

一

浙江婺州浦江县不知从哪里飘忽而来一个邋里邋遢的道士，县城里风言风语几下就传开了。

这个道士并不老，因为蓬头垢面也看不分明年纪，就栖在一棵百年的大樟树底下，顶着一领草席，会治病。每日一早像个游方郎中似的在浦江城内走街串巷，摇铃挂幡，包治各种疑难杂症。走上一圈，就回到大樟树下。每每有人问病，不由分说，从地上抓一撮土，拿点香灰调和一下，嘱咐病人回去煮服，三日则愈。也真神了，这些病人果然都见了疗效。久而久之，那大樟树下的土都被撮空，成了一个大坑，四周围都是烧香的灰堆。那道士也不多说话，也从不要钱，只凭大家自愿供养，很快就成为浦江县口口相传的神医。

这浦江城中最大的家族就是本朝赫赫有名的义门郑氏。郑氏从春秋始祖郑桓公第六十六代孙郑绮开始，尊朱熹家礼，成为绵延十五代的大家族，鼎盛时有成员三千三百多口人同住。黎明即起，钟鸣四下，盥洗已毕，全体到祠堂聆听祖训，然后分男女集体进膳。饭后各就所业，种桑绩麻，耕读传家，秩序井然，生生不息达三百三十年。当年，太祖朱元璋闻听当时郑义门已九世同堂，因此特赐了御匾——江南第一家。

一日，郑家来了个人，要请这位“神医”道士入郑义门，为郑家的老爷瞧病。众人都知道这个道士治病，从来也不走出那大樟树。可这次，道士二话不说，撮了些土和香灰就随那人去了。

二

那道士是谁？正是俞冲之。

十年过去了。俞冲之依然以胡濙密探的身份在寻访建文帝。终于寻回到了婺州。他游走暗访下来，得知此地这个郑氏义门与前朝建文帝有诸多交往。于是，扮作道士，特意散布神医的大名，伺机而动。

从太祖御笔“江南第一家”的匾额牌坊走入，一个巨大复杂的民居建筑群落就展开了。整个郑家的民居群构成了一个镇，就以“郑宅”为名。这个巨大的郑宅正处于一个四通八达的村落中心。这种纵横交错、碎石小道的狭窄弄堂，是可进可退、隐匿逃生的好地方。

俞冲之穿过祠堂，走过师俭厅、中庭、有序堂，在拜厅里正悬着一块匾额，竟然是当年刚继位不久的建文帝亲手为郑氏宗祠题写的“孝友堂”三个字。

“不错，这字迹与我家的‘圣山’二字如出一辙，确是建文帝亲笔。这个世道还敢悬挂？”俞冲之心中想着。从这块匾额中可以看出，建文帝朱允炆跟郑氏家族之间有着非同一般的关系。

原来这郑氏，与朱元璋的太子朱标、开国文臣宋濂这两个人物有极大关系。太子朱标的老师宋濂早先居住在婺州潜溪，因赞赏郑氏家族九世同居的孝义家风，遂迁徙到郑氏宗祠附近的青萝山麓，直到后来被朱元璋请到南京出仕为止。也正是这层关系，皇太孙朱允炆当上皇帝没多久，就表现出对郑氏家族的亲近和关注，曾大力旌表郑氏家族。郑家的大家长郑渶还专门到南京去朝谢建文帝。

俞冲之走在郑义门中，想起了当年婺州圣山药局老号的鼎盛时期，房舍、牌楼，那敕建的楠木楼，还有他亲手执掌过的南京圣山药局总号 …… 如今已是过眼云烟，前朝梦影，内心升起无限的惆怅。

他路过一个精致的庭院，院中植一株枇杷树，亭亭如盖。此树不祥，俞冲之想。

过了庭院有一阁，正是这满门郑氏的大家长郑渶的书房。郑渶正在书案上写字，一派庄严之相。见“道士”来了，搁笔作了一揖道：“有劳仙道了。”

俞冲之忙还礼道：“贫道今得见尊驾，即知诗礼簪缨的义门郑氏，名不虚传！只是 …… ”俞冲之欲言又止。

郑渶做了个“请入座”的手势，又命人看茶，“先生但说无妨。”

“只是，看郑公的面相，何病之有呢？”

郑渶摸了摸胡须，苦笑一声道：“老夫倒还硬朗，是老夫家中的一位行脚僧有些微恙。本地郎中治了多日也不见好转，听闻先生游方到此，医术精湛，想必是缘分，特请来看看。”

俞冲之心中一顿，原来生病的另有其人，是个和尚 …… 他正是为了此人而来啊！

郑渶又有些犹疑，“只是 …… ”

俞冲之也学郑漢方才的口气道：“先生但说无妨。”

“仙人只是给病人吃土拌香灰，如何能包治百病呢？”

俞冲之索性装疯卖傻，“不妨不妨，我这是道医，祖师爷赏饭吃呢！”

郑漢与俞冲之稍稍茶叙后，就带着他从书房出来，从一扇侧门而入，是一条仅容一人通行的小径。走完小径，就到了一个开阔之处，有参天古木，又有一个小池塘，里面有泉水汩汩涌出。大树下有一石屋，门楣上镌刻着三个字“老佛社”。老佛社内昏暗，神龛内供奉着一只靴子，上绣龙纹。那高大的庭柱上有一副楹联：

枯井念章龙隐迹
合村富社凤来仪

西南方向有一块石碑，石碑后面写着：

太平礼乐共光华，
麟水毓吾孝义家。
金竹岭上龙隐迹，
神明广播仁慈意。

看样子都是新立的。旁人或许不察，而俞冲之也是身世非凡之人，又跟随胡濙秘访建文帝十年，他心中反复念着“金竹岭上龙隐迹”这一句，料定建文帝必是躲在这郑家！

那位行脚僧真的是自己一步步苦寻十年的那个人吗？他

病了？

三

老佛社后有一口井，井边依墙有一座竹篱茅屋。进了茅屋，只见有一中年僧人盘腿闭目而坐。俞冲之定睛一看，只见这位僧人，面目清秀，脸修长，眉宇间有残存的英气，又显出愁苦之色，确是有郁结的病气笼罩。

自朱允炆与俞冲之在圣山药局一叶轩茶叙，一晃几十年。当年那个素服的少年皇帝，如今成了青灯黄卷、形容枯槁的和尚。俞冲之依稀还能认得，却也认不真切了。而俞冲之呢，更是面目全非，还打扮成了疯疯癫癫的道士。

冲之一瞥眼，见一旁桌案上有一张纸笺，一笔圆润的蝇头小楷，工工整整抄了一首七律：

风尘一夕忽南侵，
天命潜移四海心。
凤返丹山红日远，
龙归沧海碧云深。
紫微有象星还拱，
玉漏无声水自沉。
遥想禁城今夜月，
六宫犹望翠华临。

还有什么人能写这样的诗句？俞冲之心中十分已经有了九分。他拿言语试探，因此故意不加诊断就说道："来来来，先吃了贫道的泥土香灰，马上药到病除！”就拿出一小纸包脏土灰，要拿碗来调和。

这和尚哪里会吃这些，摇了摇头，淡淡地说：“这泥土灰尘如何能治病？你去吧。”

“啊呀呀！我们僧道本是一家，我为何要骗你？你不知道本乡之土可治本乡之人，你看我把这城里的病人都治好了，可是自己一身癞疮治不好，为什么？因为没有自己老家的土哩！”俞冲之装疯卖傻。

“阿弥陀佛，南无药师菩萨摩诃萨。哪有这样的说法，贫僧从未听闻。何况贫僧也并非此地之人，吃了这土也是枉然。”

俞冲之正要这话，忙说道：“大和尚是哪里人？是不是要去撮些金陵故都的土灰来？”

僧人与郑漠听了这句话均是一震。郑漠不由得说道：“你这道士胡说什么，我当你是个神医，诚心请来瞧病，若有效，必然是重重地回报供养。若是吹捧出来的江湖骗子，还是早些去吧！”

俞冲之这一试，心里更加明白了，于是大笑一阵道：“既然不是本地人，吃了这土灰也没用。贫道只好拿出点真本事来看病。”说完，他上前为和尚把脉，望闻问切了一番。

良久，俞冲之道：“这病是心病。我道医所谓：心为扇，主引风。风动则火旺，火旺则水干，水干则地损。人生最忌是个乱字，心乱了，对外可以紊事，对内可以扰血气，失平衡。凡恼怒恐怖喜忧昏疑，都让心乱，为多病短寿的根源，不但养病时不应乱，即平居时亦忌心乱。身病之起，无不由心虚弱，外邪乘入。而心虚气弱，每由心魂恼乱，真体不充，发现种种不安。贪食贪胜贪得贪乐逸，皆足以致病。以贪之不得，于是乎嗔。贪嗔可使心荡气促，胆惊肝旺，六脉震动，五脏沸腾，外邪同时乘入，此病之起因。心定神一，受治者信坚心专，两心相合，可以统治百病，无不神效。我已有了治病的对策，要先施一套针看看身体的反应。针要扎在百汇与足底的涌泉几个穴位。来来来，请法师脱下鞋袜。”

那僧人和郑渼听这道士说了一番医学养生的大道，心中又佩服起来。和尚也不多想，随即脱下双脚的鞋袜。只见和尚左脚脚底心上有一颗黑痣。俞冲之一见这颗痣，再无疑虑，立即下跪参拜，行了拜见帝王之礼。

这一拜把这僧人与郑渼吓得不轻。僧人连忙让起，郑渼问道：“道士这是为何？”

俞冲之涕泪交流，答道：“陛下受苦了，在下乌伤俞冲之，是个微不足道之人。蒙上恩，曾同坐饮茶畅谈，可还记得否？我的父亲俞善麒人称药王，已与陛下所题匾的‘圣山药局’一同，尽忠了！”言毕哭拜再三。他心中百感交集，想到自己的父母和失散了的弟弟俞散之。父亲啊！我终于找到了建文帝！散之啊！此时你在何处？我找到了建文帝，可就害得你要飘零一生啦！

郑渼老成持重，忙把话锋一转说道：“先生，为何胡言乱语？这位是远道而来，在此结庐修行的应文法师！”

俞冲之知道郑渼为保建文帝周全，不敢轻易透露身份。忙说：“郑公高义，在这血雨腥风的世道，郑家族人冒着抄家灭族的风险保护落难的建文帝，对得起忠、孝、义这三个字。郑公不必防我，在下隐姓埋名在胡濙帐下十多年，十分了解此人，他行事缜密，寻找建文帝是他一生的使命，绝不会善罢甘休。近日朝廷已经下诏再次命胡濙出巡江浙一带，这次一定是胡濙获得了准确的情报！恐怕此地不宜久留了！”此刻，朱允炆也忍不住道：“圣山药局的冲之，真的是你吗？”

郑渶见俞冲之把话说到这份儿上了，也就不再闪避：“俞先生既然如此知悉内情，老夫也没什么好隐瞒了。你权且住下来，安心为应文师父调治，我会在外留意朝廷动向。真到了要转移的时候，老夫自有退路。”

如此，俞冲之就住在义门郑家，日日为朱允炆调理身体，不出半月，朱允炆就渐渐痊愈。

胡濙的触角果然很快伸向了浙中，郑家人几次三番都发现有陌生人穿着草鞋戴着斗笠在郑宅的周围走来走去。郑渶感觉到，锦衣卫已经到了，可能随时都会入宅。

四

正在郑渶为建文帝转移的路线做部署的时候，突然有人来报，巡视浙江的胡大人来访郑家！真是急如星火，猝不及防。说话间胡濙的轿马已经到了郑家的牌坊下。

胡濙巡抚江浙几年，依然毫无音信带给朱棣，晚年的朱棣对于寻找这位侄子的下落，几乎丧失了信心。但胡濙的内心却一直没有放弃，他把寻找的关键，放在了那个跟随他十年，成为他最得力的助手，却又忽然消失的俞冲之身上。他料定，找到这个俞冲之之日，也就是找到建文帝之时。

胡濙到底是胡濙，他没有带任何随从，单独一个人，鬼魅一般已经到了郑义门中。郑家人来不及通报，他就站在了那草房门口。

郑渶出来相见，强掩惊慌的神色，拱手给这位浙江巡抚见礼。

胡濙微笑着，开门见山，朗声说道："郑大人免礼了。冲之，我就知道你能找到！"

"胡大人，其实十多年来，冲之一直把您看作自己的朋友。冲之想求您，放过屋里的人。"俞冲之说着从草屋中走出，给胡濙跪下了。

胡濙微微仰着头，目光下垂，说道："冲之，我又何尝不拿你当自己朋友呢？十年来风里雨里，我胡濙除了你还有什么人能称得上朋友？你是个奇才，可惜生不逢时。你随我找了十年的仙人，我知道你是有目的的。我也知道，你敬我的心并不假。我只想拜见屋里的高僧，不想怎样！我一生的使命是找人，不是杀人！"

俞冲之太了解胡濙了，他一直是单人作业，像他这样的一个人，确实是干不出杀人灭口之事的。而且，除非胡濙真正见到了建文帝，否则连自己都死不瞑目，他的性格，要么把事情查清楚，要么就十六年来都没有向朱棣通报过关于建文帝的任何有价值的消息。

当年的臣子胡濙进了茅屋，向建文帝行礼叙旧，而朱允炆只是回以僧人应文的礼节。胡濙只问一个问题，也是替朱棣问的："请问大师，将来如何？"

"二十年过去了，贫僧不过一个出家人，四大皆空，《金刚经》云：'应无所住，而生其心。'贫僧早就不想再争，让永乐安心做他的皇帝吧！我只想一个人继续修行下去罢。"应文只说了这一句话，再不愿开口。

俞冲之看着闭目不语的应文，对胡濙道："治国与养病无异，病人似乎觉得痊愈了，其实还得调治养护，此时若有触犯，必致殒命。治国的道理也是这样，天下稍安，尤须谨慎小心，倘若一见太平之象就骄奢淫逸，必致丧败无疑。或许正是应文和尚尚在人间，永乐帝心中长存忌惮与疑虑，才几十年始终兢兢业业，调治天下。二帝并存，或许是相生相克，是苍生之福！”

胡濙再次以君臣之礼拜别了应文和尚，最后留了话：“我的使命业已完成，要去复命了，你们赶快走。我一出郑义门，锦衣卫就会赶到，并非是我可以左右的。”说罢扬长而去。

刻不容缓之际，郑漢当下把应文和尚朱允炆托付给了俞冲之，把他们带到茅屋后白麟溪侧的一口井边。把一个应急所用的包袱交给冲之，嘱咐他们井下有一条通往郑义门村外的暗道，除了郑漢再没有人知道。至于出走之后再去哪里落脚，已经来不及做安排了。他把二人放下井后，连忙去应付已经冲进郑家的锦衣卫。

仓皇出逃的应文与冲之，在幽暗的密道中躬身而行不知多久，终于从一个被荒草掩盖的山洞中钻出来。

应文长叹了一口气道：“天下之大，莫非再没有我这个和尚的容身之处？”

俞冲之灵机一动，取下背上的药箱，从底下抽出一块木牌，用手拂拭了一把，递给应文道：“这是您当年的御笔，就去此地如何？”

应文和尚手执木牌，热泪盈眶，抚摸着自己的笔迹，轻轻念道：“圣山——”

五

朱棣一直在等，二十年过去了，身体一天不如一天，恐怕等不了多久了。永乐二十一年（1423年）的一个深夜，远征途中的朱棣正在他的行宫内睡觉，忽然内侍前来通报，说有人前来觐见。被吵醒的朱棣很不高兴，但当内侍说出前来觐见的人是胡濙时，朱棣如同触电一般立刻睡意全消，他命令马上召见此人。《明史》载：

> 闻濙至，急起召入。悉以所闻对，漏下四鼓乃出，至是疑始释。

胡濙终于完成了他的使命，朱棣二十年的疑问、忧虑、期待、愧疚、恐惧，全部烟消云散。

朱允炆藏身民间，从此不问世事，隐姓埋名，继续活下去，最后从佛教中获得了解脱与慰藉。而当年跟随他出逃的二十名忠臣也都在漫长的避难旅途中悉数离世。最终，只有自己也渐渐老去的俞冲之伴着这个老和尚，在自己的家园，在这座孕育与庇护生命的圣山之中，历经数十年。

此时，玉竹和已经十六岁的儿子俞森山，正在圣山等着。苦苦的等待终于等来了长相厮守。

而在这座圣山之中还有早已作古之人。

安顿下应文和尚之后，俞冲之携妻带子，提着一个竹篮和药箱走到了一个早已被荒草淹没的坟冢前。他们一家整理了半天的野草，终于露出了一块简陋的石碑。

冲之两眼盯着这块粗糙的米青色石碑，借着暮霭中最后的光线，看到上面的字：

俞善麒
冯卿如　之墓

没有任何名分，也没有立碑人的姓名年月。俞冲之是来告慰父母的，要找的人已经找到并守护了，要传下去的东西还会传下去的……

尾声　六百三十年后的背影

一

圣山药局在圣山健康小镇揭牌仪式的庆典将近。经过俞念草、叶嘉传和俞念芯这几年的苦苦追寻与努力，圣山药局之谜终于水落石出。从明洪武二十二年（1389年）算起，到2019年恰是六百三十年。在历史长河中饱受苦难与隐忍，却始终信念不改、草蛇灰线、伏延千里的圣山药局，如今将在这六百三十岁生日之时真正被她的后人唤醒。

“念草！冯老今天给我打来电话，你的族叔俞水木老神医竟然给他回信了！”叶嘉传难掩内心的激动。

“那你还不赶快过去！”俞念草心急如焚，“我们一起去！追寻了半辈子的谜底就要解开了！”

叶嘉传双手捧了捧俞念草的双肩说：“我过去，你不能去，你要先静一静，稳住自己，比什么都重要！公司最近都是大事件，正式上市的协议书今天要你亲自过目、签字。所以，你哪里都不能去，我会尽快回来！”

俞水木的回信是用发黄的宣纸信笺写的，一笔漂亮的书法小字，行中带草，潇洒自如——

志远兄：

别来无恙否？又怎能无恙呢？你我都老朽矣。

兄所言之事，我已忘怀，历史长河之一粟，相濡以沫，不如相忘于江湖！

然兄所言不谬，毕竟来者可追。这段家国往事，波谲云诡，历明、清、民国，原本是家族口口相传。新中国成立后的几场运动之后几乎断绝。如今，我也将是冢中之人，本来这些往事随我埋葬也无妨。但当今，难得太平盛世，又何必埋没？晚辈们有使命，想听故事，老朽就将所知道来。

你们猜得不错，“圣山”后面正是“药局”。据说四个字是建文帝所题，但我也不曾亲见。

我们俞氏在元末明初出过一位“药王”，是朱丹溪的传人。他随朱元璋的义军出乌伤，在南京以家乡圣山为名，开创了名噪一时的圣山药局。圣山是有的，就在乌伤，俞家曾在这山中发现野生的铁皮石斛，以这味仙草及丹溪滋阴学说为根基，一代一代融入了儒家、佛家、道家、武学，开创了自身的医药养生体系。因而以此命名药局。

这“圣山药局”并非药店，实则是以民间医药之力量，补充官方的医养体系。

洪武初年，天下初定，经过元末乱世，百姓急需休养生息。《老子》云：天地不仁，以万物为刍狗！朱元璋东征西讨，九死一生，不论军队还是百姓，都渴望和平与统一。与生命最为关切之事除了粮食，就是医疗。

朱元璋之后，建文帝更加倚重圣山药局。朱允炆气度儒雅谦和，曾派方孝孺等重臣到药局传旨，还亲手题匾，以示隆恩。他是希望圣山药局能在全国设立分号，为大明的苍生谋福。然而，这份恩遇却酿成药局的大祸！靖难之役爆发，建文帝失踪，朱棣大杀忠于先帝的朝臣。

圣山药局在这场浩劫中湮灭了，两段残匾被俞家的两支各自保管，一脉辗转留在婺州，另一脉漂泊海外，再无音信。

但是圣山药局并非只在建文帝一朝昙花一现。到明万历年间，圣山药局在婺州曾重新开办。那是因为当时的俞家人与抗倭的名将俞大猷是族亲，后来又与戚继光成为莫逆之交，为戚家军治病。就是在戚继光的支持下，俞氏终于走出祖上因建文帝所受之牵连，开始重振圣山药局。可惜明末时局动荡，首辅张居正一死，戚继光失去了实际的兵权。再往后，随着明朝的灭亡，圣山药局又隐没在了历史之中。真是黄粱一梦，可惜可叹！然先辈们的悲悯之心与铮铮傲骨，悲欢离合与爱恨情仇，毕竟是存在过的。

我也听闻后辈们争气，把事业做大了。志远兄要是碰见他们，我这个前辈就算是嘱咐他们几句。

今天，如果要光复圣山药局，与六百多年前不同了。我们要重新认识病与医，甚至要重新认识生与死。

医学实则是一种回应他人痛苦之努力。每一人皆是患者，每一个人也皆是医者。

只有当我们了解患者之经历，医治、照护才能在谦卑、信任和尊重中进行。中医药是我们将所有病痛之躯摆渡到另一个我们并不熟知世界里的一条船。医者是一种孤独，同时也是使命。

有太多疾病无法治愈，但并不意味着无法治疗。不论病与不病，谁都难逃一死。中医药教会我们如何让病人与疾病共同生存，让不断治疗和修复成为我们生活的一个部分。在最大的苦痛中保持温和与克制、平静与安宁，达到一种蕴含情感与抚慰的新的生命平衡。

老杇仔细算过，今年恰是圣山药局创立六百三十年，又适逢新中国七十华诞！民族历史与我们的人生一样，自始至终都在一个不断毁灭、修复、重生的过程之中。

这是老杇一生行医的一点感悟。

另附老杇从《针灸玄机秘要》中化出来的一路针灸之法，及备用药方，每日施行，或可对俞念芯之病有些裨益。

志远兄，我们恐怕此生难再相见了，聊以药酒遥敬一盅！就此搁笔，珍重！

俞水木　手札

叶嘉传读罢信，喃喃自语："高人啊，高人！"把信复印了下来。

二

庆典活动，在已经完成的圣山健康小镇上举行。俞念草请来了几乎所有的朋友，来自全国中医药领域的业内人士、专家学者、丹溪后人以及社会各界代表一千多人，同聚圣山。冯志远老人、俞念苓女士作为特别嘉宾与大家一起在俞念草和叶嘉传的陪同下，参观圣山小镇。

特别嘉宾之中还有俞念草专门从日本请来的几位学者。他们都身着和服，神情庄严激动，为首的佐野贤首先生带着朝圣的心情与俞念草亲切握手。

“俞女士，说起来我与贵宝地，与您的祖上或许还有一点渊源！”佐野先生的汉语说得非常流利。

俞念草也很激动：“我知道佐野先生是日本丹溪学社的掌门人，对中医药学的研究在全世界都首屈一指。您与我们婺州的医宗朱丹溪自然是渊源深厚啊！”

佐野先生发出爽朗的笑声，接着说了一番原委：“您过奖了。元朝时，我们日本有一位孤月大师为了学医，冒着生命危险随着商船漂洋过海来到中国。他成为医宗朱丹溪大师的知交，也与你们俞家祖上一位丹溪门徒有过切磋教导。此后他的门人田代信纲与你俞家的祖先可以说是同辈的医药学家，并且都出自丹溪滋阴派。也因此丹溪学说在日本薪火相传，后来我们日本的医学家月湖大师、田代三喜都深受影响，直传到在日本享有盛名的一位医学奇才曲直濑道三。他一直学习田代家的家学，抄方施药，把脉问诊十年，深受了丹溪心法的影响。天文六年（1537年）曲直濑道三决心一定要亲自去一趟中国，去丹溪和俞氏的故乡看一看。他果然不辞艰难地来了，就在此地，他拜访到了当时的医学大师虞抟，从此医理更为精进，回到日本后他进一步弘扬丹溪学说，从而成立了丹溪学社。”

听了佐野先生这一番话，在场的中外来宾都情不自禁地鼓起掌来。看来丹溪医学的影响力早已超出中国。

俞念草亲自担任讲解："各位嘉宾，圣山健康小镇的自信，是圣山实力的自信。经过一年的努力工作，我们圣山人不仅找到了真正的圣山，也建设了圣山，它就在义亭镇，也就是经过冯志远老先生考证的古越国故都中心'王亭'的所在，这里正是我们俞家圣山药局的发祥之地。我们的圣山小镇正是在这座圣山脚下，或者说圣山也就在这座小镇之中。

"这座小镇是全体圣山人智慧和辛劳的结晶，设计师就是我们叶嘉传叶总。他那光怪陆离的思路，大开大合的手笔，大家参观之后就可以领略得到。在这个四平方公里多的小镇中，不仅有传统的中医药文化，也有二十一世纪的多元文化，还有一亿多年前的史前世界。小镇分为农业、工业、旅游、文化、生活五大板块，围绕着'健康'主题，融合、跨界、共享。

"这里是世界珍稀药用植物博览中心。中心集中展示数百种世界濒危珍稀药用植物，还借助科技手段，提供濒危物种回迁技术，提高人工种植成活能力，并将科技研究成果普及于大众。还有丰富的配套药膳，将来会根据圣山药局对游客体质的测评，开出适合的药膳方子。

"前面是神木园。我们拥有全世界最大的硅化木园区。距今一亿到二亿年的硅化木，共有一千一百一十一棵，顶天立地，雄浑壮美。其中一棵高达25.6米，直径2.8米，重约96吨，是目前发现的最大硅化木，被称为树王。

"树王前面是全国一流的生物进化博览中心。中心展示了从四十六亿年前地球形成开始，古生物演变进化的全过程。有5D互动式体验场景。为什么我和叶总想要建这个馆？因为我们都想知道‘我们从哪里来’的问题。

“那里连片的是世界珍稀水果中心。来自世界各地的新、奇、特、怪珍稀水果都能在那里观赏、品尝。那就是我们的花果山，一会儿大家去尝一下！

“最后压轴的是我们的强项，全国最大的铁皮石斛种质资源库。这里收藏了来自全世界的八十七种石斛品种，包括四十三种具有药用价值的石斛种质资源，同时建设了具有世界水平的铁皮石斛研究实验室。集中呈现铁皮石斛的各种栽培模式，地栽、苗床架空栽培、潮汐苗床栽培、水培、雾培、树桩栽培、立柱栽培、立面栽培等，展示水肥一体，自动灌溉，智能控制的现代农业科技成果。

“还要特别说一说，‘香梅中医药文化研究中心’也落户在了我们圣山小镇！陈香梅这位奇女子，是一位世纪老人，她是我们圣山的重要引路人，她为我们找到了《丹溪心法》流散在海外的重要版本，还为我找到了圣山药局的亲人！可惜今天她来不了圣山了，老人家不久前已在美国仙逝。但她身前心血所系的事业寄托在圣山。我们不会辜负她的期望！

“我的弟弟俞念芯今天也不能来这里，我记得他曾经多次跟我说过一个重要的观点。有时不是战争、暴力摧毁国家，也不是文化、价值观摧毁国家，而是疾病。当年美洲大陆被发现，那些原本文化璀璨的古国，被欧洲人摧枯拉朽，连根拔起，文明湮没。不只是因为欧洲人的枪炮、宗教，欧洲人还带去了天花。欧亚大陆自古交融冲突，疾病的病源也早已习惯，自成抗体，但是新大陆上没有这样的疾病。是这个恶魔让美洲灿烂的古文明没有招架之力。所以，建立一个普及的养疗体系，其意义不亚于国防，是我辈的家国大业！

“而这个健康小镇的建设是这一切的起点。所有这一切，今天呈现在大家的眼前，我们一共只用了半年时间。但这半年里，我们一天当三天用，直到昨天晚上我们圣山的建设者全部通宵准备，就在今天各位嘉宾到来前的半个小时，我们铺完了最后一块草皮！

“我没有想到我俞念草会有这样大的福报，能够在此时此刻，站在我祖先的故土之上去完成他们未竟的事业。被历史淹没的圣山药局整整六百三十年，我们的企业从我涉足商海算起也有近三十年了，而我要把这一切的惊喜作为一份珍贵的礼物献给中医药事业，也献给七十华诞的祖国。因为六百三十年的荣辱兴衰告诉我，我们的事业是苍生的事业，是家国的事业！”

俞念草的一番演说，引发了一千多位嘉宾以及全体圣山人雷鸣般的掌声。俞念草这几年来无数次的演讲也从来没有像今天这样挥洒自如，豪情万丈。因为困扰半生的谜团解开了，她的心结解开了，她背后的圣山不再是云遮雾罩，她远去的家族不再神秘莫测，她海外的亲人已经归来团聚。她把一切都弄清楚了，她不欠历史什么，历史也不欠她什么了，她接下去的人生真的可以一往无前了！

三

俞念芯已经在医院里昏迷了半年多，俞念草为弟弟在总部专门建立了一个特别看护、治疗的康复室。叶嘉传用俞水木所传授的针灸法每日不断地刺激与调治。俞念草再忙，每天也要抽出时间在他身边陪护、谈话。小蔓似乎更是超越了一个秘书应尽的工作，几乎寸步不离地陪着念芯，有时就放他爱听的贝多芬《告别奏鸣曲》。那三个乐章，经历了告别、思念，不是还有重逢吗?

圣山祭祖大典即将开始，圣山药局的大门即将重新开启。康复室里只有小蔓一人守在念芯的病床前，看着手机里的直播。

圣山药局合匾仪式、圣山祭祖大典正式开始!

俞念草走在新铺的草坪上，走在一千一百一十一棵亿万年前的神木林之中，神木之上是一望无际的蔚蓝色的天空，云卷云舒，昊天厚土，复兮旦兮，祖灵归来!

主祭官由俞念草亲自担任，她身着绮丽绝伦的华服宣告："六百三十年圣山药局，今日正式光复！飘零了六百多年的牌匾，今日复合，再不分离！我们将继承先祖的宏愿，将一个全新的中医药疗养体系，将圣山药局在全国乃至世界推广，重光圣山药局正在我辈!"

此时，俞念苓把她祖上俞散之一脉传下来的"药局"二字残匾取出。在新落成的朱丹溪塑像下，俞念草捧着祖上俞冲之一脉传下的"圣山"二字残匾。两截木匾上都挂着鲜艳的红绸。在一片庄严肃穆的《丹溪心法》高声诵读声中，两块断匾合于一处，那些原本锋利的断口，早已柔和光滑，镀上了一层历史的包浆。它们默默无言地见证了这个家族六百三十年的悲欢离合，现在如失散多年的兄弟姐妹般相拥在了一起。

司仪高声宣布:"祭祖开始——"鼓乐齐鸣，鼓舞开场。

六十六名祭祀人员恭读《圣山药局颂》:

岁在己亥，仙草神奇。勤精不倦，医源博极。

先祖俞跗，上古神医。圣山之祖，俞氏善麒。

元末明初，受业丹溪。格致余论，伤寒辨疑。

局方发挥，本草补遗。阴阳相火，滋阴补虚。

阴常不足，阳常有余。号为药王，药局大兴。

含草茹薇，历尽苦辛。一入沧海，一守本心。

匾额两断，心法永续。念念不忘，生生不息。

家国华诞，苍生泽披。人间仙草，圣山药局。

念罢颂文，侍官入场，净水泼街，燃香随后，九通钟鼓，开始祭拜。

迎祖、进馔、献爵、上香，俞念草带着俞念苓、叶嘉传行三献礼：初献礼香与花，亚献礼茶与酒，终献礼石斛与黄精。

之后，请来药农作为“老把头”行采斛仪式。就在那棵硅化木“树王”的顶端已植有一株开着花的铁皮石斛，等待采摘。这也是纪念当年俞善麒不顾生命在圣山上采得石斛仙草，方能拜在朱丹溪门下，开创圣山药局之伟业。

石斛采摘之前，又要经采斛六序，祭神、拜山、寻仙、拜仙、祭师、请仙以应天道。待“老把头”采到石斛，主祭最后致辞：“丹溪圣山，代代相承，大礼告成，伏维尚飨！”

礼虽毕，全场千余人安安静静。这是圣山人对圣贤的敬畏之心。是啊！六百三十年，生生死死，恩恩怨怨，有多少沧海桑田，多少腥风血雨，多少殚精竭虑，多少白云苍狗，又有多少奇妙与坎坷的人生，多少丑恶与高贵的灵魂，多少辜负的青春、甜蜜的爱情、无望的等待、永恒的心灵……

就在这一片肃穆凝重、鸦雀无声的人海之中，俞念草突然接到小蔓打来的电话，电话里激动得不知所云。因为，正是此刻，念芯忽然微微睁开了眼睛，他仿佛做了一个很长很长的分分合合的梦……

叶嘉传站在主祭人俞念草身后，痴痴地看着她的背影——她身着锦绣大袍，丝绸织成，衣内似有一种若隐若现的女人成熟而丰腴的体态。古老的黼黻文秀，细看先是两对昂首长啸的虎纹，周身是朱、墨二色旋转条纹，斑灿彪炳，威猛秀美。其上有一花树，树下无数奇花异草，葳蕤繁花。花树之上两龙首相拱处，嵌了鲜明金黄的涡轮，那是太阳，而在繁花之下的凤凰尾端有一轮淡绿色的圆月。在明丽的阳光下，华袍反射着优雅的色泽，通体明暗变幻，深蓝、棕绿、蛋青、姹紫、嫣红、浅褐、金黄，千变万化，光怪陆离……

他恍然若梦，仿佛这只是已经发生过的前尘往事中的吉光片羽，他清楚地感觉到自己一定见过这一幕。

可是，是在什么时候，在什么地方，看到过这个女人此刻的背影呢？

2017年8月29日第一稿

2018年4月7日第二稿

2018年12月8日第三稿

2019年7月27日第四稿

于日本神奈川大学图书馆

图书在版编目（CIP）数据

药局／潘城著．-- 北京：作家出版社，2019.7

ISBN 978-7-5212-0635-7

Ⅰ．①药… Ⅱ．①潘… Ⅲ．①长篇小说－中国－当代 Ⅳ．① I247.5

中国版本图书馆 CIP 数据核字（2019）第 148686 号

药局

作　　者：潘　城
责任编辑：张　平
装帧设计：意匠文化 · 丁奔亮
出版发行：作家出版社有限公司
社　　址：北京农展馆南里 10 号　**邮　　编：**100125
电话传真：86-10-65067186（发行中心及邮购部）
86-10-65004079（总编室）
E-mail:zuojia@zuojia.net.cn
http://www.zuojiachubanshe.com
印　　刷：北京通州皇家印刷厂
成品尺寸：152×230
字　　数：220 千
印　　张：20
版　　次：2019 年 8 月第 1 版
印　　次：2019 年 8 月第 1 次印刷
ISBN 978-7-5212-0635-7
定　　价：68.00 元

ISBN 978-7-5212-0635-7
9 787521 206357 >